LES COLONNES DU CIEL

Les colonnes du ciel :

LA SAISON DES LOUPS
LA LUMIÈRE DU LAC
LA FEMME DE GUERRE
MARIE BON PAIN

BERNARD CLAVEL

Les colonnes du ciel

★★★★

MARIE BON PAIN

roman

ÉDITIONS ROBERT LAFFONT
PARIS

IL A ÉTÉ TIRÉ DE CET OUVRAGE SUR VELIN CHIFFON DES PAPETERIES LANA QUARANTE EXEMPLAIRES NUMÉROTÉS DE 1 A 40 PLUS QUELQUES EXEMPLAIRES D'AUTEUR, LE TOUT CONSTITUANT L'ÉDITION ORIGINALE.

ISBN 2-221-00492-2 (édition complète brochée)
ISBN 2-221-00493-0 (édition complète reliée)
ISBN 2-221-00494-9 (volume 4 broché)
ISBN 2-221-00495-7 (volume 4 relié)

A la mémoire de Gilbert Cesbron

A l'intérieur, elle est devenue source.

Reiner Maria Rilke

Bien des années sont passées depuis cet hiver de 1639 où Bisontin-la-Vertu, le compagnon charpentier, Hortense d'Eternoz, Marie et son frère Pierre quittaient la Franche-Comté ravagée par la guerre et la peste et trouvaient refuge au Pays de Vaud. Là-bas, dans « la lumière du lac » dispensatrice de paix, il y a eu la rencontre du Dr Alexandre Blondel, le sauveur d'enfants, qui a donné aux exilés un sens à leur vie. Puis, pour tenter de retrouver le Dr Blondel, Hortense d'Eternoz a regagné la Franche-Comté et, pour venger la mort du « Fou merveilleux », s'est faite « femme de guerre », et avec une ardeur et une intransigeance si farouches qu'elle a dressé contre elle quelques-uns des chefs de la résistance aux Français. Après la mort du contrebandier Barberat, son dernier fidèle, elle s'est enfoncée dans la nuit et la désespérance d'une nouvelle « saison des loups », guidée par la main fragile de Jana, la petite aveugle qu'elle avait sauvée.

Du temps encore est passé, la paix est revenue. Et la clairière de la forêt de Chaux où se blottit la Vieille-Loye, le village natal de Marie et de Pierre, retentit des coups de marteau du compagnon charpentier...

PREMIÈRE PARTIE

LE CLAIR AUTOMNE

1

C'était un bel octobre de grand vent. Une saison venue tout exprès pour que la mort de l'été paraisse une vaste fête de danse et de lumière.

A plusieurs reprises, Marie s'était répété ce dicton de son enfance : « Octobre clair, mauvais hiver. » Mais rien ne pouvait ternir sa joie. Une joie beaucoup plus calme que celle du ciel. Cette joie, bien ancrée à la terre, ne s'éparpillait point vers les hauteurs limpides à la manière de ces larges brassées de feuilles rousses et dorées que les arbres se lançaient l'un l'autre dans leur grande folie de gestes et de gueule. Interrompant par moment sa besogne, Marie contemplait cette ivresse de sa forêt retrouvée.

Un jour, il y avait déjà un peu plus de deux années, alors qu'ils vivaient encore au Pays de Vaud où ils avaient trouvé la paix, un messager était venu.

Marie revoyait fort bien ce petit chafouin tout rabougri qui n'inspirait pas grande confiance. D'une curieuse voix de fausset, il avait parlé d'une trêve. Trêve de Bassigny. Ce nom était resté dans la tête de la jeune femme qui ignorait ce que recouvraient ces trois syllabes.

Bisontin avait exigé de nombreux détails. Vingt fois au moins, il avait lancé :

— Explique !

Le chafouin avait donné des précisions.

— Explique mieux que ça. Es-tu certain que ce ne sont pas des racontars ?

L'autre avait fini par s'emporter :

— Si tu veux pas me croire, va donc demander au roi d'Espagne ou au pape. Tu verras bien s'ils t'invitent à leur table !

Le messager avait mangé la soupe de fèves, puis était parti avec quelques pièces que Bisontin lui avait données. Après son départ, le compagnon les avait réunis dans la grande salle pour leur dire :

— Celui-là, je crois bien que la trêve l'aura engraissé. Il va comme ça à travers toutes les terres vaudoises où sont fixés des réfugiés comtois. Il leur annonce la bonne nouvelle.

Ayant pris le temps de les regarder tous l'un après l'autre, il avait ajouté d'une voix lente et grave, pesant ses mots un à un :

— La trêve, ça veut dire que la guerre est finie. Ça veut dire aussi qu'on peut rentrer au pays. Il n'y aura plus rien à craindre.... Enfin, faut l'espérer.

Cet instant-là, Marie ne l'oublierait pas de sitôt. Elle avait bien cru ne jamais retrouver son souffle. Sa poitrine s'était serrée d'un coup. Son cœur avait commencé de battre comme un fou. Aujourd'hui, revivant cette journée, elle savait que son trouble était né d'un mélange de crainte et d'espoir.

A l'idée de la terre détruite, ravagée, pillée, incendiée et gorgée de sang ; au souvenir des misères endurées pour fuir le Comté ; de tous les morts laissés en chemin s'était substituée soudain la vision de sa clairière retrouvée.

Un nom avait gonflé en elle. Un nom que nul, depuis leur départ, n'osait plus guère prononcer : la Vieille-Loye.

D'un coup, elle s'était absentée de la maison, envolée du Pays de Vaud pour se retrouver au cœur de *sa* forêt.

Après tant de mois passés à repousser de trop douloureux souvenirs, l'exilée s'était soudain sentie envahie par quelque chose qui devait appartenir à une éternité de lumière et de ciel. Elle n'avait revu ni le village de son enfance, ni ses ruines des temps de malheur, mais seulement la forêt et cette grande féerie du vent lorsqu'il la dépouille de son or.

Et ce matin que le vent était tout pareil à sa vision d'alors, elle se retrouvait par la pensée au Pays de Vaud dans le moment même que s'était annoncé leur retour.

Ce jour-là, si le compagnon n'avait lui-même pris une décision, il est probable que nul d'entre les autres n'eût osé revenir. La peur de la guerre dominait leur désir de regagner le pays.

Les voyant hésiter, Bisontin avait dit :

— Je vous comprends, mais moi, que vous restiez ou non, je rentre.

Marie avait eu envie de lui demander s'il rentrerait sans elle, mais elle n'avait pas osé. Elle n'avait même pas voulu imaginer sa réponse.

Comme nul ne bronchait, le charpentier avait repris :

— Je rentre pas tellement par amour de la terre... Moi, je ne suis pas comme vous qui êtes de la Vieille-Loye, du pays des Trois-Rivières et de la grande forêt doloise... Moi, le Bisontin, je ne suis plus de nulle part. Mais... Mais je suis un homme libre.

Pierre avait demandé :

— Et ici, t'es pas libre ?

Bisontin avait hésité, puis expliqué :

— Pas tout à fait puisque c'est la guerre qui m'a obligé à y venir... Mais je peux rester ou partir. Alors, je m'en vais.

En riant, il avait ajouté :

— Ici, on finit par être trop bien pour se sentir vraiment libre. Si le lit est trop douillet, on n'a jamais envie de se lever.

Marie avait souvent pensé à ces mots. Elle n'avait pas très bien compris ce que le compagnon voulait dire. Pour elle, la liberté, ça ne signifiera jamais grand-chose. Le travail et les événements qui se sont acharnés à conduire son existence ne lui ont jamais laissé de choix. Aux chaînes de son enfance ont succédé les entraves de sa jeunesse, puis ce boulet de la vie qu'elle s'épuise à traîner. Même ce qu'elle possède de plus cher, de plus savoureux la saisit au collet. D'ailleurs, n'est-elle pas de celles qui ne cessent de se créer des obligations ? Que ferait-elle de son temps sans ces multiples tâches qui la tiennent tout le jour ?

Ayant suivi le compagnon comme tout le monde, elle se retrouvait aujourd'hui sur sa terre, dans une espèce de bonheur doré tellement plaisant qu'elle vivait dans la crainte de l'événement qui détruirait ce calme si fragile.

Ce matin, les hommes étaient partis au bois. Claudia et Léontine avec eux pour fagoter. Vers le milieu du jour, Marie s'en irait les rejoindre avec le chaudron et des pains croquants. Si elle n'était pas partie en même temps qu'eux, c'est qu'elle voulait cuire au four. Il restait trois miches, bien sûr, de la précédente cuite. Ce n'était pas à Marie qu'on apprendrait qu'il faut que le pain ait au moins quatre jours pour qu'on puisse le manger. Mais il existait le raisonnable de la vie et ce qui pouvait procurer la joie inattendue.

Alors, devant les énormes boules dont le haut touchait presque la voûte de brique, sur la gueule du four qu'on fermait d'un bout de tôle au milieu duquel Bisontin avait martelé le M de Marie, elle avait posé trois pains plus petits.

Une gourmandise.

Elle les surveillait comme des nouveau-nés pour les retirer dès qu'ils seraient à point. Deux fois déjà elle était rentrée, avait allumé un bourron de paille et écarté la tôle pour regarder à la lueur des flammes. Venant ainsi du gros soleil sous la cheminée de poutres, elle éprouvait l'impression de passer du plein jour au beau milieu de la nuit.

Elle aimait cet âtre. Déjà, en quelques mois, les briques et les pièces de chêne avaient noirci. Ça semblait habité depuis des générations et pourtant, tout portait encore la marque du neuf. On sentait la main du compagnon et de Pierre, et de Petit Jean qui s'étaient appliqués à bâtir.

Marie sortit ses trois pains. Puis elle s'en retourna devant la porte, sur le banc de pierre où elle avait laissé sa jarre brune et son sac de haricots secs. Elle se remit à écosser.

Les bourrades du vent bondissaient par-dessus le toit. Elles s'en venaient tourbillonner sur l'aire avant de s'enfiler sous le couvert des arbres pour s'élever ensuite, toutes chargées de leur provision de feuilles.

Entre ces coups de gueule, se faufilaient de courts moments de calme. Alors, l'odeur du feu refroidi et du pain cuit ruisselait jusque-là, pareille à une bête familière qui témoigne son affection.

C'était réconfortant, cette maison encore neuve, qui vous soufflait dans les jambes une bonne haleine tiède et gonflée de vie.

Lorsque la grande respiration du ciel reprenait le dessus, qu'elle se donnait des airs de dominer le monde, Marie se laissait aller à l'aimer aussi. Elle la suivait des yeux vers la forêt où étaient les siens. Elle aimait sa manière un peu folle de jouer avec les restes d'un été qui leur avait donné infiniment de bonheur.

2

Le soleil était haut dans le ciel constellé de feuilles folles lorsque Marie sortit avec son chaudron à anse d'une main, de l'autre, son panier de noisetier où elle avait enveloppé d'un linge ses trois pains encore tièdes.

Le vent lui volait la buée de la soupe et la bonne odeur du pain, mais ces senteurs étaient là, avec elle, allant du même pas. Des parfums pareils à un feu clair qu'elle eût transporté au cœur d'une nuit. Elle imaginait la surprise des siens.

Une fête !

Une belle fête inattendue.

Elle eut soudain un peu peur que Bisontin ne se fâchât. N'allait-il pas dire que c'était une folie d'avoir tourné et cuit ces michottes qu'on ne manquerait pas de manger tout entières, en plus du pain rassis prévu pour le repas ? Pierre ne le soutiendrait-il pas ? Le pain représente trop de sueur pour qu'on en fasse une fantaisie, un plaisir de rien, un régal du palais.

Elle les aimait l'un et l'autre. Jamais elle ne doutait de leur amour, mais leurs reproches l'affectaient toujours profondément. Bisontin était un emporté.

Une espèce de soupe au lait. Il bondissait de la gueule pour des riens et Marie sentait alors son ventre se nouer comme si elle se fût soudain trouvée au bord d'un précipice. Jamais il n'avait menacé de la frapper, et pourtant, la peur la tenait, pareille à celle qu'elle éprouvait enfant lorsque son père levait le fouet. Pierre ne criait jamais, pourtant, la plupart du temps, il donnait raison au compagnon.

Durant quelques sabotées, la jeune femme ralentit un peu, assombrie par sa crainte. Mais elle se reprit bien vite. Pas plus Bisontin que Pierre n'étaient capables de se fâcher pour du pain frais. Au contraire, ils étaient toujours à se plaindre que Marie ne sût pas assez donner de place au plaisir dans leur existence. Ils étaient des hommes d'aujourd'hui. Depuis son enfance, les temps et les gens n'étaient plus les mêmes. Etait-ce le passage de la peste et de la guerre qui avait insufflé au cœur des hommes ce besoin de profiter plus vite et plus pleinement de ce qu'il y a de meilleur au long de la route ?

Jadis, jamais Marie, jamais sa pauvre mère (elle s'arrêta et posa son chaudron le temps de se signer) n'eussent osé pareille fournée. Jamais semblable pensée n'avait effleuré son esprit, même lorsqu'elle vivait avec le pauvre Joannès. Un instant, elle tenta d'imaginer son père découvrant des michottes. Elle le vit cognant en hurlant qu'il ne trimait pas tout le jour pour que sa femme et sa fille gaspillent sa peine. Quant à Joannès, elle ne pouvait l'imaginer que consterné.

La guerre avait passé. Tant d'atrocités laissaient derrière elles le désir violent d'une vie plus claire. Et Bisontin, pour avoir vécu sous tant de cieux différents, savait mieux que personne la nécessité du bien-être.

Marie souriait en pensant à cela. Aujourd'hui, le pain donnerait la joie. Une joie plus intense que celle qu'il dispensait chaque jour lorsqu'on avait la chance d'en trouver un chanteau à côté de son écuellée de soupe.

Avant de s'engager sous le couvert tout hurlant et craquant, Marie s'arrêta pour dégourdir sa main droite. L'anse de fer était chaude. Ses ustensiles par terre, elle se redressa, frotta ses paumes l'une contre l'autre, et s'assit sur une meule à demi recouverte par un buisson. Sous le fouillis d'ivraie, de ronces, de jeunes frênes déjà forts au tronc souvent marqué par une pousse sinueuse entre les gravats, il y avait les ruines noircies de l'ancienne verrerie. Marie n'y venait jamais sans que son cœur se serre.

Devant cet entremêlement de poutres calcinées et cet élancement de tiges, Marie priait toujours pour l'âme de Joannès, son homme, le père de ses petiots, celui qui était mort dans la forêt alors qu'ils s'enfuyaient devant la guerre et la peste.

Jamais elle n'approchait de ce lieu sans que s'impose la vision du verrier toussant et crachant sous cette bâche de chariot, sans qu'elle se demande ce qu'était devenu ce charretier d'Aiglepierre qui les avait aidés et peut-être sauvés en les conduisant jusqu'à la forêt où se tenaient Bisontin et son monde.

Elle demeura un moment troublée. C'était un peu comme si le vent qui lui gonflait le cœur risquait de l'empoigner et de la piétiner à la façon de ces cavaliers gris présents à toutes les mémoires et qui poussaient leurs chevaux sur le corps des blessés et des morts.

Marie frissonna. Un instant elle avait senti la guerre tapie sous ces décombres, prête à reprendre sa tâche. Tout au fond de sa souvenance, Marie retrouva les terreurs de son enfance, lorsqu'elle se croyait poursuivie par les monstres dont sa mère lui contait les histoires terrifiantes.

Empoignant son chaudron et son panier, elle remit ses pieds nus dans ses sabots et reprit le sentier que les hommes avaient ouvert au cœur du sauvage.

Un moment, elle crut sentir le souffle rauque de quelque bête faramine sur ses talons, mais elle se garda bien d'allonger le pas.

— C'est en toi qu'est le monstre, bourrique, fit-elle pour s'obliger à rire. Songe donc à autre chose.

Comme elle venait de regarder ses sabots, sa pensée alla tout naturellement aux chaussures. C'était une image qui la traversait souvent depuis leur retour. Car, avant leur départ, Bisontin leur avait acheté, chez un cordonnier de Morges, à chacune et chacun, une paire de vraies chaussures de cuir ; des souliers comme il en portait, lui qui n'était pas un homme des champs mais un compagnon des grandes routes et des villes.

Jamais encore Marie n'avait porté les siens autrement que pour les essayer. L'occasion ne s'était pas présentée. On n'enfile pas des souliers pour être à la Vieille-Loye, dans la forêt de Chaux. Or, depuis leur retour, elle n'avait jamais quitté le bois et la clairière où ils avaient défriché et construit leur maison à côté des ruines de l'ancien village.

Un jour, elle irait à Dole. Les hommes s'y rendaient souvent depuis que leur propre demeure était achevée. Ils travaillaient sur des chantiers pour rebâtir la cité et les villages d'alentour. Un jour, ils emmèneraient les femmes. Bisontin l'avait promis à Marie. Pierre l'avait juré à Claudia. Jean avait dit à sa sœur :

— Moi, c'est toi que j'emmènerai.

Et Léontine, avec son air de petite bonne femme, avait parlé de ses souliers.

— Le voyage à Dole, avait déclaré Bisontin, ça sera la grande fête des pieds !

Tout le monde avait ri très fort.

Depuis leur retour, ils demeuraient seuls, dans la clairière de la Vieille-Loye, mais bien souvent tout l'espace entre les vieux chênes s'emplissait de leur rire.

En revenant du Pays de Vaud, ils semblaient avoir ramené un certain bonheur sur la vieille Comté meurtrie qui avait bien du mal à panser ses plaies.

Marie s'arrêta encore plusieurs fois pour changer ses ustensiles de main avant d'atteindre la coupe où besognaient les siens. De fort loin, elle perçut leurs voix et le claquement des serpes et des haches.

La première qui l'éventa fut Jacinthe, la jument qu'ils avaient achetée à Morges.

Un long hennissement fit taire les outils et le compagnon siffla entre ses dents avant de crier :

— C'est la soupe qui vient... Jacinthe sent la patronne, et moi je flaire ce qu'elle apporte dans sa marmite !

Marie sortit du bois en lançant :

— Si tu ne flaires que la soupe, compagnon, c'est que tu n'as pas encore le nez assez long !

Ils se redressèrent tous. Se regardèrent un instant les uns les autres et observèrent Marie qui avait posé son panier derrière une souche.

Petit Jean fut le premier à crier :

— Elle a caché quelque chose... Je l'ai vue.

Il se mit à bondir par-dessus les aglons de branchage. Sa sœur le suivit tandis que les autres disaient :

— C'est des pommes.

— C'est peut-être un gibier ?

— Et si c'était des champignons ?

Le garçon se précipita vers le panier, mais Marie posa l'avant-bras sur la serviette pour qu'il ne pût la soulever.

— Non, fit-elle. Faut deviner. T'as tout juste le droit d'approcher ton nez.

Il se mit à renifler. Léontine arriva et, s'étant accroupie, dès la première respiration elle cria :

— C'est du pain chaud !... Je le sens ! Y a une miche toute neuve là-dessous.

Il y eut une brève bataille de mains, puis la serviette vola, découvrant les trois michottes dorées. Le garçon et la fille empoignèrent l'anse en même temps et ni l'un ni l'autre ne voulut lâcher prise. Courant côte à côte, trébuchant sur les branchages, ils s'élancèrent en criant :

— Des michottes ! Qui veut des michottes chaudes ?

— Trois michottes ! Y a trois michottes !

Marie sentit des larmes lui monter aux yeux. Elle reprit son chaudron et s'avança. Fichant sa hache dans une bille couchée, le compagnon s'en vint à sa rencontre. Il souriait. Son œil noir luisait. Il empoigna l'anse de fer et dit :

— Toi, tu n'es née que pour nous faire plaisir. Hein ? Tu ne sais jamais quoi trouver pour qu'il y ait un peu de soleil sur la forêt.

Il avait tout de suite, en quatre enjambées, pris de l'avance sur elle. S'arrêtant, il se retourna pour ajouter d'une voix plus grave que réchauffait un rire tout intérieur :

— Si les femmes étaient compagnons, toi, tu serais compagnon du fournil et de l'âtre. On t'appellerait Marie Bon Pain. Parce que le bon Dieu t'a sûrement expédiée sur la terre pour que les autres aient toujours du pain qui ne soit pas amer.

3

Bien entendu, en plein octobre, les hommes n'en étaient pas encore à abattre pour tirer du bois de travail. Ils dégageaient de beaux chênes et des foyards bien droits. Ils leur donnaient de l'air en débroussaillant tout autour pour qu'ils forcissent plus vite.

Entreprenant cette besogne, le compagnon avait dit à Marie :

— Qui sait, nous autres, on sera peut-être morts quand Petit Jean les abattra, mais puisqu'il se fait charpentier, faut lui préparer de la charpente et lui apprendre à regarder un peu plus loin que le bout du chantier.

Le chantier fixe ouvert à côté de la maison, Marie l'aimait déjà. Sa bonne odeur de sciure et de sève entrait jusque dans la salle. Il y avait toujours là du travail en cours. La plupart du temps, c'était un arbalétrier couché comme une immense bête aux jambes écartées. Les bois façonnés à l'herminette luisaient au soleil pareils à des corps couverts de grosses écailles creuses. Aux jointures, ça s'ouvrait dans la chair de l'aubier jusqu'au cœur plus sombre, les tenons entraient, les chevilles se fichaient là, écrasées de la tête par le choc des maillets.

Marie n'allait jamais sur le chantier quand les hommes s'y trouvaient. Bisontin l'eût prestement expédiée ! Elle s'y rendait en leur absence. Elle regardait. Elle passait sa main rèche sur les poutres, les caressait avec un peu de timidité.

Elle avait toujours vécu dans des maisons, sous des charpentes, sans jamais se rendre compte de ce qu'est leur construction, leur taille, l'assemblage des pièces. A présent, elle savait. Elle voyait se faire les choses. Tout demeurait empreint d'un grand mystère, mais du moins avait-elle compris que cette besogne-là n'est pas rien.

Son admiration pour Bisontin s'en trouvait grandie. Il avait beaucoup de choses dans sa tête. Derrière son rire qui semblait témoigner d'une certaine insouciance, résidaient la gravité et un grand savoir. Un savoir qui imposait le respect.

Elle, Marie de la Vieille-Loye, se demandait parfois comment pareil homme avait pu lier sa vie à la sienne.

Fière de lui appartenir, lorsque des gens admiraient le travail de son homme, l'écoutaient parler de son métier ou raconter ses voyages de compagnon, Marie se redressait toujours un peu. Elle en éprouvait parfois le sentiment de pécher par orgueil. Certains, qui ignoraient son nom, lui disaient :

— Tu es la femme Bisontin ?

Et Marie répondait oui avec beaucoup d'honneur.

A présent, ce n'était plus seulement le compagnon qui savait charpenter, mais également Pierre à qui Bisontin continuait d'enseigner les secrets du métier. C'était aussi Petit Jean, devenu grand et fort. Petit Jean qui ressemblait, par certains traits, au pauvre Joannès, mais s'annonçait robuste comme son oncle.

A lui comme à Pierre, le compagnon avait appris à lire et à compter.

Et les trois hommes menaient leur tâche dans la bonne humeur. Avec de temps à autre un coup de gueule du compagnon, mais qui ne durait jamais. Petit Jean trouvait tout de suite le mot ou la grimace pour ramener le rire.

Ainsi allait la vie dans la clairière que la forêt isolait du monde où se préparent les drames et le malheur. Ainsi s'installait une certaine quiétude. Et pourtant, la crainte demeurait de ce qui pourrait un jour franchir les grand bois et fondre sur eux comme l'ouragan.

Lorsque les hommes partaient sur un chantier extérieur, Marie vivait dans l'angoisse. Elle n'en disait rien à Claudia, rien à Léontine non plus, mais souvent, elle sortait sur le chemin et tendait l'oreille, guettant les pas de la jument et le grincement des essieux.

Aujourd'hui, à cause du grand vent qui poursuivait son branle fou, elle n'entendrait rien. Elle le savait, et c'était une raison pour guetter plus souvent. Elle fixait la voûte d'ombre d'où sortait le serpent doré du chemin. Des remous de poussière s'élevaient, pareils à de petits feux nerveux et voyageurs, affolés, cherchant à s'échapper et que les rafales furieuses piétinaient, écrasaient sur les terres de bordure. Lorsque l'un d'eux, plus robuste et plus tenace que les autres, parvenait à s'élever, Marie le voyait approcher, haut comme un homme, souple et tourbillonnant. Elle suivait sa marche jusqu'au moment où son souffle venait la frôler. Là, elle fermait les yeux, baissait la tête et posait sa main sur son fichu que ce diable lui eût arraché comme rien. Marie faisait front, elle triomphait. Mille pattes veloutées et tièdes la palpaient au passage, se glissant jusque sous son jupon. Ce n'était point désagréable, et pourtant, Marie feignait la colère pour crier :

— Hé là ! Toi, tu vas fort, dis donc ! Tu me trousserais, si je te laissais faire.

Une main sur la tête, l'autre serrant l'étoffe autour de ses genoux, elle finissait par rire toute seule.

Elle venait de subir ainsi coup sur coup trois fortes rafales (elle avait remarqué que les tourbillons se suivaient souvent par trois comme les jours de grands vents) lorsque, relevant la tête et rouvrant les yeux, elle vit l'attelage déboucher du bois. Jacinthe n'avait pas encore atteint la limite du soleil que déjà, s'étant retournée, Marie criait :

— Les voilà !... Les voilà !

Claudia et Léontine sortirent en sabotant fort sur les dalles. La première toute rondelette et qui se dandinait, la seconde presque maigre dont le pas sautillait. L'une tenait encore sa quenouille, l'autre une spatule de bois dégoulinante de gaudes. Claudia remarqua :

— Mais ils sont quatre !

Marie se haussa en montant sur une poutre. Elle porta sa main en visière devant ses sourcils et dit :

— C'est ma foi vrai... Ils sont quatre. Est-ce que je commencerais à voir moins clair ? La vérité, c'est que je suis un peu vieille.

Les trois femmes se regardèrent un instant. Dans les yeux des autres, Marie trouva le reflet de son inquiétude mêlée d'un peu d'espoir. Il venait si peu de choses du dehors, qu'on avait toujours, au fond de soi, une petite lueur guettant la nouveauté qui pouvait être source d'agrément. Et puis, bien plus grande, la peur de la mauvaise nouvelle. La crainte de voir surgir le messager du diable ou — ce qui ne valait pas mieux — d'un quelconque cardinal, gouverneur ou roi.

— Maman, cria Léontine qui venait de grimper sur une pile de chevrons, je crois qu'il y a encore d'autres gens entre les ridelles !

Elle leva le bras et l'agita. Aussitôt, sur la voiture de grands gestes répondirent. Marie salua aussi. Il semblait que le vent se fût mis à secouer cet attelage et son monde. Quelqu'un dut se mettre à genoux sur le plancher. Marie fronça les paupières. C'était une femme. Une femme qui tenait un bébé dans ses bras.

Alors, Marie fut rassurée. Il y avait un homme assis devant à côté de Bisontin, mais il y avait également derrière, sur la paille, une femme et un bébé. Un bébé comme au temps où Blondel arrivait.

Et Marie s'avança, suivie de sa fille et de Claudia. Elles marchèrent entre leur maison toute neuve et les ruines de ce qui, dix ans plus tôt, avait été un gros village bouillonnant de vie.

4

L'homme est petit, sec comme un criquet. Une peau très brune, tannée de soleil et tendue par les os aussi bien au visage que sur les mains. Un front étroit, écrasé par la masse lourde d'une tignasse noire et frisée. Sa bouche est mince. Les dents rongées. Il parle vite avec un curieux accent et, parfois, des mots que Marie ne comprend pas.

La femme ne dit rien. Sourit. Elle doit être un peu plus grande que son époux mais tellement plus grosse que ça ne paraît pas. Elle donne le sein. Une énorme poitrine blanche que les hommes lorgnent sans en avoir l'air.

Ils se sont assis. Le compagnon a dit :

— Marie, ils ont faim et soif... Et nous de même !

Marie, Claudia et la petite se sont hâtées. A présent, les gaudes sont terminées. Reste sur la table un quartier de porc fumé et la miche. Plus personne ne mange. Ils écoutent l'homme.

Il se nomme Antonio et sa femme Julietta. L'enfant, c'est quelque chose comme Piotto. Marie n'a pas bien compris.

Ils sont du Piémont. On leur a dit que la Comté est

vide. Qu'il y a des places à prendre et du travail. Ils sont venus. Des réfugiés comtois leur avaient parlé de cette terre et de ses richesses, alors Antonio a décidé de partir. Sa femme a suivi. C'est une bonne grosse qui suit toujours. Elle branle sa lourde tête dont les joues tremblent comme la gélatine quand Marie démoule le fromage de cochon. Elle fait toujours oui quand son homme parle. De toute façon, elle ne comprend rien. Elle n'entend que le parler du Piémont.

L'homme est forgeron. Marie comprend qu'il en a parlé tout de suite à Bisontin quand ils sont montés dans la voiture sur la route de Parcey. Ils allaient un peu au hasard. Ils l'ont expliqué et Bisontin leur a proposé de venir pour la nuit. Il n'a dit que cela, mais à présent, tandis que l'autre poursuit son récit auquel on ne comprend pas grand-chose, le compagnon regarde Marie. Il y a sur son visage une interrogation. Marie a envie de demander :

— Quoi ? Que veux-tu ? Tu veux les garder ?

Elle essaie de dire oui avec ses yeux. Puis, d'un coup, elle saisit. Tout devient clair. Elle fait :

— C'est ça... La forge !

— Tu sais où elle était, fait le compagnon. Et Pierre s'en souvient aussi.

La main du charpentier s'avance, empoigne le bras maigre et nerveux du forgeron :

— Ecoute un peu.

L'autre s'interrompt, presque fâché. Les sourcils froncés. Il fait un peu peur à Marie.

— Ecoute un peu. Je veux juste te dire une chose : la forge, ici, il y en avait une... Sous les décombres, tu trouverais les masses à frapper devant, les marteaux et tout... Suffirait d'y refaire des manches.

L'autre paraît interloqué. Il se gratte le menton de

ses ongles longs. Avec sa barbe mal rasée, ça donne un petit crépitement de feu maigre. Il finit par demander :

— Et tu voudrais que j'emporte tout ça ? Mais comment ? Pas sur mon dos ? Je te répète que mon mulet est mort en route... Je traîne ce que je peux...

Le compagnon lance :

— Et ça t'amuse de traîner cette besace ?

On croirait que le Noiraud va bondir et griffer Bisontin.

— Non, crie-t-il, ça m'amuse pas.

— Alors, rigolo, arrête-toi. Qui t'oblige à continuer ?

Encore le menton gratté. Encore l'œil noir tout illuminé de rage. Marie a déjà moins peur. Celui-là doit se nourrir de colère comme le four de fagots. Mais il ne brûle pas. Il ne mord pas.

— M'arrêter ici et remonter ta forge ?

— C'est pas la mienne... C'est la forge à personne. Si tu la remontes, on t'aidera. Ça sera ta forge parce que c'est toi le forgeron. Pas nous autres.

Le Piémontais élève la voix. Sa grosse épouse hoche la tête plus vite, comme si elle avait une mécanique qu'entraîne la colère de son homme. Il crie :

— Mais forgeron de quoi, forgeron de qui, dans ce foutu désert ?

Le compagnon part d'un grand rire qui gagne d'abord les siens, puis la grosse Piémontaise, puis finalement le tout noir.

— Forgeron de nous, pardi !... Forgeron de tout le monde... Comme je suis charpentier.

Il s'arrête le temps de boire un gobelet d'eau, puis, plus calme, il explique :

— Je serai ton premier client. Tu me ferreras la jument... Tu me feras les crosses dont j'ai besoin... Les outils...

L'autre grogne :

— Ça me mènera pas loin.

— C'est un début... Est-ce que tu crois que ce village va rester aux trois quarts mort ? Quand il y a quelque part un forgeron qui bat l'enclume, ça s'entend. C'est comme les cloches. Ça fait venir le monde.

L'autre hoche la tête, sa femme cesse de hocher la sienne pour l'observer. Il s'arrête pour parler, elle reprend son branle.

— Est-ce que tu crois vraiment qu'il va revenir du monde ici ?

— On est là. Tu arrives avec ta femme et ton petit. Pourquoi les autres ne viendraient pas ?

Soudain, le compagnon est comme frappé d'une illumination. Il se lève. Il dit :

— Les femmes, enlevez-moi tout ça.

Du geste, il montre les écuelles et les gobelets restés sur la table.

Les femmes débarrassent tandis qu'il se dirige vers la cheminée, se baisse, gratte les cendres et revient avec des charbons. Sa longue main osseuse les tient dans son creux comme trois gros insectes endormis. Il en prend un de sa main droite, entre le pouce, l'index et le majeur. Il le fait tourner un peu comme pour l'ajuster. Il se dresse de toute sa taille.

Les autres se sont levés et font le cercle autour de la longue table. Muets.

Ils sentent qu'il va se passer quelque chose. La grosse femme a refermé son caraco rouge et son petit s'est endormi sur ses bras, la joue contre l'oreiller moelleux de son sein.

Le compagnon respire comme s'il s'apprêtait à plonger. Sa main droite s'avance vers le plateau de frêne encore neuf de cette table où ne sont imprimées que quelques traces d'écuelles et de gobelets. Le charbon crisse longuement.

Marie grince des dents. Un épais trait noir bien droit suit le bord de la table. Un autre, parallèle, à quelques pouces du premier. Puis deux autres pareils le long du bord opposé.

Attente. Le visage du compagnon est tendu par l'effort qu'il fait avant que sa main ne trouve le geste précis qu'elle va accomplir sans une hésitation, sans un tremblement.

Marie admire.

Elle aime que les autres admirent aussi.

Et ils admirent. Ça se sent dans leur silence. Ça se lit sur leurs visages inclinés. A travers le mouvement arrêté d'une main qui reste en l'air. Figée.

Le charbon se pose contre le deuxième trait, il s'écrase un peu. De minuscules particules giclent comme des étincelles d'ombre. Il avance. Il tourne. Il accélère et fonce vers l'autre trait par une longue courbe gracieuse. Il remonte, s'incurve. Il fait l'escargot avant de quitter le bois pour voler plus loin et reprendre son tracé de volutes et de spirales.

Dieu que c'est beau ! Comment fait-il donc pour sortir tout ça de sa tête et de sa main ?

Jusqu'à présent, Marie ne l'a vu tracer que des charpentes. Des lignes droites. C'est tout. Mais le voilà qui se met à lui barbouiller sa table de courbes pareilles à celles qu'on voit parfois sur les balcons des plus riches demeures.

Il va au bout, puis, jetant vers le foyer les petits charbons qu'il n'a pas fini d'user, il se tourne vers le forgeron et demande :

— Et ça, pour une montée d'escalier, tu saurais faire ?

Du coup, c'est comme si on avait volé sa langue au

bavard. Les lèvres serrées, le visage tendu à tel point qu'on croirait que les pommettes vont lui trouer la peau, il fixe Bisontin. Son œil est mouillé. Ses paupières battent. Est-ce qu'il va se mettre à pleurer, ce serein recuit ?

Non. Il sourit. Il sourit des lèvres et du regard. Il prend dans sa main droite la main de Bisontin tandis que la gauche se pose sur son épaule. Il est bien plus petit que le compagnon, mais il se hausse sur la pointe des pieds. Leurs deux corps hésitent comme attirés l'un par l'autre. Celui du compagnon se casse un peu, leurs mains se lâchent et vont sur les épaules. Ils s'étreignent rapidement, puis, s'écartant l'un de l'autre, ils se mettent à rire. Et les autres rient avec eux.

— Toi, alors, fait le Piémontais. Si tu me trouves de la besogne pareille, tu pourras demander tous les ferrages que tu voudras pour tous les chevaux que tu pourras avoir jusqu'à la fin de tes jours, tu seras toujours le premier servi, et gratis !

— Tu vas te ruiner, lance Bisontin. Tu me connais pas, j'ai l'ambition de me payer un corps de cavalerie ! Prépare du fer, mon ami. Et allume ta forge...

L'autre crie quelque chose, mais sa réponse est couverte par une cascade de rires qui emplit la maison et déborde jusque sur l'aire où vient balayer le vent.

5

Le nouveau venu se montrait tout fiévreux et bien pressé de voir. Seule Claudia était restée à la maison pour tenir compagnie à la Piémontaise qui avait couché son enfant.

Pierre et Marie allaient devant. Dans ces dernières lueurs du jour, ils cherchaient entre les ronciers. Pierre taillait à coups de serpe. Marie disait :

— Non, pas là, tu te trompes.

— Je te dis que c'est là.

— Non, plus loin... Il faut avancer encore... Regarde, c'est là qu'il y avait le puisard des Vernet !

— Tu as raison.

— J'ai toujours raison.

Ils riaient. Les ruines n'avaient plus rien de triste. Ils allaient les faire revivre, les arracher à cette mort dont les plantes sauvages ne parvenaient pas à les tirer vraiment.

De loin en loin, un oiseau s'envolait. Un lézard étincelait entre les feuilles. Le compagnon plaisantait :

— Tu vois, forgeron, y a déjà du monde par ici. Tu seras pas tout seul. Ne crains rien !

D'un coup, ce fut comme un signal. Comme une parole de la terre. Entre les éboulis, une pierre roulant venait de faire sonner du métal. Il y eut un temps d'arrêt, puis, les écartant du geste pour passer, le Piémontais bondit d'une poutre calcinée à un pan de mur noirci. Il disparut presque totalement au milieu du roncier.

— Le voilà qui devient fou, celui-là ! cria Bisontin. Mais c'est la bonne folie. La folie du métier qui le tient aux tripes.

— Oh, vous autres ! Ecoutez-moi ça !

Le noiraud se baissa. On ne vit plus que le remuement des tiges et des feuilles où sa chemise devait s'accrocher.

Et le son de la grosse enclume monta.

Maria n'osa pas dire que ça lui paraissait moins limpide qu'à l'époque où le vieux Dunoyer cognait. Elle n'osa pas, mais ce fut le nouveau forgeron qui cria :

— Ça sonnerait encore mieux si c'était pas coincé sous la caillasse !

— On est tombé dessus tout de suite, dit Pierre.

— Oui, fit le compagnon, c'est un bon présage. Vous ne croyez pas ?

Ils approuvèrent. Le noiraud s'était redressé. Dans sa main anguleuse où saillaient d'énormes veines, il tenait la tête d'un marteau dont le manche avait brûlé.

— Celui-là, fit-il, je le prends tout de suite. Demain il sera emmanché. Ce sera mon premier outil... C'est quelque chose... La grosse enclume... Tomber dessus tout de suite. Au premier pas...

Il disait les mots pour parler. Pour essayer de cacher son émotion. Mais Marie voyait bien les larmes trembler au coin de ses yeux. Elle l'observait. Elle ne savait trop ce qu'elle devait penser. Ça faisait du bien, cette joie d'un homme à ce point amoureux de son métier. Un de la race de Bisontin. Et pourtant, est-ce que ça n'était pas à vous rendre jalouse, que des hommes puissent à ce point aimer le bois, des bouts de ferraille, un outil ?

Marie se sentait un peu oubliée, dans cette joie qu'ils se partageaient comme un fruit tout frais tombé de l'arbre.

Le troisième jour de ce vent fort menait sa danse. Ça donnait aux gens, aux plantes, des airs de vouloir s'envoler à chaque instant. Seuls les charmes et les chênes retenaient encore leurs feuilles. Les autres dispersaient à petites pincées le peu qu'il leur restait. Les grands peupliers de la source conservaient une espèce de plumet qui n'avait même pas eu le temps de jaunir complètement. Des corneilles s'y perchaient, balancées de çà, de là.

Comme s'il eut deviné que Marie pensait à la source, le Piémontais demanda :

— Et de l'eau, où est-ce qu'il y en a ?

— La source est là-bas, où tu vois les peupliers. Il y a aussi le ruisseau, à l'autre bout, explique Pierre... Autrefois, il y avait même un conduit en bourneaux de bois qui amenait l'eau jusque près de la forge. Faudrait le refaire.

— On le refera, trancha Bisontin.

L'homme hésita.

— Est-ce que cette eau est bonne pour le fer ? demanda-t-il.

— Je suppose, dit le compagnon.

— C'est capital, fit l'autre. Il y a les eaux de fer et celles qui te font une trempe toute molle.

— Ma foi, dit Pierre, je n'ai jamais entendu le vieux qui travaillait là se plaindre de l'eau. Et tu avais des gens qui venaient de loin lui commander un soc d'araire.

Depuis un moment, Marie réfléchissait. Quelque chose qui lui venait du fin fond de son enfance avait remué en elle. Au début, presque rien. Une espèce d'éclat sans forme ni couleur.

Elle fut surprise.

Demeura comme si un animal inconnu eût débouché du buisson et déguerpi entre ses sabots. Une bête trop rapide pour qu'il fût possible de la décrire.

Marie éprouva le besoin de s'ébrouer. Elle grogna pour elle :

— Est-ce que tu vas te mettre à avoir des visions, par exemple ?

Mais l'éclat revint. Verdâtre. Avec des papillons de soleil.

Elle y réfléchit un peu, en se forçant. En essayant d'immobiliser la vision dans sa tête. D'un coup, tout fut d'une extrême netteté. Marie eut la gorge serrée, puis une envie de rire qu'elle s'efforça de museler. S'étant donné le temps de bien préparer sa phrase, elle dit :

— Est-ce que tu viendrais faire un petit bout de chemin avec moi ?

Tout le monde l'observant, elle se sentit rougir jusqu'aux oreilles. Le noiraud demanda :

— Moi ?

— Oui, toi, le forgeron !

Il eut une hésitation, un regard circulaire qui revint à Marie :

— Rien qu'avec toi ?

Marie était paralysée par sa propre audace, mais voulait aller au bout de son idée. Elle fit oui de la tête en précisant :

— Ça ne regarde que toi.

Les autres se récrièrent, mais le forgeron éleva sa voix dont on se demandait où elle trouvait tant de résonance dans cette poitrine plate. Il beugla :

— Laissez-moi tranquille... Je ne l'enlèverai pas. La mienne me suffit, elle fait trois fois mon poids...

Il y eut des rires, puis, s'adressant à Marie :

— Avance. S'ils nous suivent, je leur foutrai des cailloux.

Tandis que les autres reprenaient la direction de la maison, Marie se mit à progresser à travers les ruines, s'arrêtant parfois pour se repérer. Le forgeron suivait, grommelant chaque fois qu'il trébuchait.

— Si tu me fais faire tout ça pour rien, répétait-il sans cesse, je te fous le cul dans la source.

— Pas la source, corrigeait Marie. Pas la source.

Ils allèrent ainsi un long moment, contournant des amoncellements de pierraille et de charpente qui faisaient soupirer le Piémontais :

— Seigneur, préserve-nous de pareil malheur... Qu'est-ce que je suis venu foutre là... Qui donc jurerait que cette guerre ne va pas renaître de ses cendres ?

Agacée, Marie lança :

— Si tu veux retourner dans ton pays, c'est pas la peine que je te montre ce que j'ai à te montrer.

— Va toujours... Faut que je cause, moi. Si tu m'écoutes, t'as pas fini de perdre ton temps.

Marie repartit pour s'arrêter bientôt devant un fouillis plus touffu et plus feuillu que le reste. Du roncier s'élançaient de gros frênes où s'accrochaient des clématites et une vigne sauvage. De la viorne poussait aussi qui se mêlait à de jeunes aulnes.

— Alors ? fit l'homme.

— Alors, taille là devant, et soulève-moi ça.

Il s'approcha, leva sa serpe et resta le bras en l'air, flairant comme un chien en arrêt. Il se retourna pour planter ses yeux durs dans les yeux de Marie. Son visage était bouleversé. Il souffla :

— Je la sens, sapré dié... Elle est là-dessous...

Marie fit oui de la tête en murmurant :

— Elle y était du temps du père Dunoyer. Elle y est sûrement encore.

Comme un forcené, le Piémontais se mit à attaquer la broussaille. Il devait s'arracher les mains, cependant la rage d'avancer le rendait insensible.

En quelques coups il eut ouvert un petit tunnel où il se mit à quatre pattes, la tête en avant. Son derrière pointu hésita en remuant sur place tandis qu'il s'escrimait encore de la serpe. Puis il disparut. Sa voix arriva :

— Viens, y a la place.

Marie se demanda un instant si elle n'était pas un peu folle de suivre ainsi cet inconnu, mais sa curiosité la poussa. Elle se coula derrière lui et déboucha bientôt sur le rebord moussu d'une auge de pierre enterrée. Ce bassin débordait au bout, sur la gauche, et son trop-plein devait se répandre sous les arbres et se perdre dans la terre noire où pourrissaient des feuilles. Vers la droite, la pierre disparaissait sous un entrelacs de racines luisantes. C'était comme si les doigts de ce sol eussent tenu cette auge en agrippant son rebord.

— Elle est belle, souffla l'homme.

Il plongea doucement sa main en coupe et il but. Il se redressa, le menton dégoulinant.

Marie laissa passer un moment durant lequel leurs regards s'étreignirent, puis demanda :

— Alors ?

— Tu parles. Venant de là-dessous, si elle est forte, celle-là !

Il y plongea sa main moins doucement, la leva pour faire couler ce qu'il avait pris dans le bassin. Le bruit parut énorme dans le silence de cette voûte où nul souffle ne pénétrait.

— Regarde-moi ça, disait-il en riant, c'est plus sonore que de l'argent. C'est plus lumineux que la flamme... Bonsoir ! Et toi, tu la connaissais !

Marie raconta qu'elle avait parfois suivi le vieux maréchal lorsqu'il venait là, puiser au bassin avec ses deux seilles de bois.

— Ce qui m'a fait penser à ça, fit-elle, c'est quand tu as parlé de l'eau de fer. C'était comme ça qu'il appelait cette source, le vieux... Il disait : la source de fer.

Le Piémontais but encore, parla des arbres sous lesquels naissait ce ruissellement qui transpirait lentement tout au long des racines, puis, s'apprêtant à se couler de nouveau sous les feuillages, il dit gravement :

— Rien que pour ça, tu peux compter qu'il n'est plus question que je cherche ailleurs... Une eau pareille, faudrait faire des lieues et des lieues pour la dénicher.

Ils se retrouvèrent debout dans la lumière du soir où le vent les enveloppa d'un large battement d'aile. Ils se regardèrent encore, puis l'homme se remit à rire, ajoutant :

— De l'eau, une enclume et des gens comme vous tous, avec du travail en plus. Ça fait beaucoup pour un seul jour !

6

A la fin d'octobre, la forge était remontée. Une belle bâtisse. Large. Epaisse. Quelque chose qui se donnait le temps de vivre et la force de respirer. C'était tout d'un seul tenant. Le logement des gens, le logement des bêtes et celui de la grosse enclume.

Les bêtes, on s'en occuperait plus tard. Avant de prendre des animaux, il faut essarter de quoi les nourrir. Pour l'heure, on ne comptait qu'une grosse lapine grise qu'on ferait porter au printemps, deux poules et une chevrette. Un cadeau de Marie.

Bien entendu, Bisontin avait donné les directives pour la charpente. Pierre était resté plusieurs journées pour la monter avec Antonio. Le soir, il rendait compte à Bisontin :

— On a fait ça.

— Ça tient comment ?

— Comme ci et comme ça.

— C'est bien, mais faudra me cheviller chaque tenon.

— Cet Antonio, tu sais, c'est un solide. Pas épais, mais il me crèverait. On dirait qu'il a le feu au cul. Il veut que tout soit fini avant d'avoir commencé.

— C'est un du Sud, disait le compagnon. Il voit venir l'hiver de plus loin que nous. Il veut se sentir un toit sur la tête. Ça se comprend.

Pour la couverture d'ancelles, ils avaient tous prêté la main et ç'avait été terminé en deux journées.

— Si t'as pas de fer à forger, disait Bisontin en rigolant, je fais de toi un charpentier en trois mois.

— Tu peux courir, ricanait le noiraud. Tes bouts de bois, c'est trop raide. Moi, j'aime que ça plie. Au feu, faut pas que ça brûle, faut que ça devienne comme de la pâte à pain. Sous le marteau, je veux pas que ça fasse comme de la terre, mais que ça sonne et qu'on l'entende depuis l'autre bord de la forêt.

— Tu nous saoules, criait Pierre, tu parles trop. T'es encore plus bavard que Bisontin.

Et les rires ruisselaient de la toiture pour venir jusque vers les femmes occupées à passer les paquets d'ancelles toutes fraîches taillées.

— Si t'avais que de la ferraille pour couvrir ta toiture, malheur de nous, ça serait une passoire !

Ils plaisantaient sans perdre une minute, car le temps menaçait de tourner à la pluie. L'époque des grands vents touchait à sa fin, il fallait que le forgeron pût se mettre à l'ouvrage. Ah ! ce n'était pas la besogne qui lui manquerait. A chaque maison qu'il couvrait à Parcey, à Montbarry ou même à Dole, le compagnon s'arrangeait pour qu'on lui réserve les balustrades, les espagnolettes, les mains courantes et les enseignes. Le soir, il lui arrivait de s'inquiéter :

— Pourvu qu'il soit vraiment bon forgeron.

Et Marie répondait :

— Il l'est... Quelque chose me le dit.

Elle avait récuré la table, mais le bois portait encore, très atténuée, la belle balustrade dessinée par le compagnon. Marie la regardait souvent, lorsqu'elle attendait le retour des hommes. Un jour, son garçon saurait peut-être dessiner comme Bisontin... Un jour... Bientôt. Et jamais il n'irait dans une verrerie se cuire les poumons comme l'avait fait son père.

Pour la première fois depuis des années, Marie regardait sans effroi l'arrivée de l'hiver. Au contraire, secrètement, elle l'espérait. Les hommes partiraient moins souvent. Ils allaient abattre beaucoup de bois et le préparer pour le mettre à sécher. Durant ce temps, elle resterait chez elle avec Claudia et Léontine. La maison serait chaude. Bien plus que l'hiver précédent où le grenier n'était pas terminé, l'écurie encore à demi ouverte avec des vents coulis partout. Cette fois, ce serait bon d'entretenir le feu, de s'occuper des bêtes et du repas des gens. Elle pourrait même voisiner. Aller embrasser le bébé de la grosse Piémontaise. Ça ne risquait pas de lui faire perdre beaucoup de temps en parlote. La mère n'en pouvait pas dire beaucoup plus long que le nourrisson.

Et puis, il y aurait le carillon de la forge.

Celui-là, pour se mettre à tinter, il n'attendait plus que le soufflet. La seule chose que les hommes n'avaient pu fabriquer eux-mêmes et que Pierre était parti chercher à Dole, chez un tanneur de la rue du Moulin.

Lorsque Petit Jean crie :

— Le voilà ! Il a le soufflet. Il l'a !

On n'est pas bien loin de la nuit à cause d'un gros nuage épais qui dévore le crépuscule et écrase le bois plein de gémissements.

Ils se retrouvent tous dehors. Le forgeron avec son enfant sur son bras.

Quand le char à quatre roues s'arrête devant la

forge, avant même que Pierre ait sauté à terre, le Piémontais s'avance. Il tient la main minuscule du bébé dans la sienne et l'approche du cuir tout neuf où luisent des rangs serrés de clous à grosse tête. Il dit :

— Touche, mon Piotto. Faut que tu touches. Un jour, c'est toi qui t'en serviras.

L'enfant crie un peu et, tout de suite, la mère le reprend. Bisontin lance :

— Celui-là, c'est pas demain que tu le mettras au travail, mon Tonio ! T'as pas fini de l'engraisser. Rien que de voir le soufflet, il a peur de la forge !

Ils rient un instant, mais l'heure n'est pas à plaisanter. Marie les sent tendus. Béats d'admiration devant cet énorme personnage ventru dont la panse déborde les deux côtés de la voiture où on l'a encordé, ils sont un moment sans oser y toucher. Agacée par tant de respect, Marie a envie de demander s'ils craignent d'être mordus. Cependant, leur silence l'impressionne un peu. Elle se tait. C'est un geste du forgeron qu'ils attendent, non plus un ordre du compagnon.

Enfin, lentement, comme un prêtre s'avance vers le Saint-Sacrement, l'homme noir approche du char. Il empoigne la corde et commence à défaire les nœuds en disant :

— Faut pas traîner, la nuit est déjà là.

L'ombre a progressé. Sous le toit de la forge, c'est quasiment l'obscurité. Ils prennent le soufflet à trois. Petit Jean les guide.

— Attention l'enclume... Un peu par là... Vous y êtes.

Ils posent le soufflet sur le foyer. Deux hommes battent le briquet. Sur le seuil du portail, Marie, Léontine et Claudia se pressent autour de Julietta dont le Piotto s'est endormi. Ne voyant que les étincelles, elles retiennent leur souffle. La voix du Piémontais demande :

— Vous voulez le mettre en place ce soir ?

— Nous autres, fait Bisontin, on ne veut rien ; le forgeron, c'est toi.

Pierre lance à son tour :

— Vous m'avez pas laissé le temps de le dire mais juste en entrant dans le bois, la jument a perdu un fer. Ça m'a pas avancé.

— Tu blagues ? demande Bisontin.

— Tu peux aller voir... Le pied gauche, devant.

— Ça alors ! fait le compagnon.

— Ça alors ! reprend en écho le Piémontais.

Ils hésitent un moment entre le rire et on ne sait quoi qui les tient immobiles, leur torche de bouleau enfin allumée.

Puis, comme la flamme grandit, leurs faces où dansent des lueurs d'incendie s'animent. Ils se mettent à parler tous les quatre en même temps pour dire que c'est tout de même un sacré signe du ciel que ce fer qui s'en va au moment précis où le soufflet arrive à la forge.

— Ça, dit le compagnon, faudra que tu t'en souviennes, Petit Jean. Et que tu le racontes plus tard aux jeunes pour qu'ils le racontent aussi. Ça ira loin, très loin dans les siècles qui s'avancent.

A la clarté de la torche, ils ont hissé le monstre aux mille étoiles sur les consoles de fer fichées entre les pierres et qui l'attendaient depuis des jours. Le forgeron bricole un crochet, il accroche un bout de chaîne terminé par une poignée qu'il a forgée à froid. Et là, prenant son temps, il approche la torche du foyer où tout est prêt. Il ordonne :

— Allons, Petit Jean, tire-moi sur cette chaîne !

Le garçon s'avance. Marie s'approche pour mieux observer son fils dont le visage est baigné de gravité. Elle le voit lever la main et saisir l'anneau. Il tire. Un gros bruit se fait comme si mille poitrines crachaient en même temps. Les flammes se couchent. Elles vont s'éteindre. Non, elles renaissent plus dures, toutes prêtes à mordre le gros bois puis le charbon que verse le forgeron.

— C'est bon, mon garçon, quand Bisontin ne voudra plus de toi, tu viendras apprendre la forge.

— Oh non, fait Petit Jean.

— Pourquoi non ? dit le compagnon. Durant l'hiver. Quand la neige nous coupera la besogne, tu viendras. Nous viendrons tous. Ce n'est jamais de trop que de connaître deux métiers.

— Moi, dit fièrement Pierre, ça m'en fera trois si j'apprends la forge puisque j'étais charretier, avant d'être charpentier.

Marie pense encore au feu de la verrerie qui a brûlé les poumons de Joannès. Mais celui-là n'est pas le même... Elle le sait. Elle a assez regardé forger le vieux Dunoyer, puis, à Reverolle, le père Rochat qu'ils ont enterré là-bas.

A présent, le foyer est bien dru. Il éclaire tout l'intérieur du bâtiment. Le forgeron les regarde. Se baissant, il empoigne une seille qu'il lève dans la lumière. De l'eau déborde et claque par terre. Des gouttes vont chanter sur les braises.

— Et voilà l'eau de Marie, dit-il. L'eau de secret du premier soir.

Il raconte. Puis il tire du seau une bouteille dégoulinante.

— Mais c'est pas de l'eau qu'on va boire pour arroser ce soufflet, sacrebleu... C'est de l'arbois. Et que je suis allé chercher exprès.

— C'est donc là que tu as perdu toute une journée, dit Pierre.

— Perdue ? Tu es fou.

— Perdue ? Tu veux dire gagnée.

— Vous avez raison, reconnaît Pierre.

Ils boivent. Religieusement. En se passant le gobelet... Ils boivent sans rien dire, en écoutant le beau chant du soufflet et de la forge. Puis, lorsque la bouteille est vide, le Piémontais prend quatre ébauchons de fer qu'il a préparés et les pose dans le beau milieu du foyer en disant :

— Allons, charretier. Va me chercher ta bête, qu'on lui fasse des pieds tout neufs.

Déjà, sur la grosse enclume encore nue, il fait sonner sa masse. Le son s'envole doré et limpide, il bondit par le portail ouvert pour aller se perdre tout au fond de la nuit.

7

Dès le lendemain, alors que l'aube commençait à peine de glisser une lame froide sous la porte, le marteau les réveilla.

Un beau réveil de joie.

— Celui-là, fit Bisontin, il ne risque pas de s'endormir sur sa ferraille... Tu sais, Marie, je crois que c'est une chance de l'avoir rencontré. Quand il y a un bon maréchal quelque part, les gens y viennent. Et s'ils s'y plaisent, ils s'installent.

Marie approuve. Elle pense presque toujours comme lui, même lorsqu'il lui paraît un peu fou. C'est qu'elle l'aime d'amour. Avant de le connaître, elle n'avait guère côtoyé que la misère, la douleur, la mort. Elle était attachée à Joannès. Il ne coule pas une journée, pas une nuit sans qu'elle prie pour le repos de son âme. Mais Joannès s'en est allé. Sans bruit. Comme il avait vécu. Le froid de l'hiver a effacé de la vie cet être dont l'existence entière s'était déroulée devant le brasier de la verrerie.

Le compagnon, Marie ne peut pas dire qu'il ait remplacé Joannès. C'est trop différent. Ils ne vivent pas côte à côte, elle est dans son sillage comme une feuille derrière le bachot qui sert à traverser l'étang des Noues. Et pourtant, elle veille à tout. Sans même qu'il s'en rende compte, elle trace parfois un petit peu la route. Et lui, occupé qu'il est par ces dessins de charpente qui lui tournicotent dans la tête, il ne s'aperçoit de rien. Elle a pris à sa charge les petites tâches qui risqueraient de lui causer du tracas et de le gêner dans l'exercice de son art. Il est le maître. Il crée. Il travaille beaucoup aussi et sait faire travailler les autres.

De temps en temps, il constate que Marie a fait ceci, ou cela. Il reconnaît :

— C'est bien.

Elle sourit. Elle a envie de répondre :

— Tiens, tu t'aperçois que j'existe ?

Mais elle ne dit rien. Elle sait se satisfaire de ce qu'il lui donne. Elle est son ombre. Une ombre fidèle. Souvent aussi, elle pense que, sans lui, elle serait sans doute restée à la pauvreté.

Tout au fond de son cœur, il y a alors une petite voix d'orgueil qui réplique :

— Et lui, sans toi, il ne se serait jamais fixé nulle part !

Quand la rage empoigne le compagnon, il finit invariablement par s'en prendre à tout le monde. Il se met à glapir qu'il est prisonnier de la forêt, prisonnier de la maison, du travail et des gens dans cette foutue clairière ! Il va reprendre ses hardes et sa boîte à outils pour foutre le camp tout seul.

Ses colères sont des feux de broussaille. Elles ne durent pas, mais chacune laisse au fond de Marie un limon de doute et de crainte que le moindre remous suffit à soulever.

La jeune femme a constaté que même lorsqu'il ne

se laisse pas dominer par son humeur, de plus en plus souvent, Bisontin bougonne que la route n'est pas seulement pour les chiens et qu'un jour ou l'autre il la reprendra.

Marie se fait toute petite. Elle se demande parfois si elle ne devrait pas s'effacer un peu moins, montrer qu'elle souffre de ce qu'il dit. Cependant, sa nature ne la porte point à se mettre en avant. Elle aime mieux se faire oublier comme si elle redoutait qu'il n'en vienne à la tenir pour seule cause de ce manque de liberté dont il se plaint.

Et pourtant, le rire de Bisontin finit toujours par renaître. Alors, Marie se demande s'il est vraiment heureux.

Bien sûr, il arrive que Bisontin regarde quelques filles au corsage et à la croupe. Il plaisante avec Pierre. Des broutilles qui vous pincent tout de même le cœur. Mais ce n'est rien à côté de cette foutue liberté que Marie finit par imaginer pareille à une grande garce aux yeux de feu et aux seins débordant un fouillis de dentelles. Finalement, quand un homme fait mine de s'en aller, même s'il parle charpenterie et pays nouveaux, n'est-ce pas toujours avec l'arrière-pensée que d'autres aventures l'attendent à chaque étape ?

Marie éprouve d'autant plus de crainte qu'elle est consciente d'avoir vieilli plus vite que Bisontin. A trente-deux ans, ce sacré gaillard est encore dans sa pleine force. Avec ses vingt-neuf années de vie dure, Marie se voit usée.

Pour l'ouvrage, elle ne se sent pas vraiment vieille, mais au lit, elle éprouve le sentiment de l'être déjà.

Toutes ces pensées sont en elle à la manière du terreau dans la forêt. Les arbres s'en nourrissent ; s'il y en a trop, la moisissure se met dans les racines, et les plus faibles crèvent pour donner de l'air aux autres.

Du moins est-ce ce qu'elle se répète souvent parce qu'un jour, à propos d'elle ne sait plus quoi, Bisontin a parlé de ça. L'image l'a frappée. Elle la retourne en elle.

Et puis, elle oublie.

Il y a la vie.

La maison est belle. C'est le compagnon qui l'a construite avec l'aide de Pierre et de Petit Jean. Avec l'aide des femmes aussi qui ont beaucoup peiné à piocher, à transporter des pierres, du bois, de la chaux et du sable.

C'est du solide. A moins que les soudards du roi de France ou de quelque autre monarque ne viennent y bouter le feu, ça tiendra des siècles. Le compagnon est formel. Il affirme que les petits-enfants de Jean et de sa sœur pourront encore y vivre heureux, si personne jamais ne cesse d'entretenir la couverture. Les bancs, la table, les lits de planches souples, tout a été fait avec du bois de la forêt. Des foyards, des chênes abattus avant les malheurs et que les forestiers avaient abandonnés sur place. Gerbés l'un sur l'autre, ceux du dessus étaient parfaitement sains. Bisontin expliquait :

— Du bois écuit par la pluie et le vent. Il a séché à l'ombre des arbres, c'est le meilleur. Tous les rasseurs vous le diront : si serré de grain que ça vous retourne les scies comme rien !

Du bois gratis, mais qui coûte cher en sueur pour le débiter.

Lorsque Marie contemplait les poutres de la cheminée, c'était le chantier de débit qu'elle revoyait, avec leur peine à tous et la douleur des épaules et des reins.

La fatigue disparue, restait le solide qui les attacherait là, tous autant qu'ils étaient, Bisontin comme les autres !

Même ce Piémontais batteur d'enclume, cet enragé du marteau et de la gueule se sentait déjà ici. Depuis que son soufflet grondait, à l'entendre parler de la Vieille-Loye et de son eau de fer, on l'eût cru ici depuis dix générations, celui-là ! Et sa grosse femme, qui ne saurait jamais plus de vingt mots de la langue du pays, semblait tellement bien plantée dans cette terre qu'on en arrivait à se demander si elle n'était pas la plus ancienne souche de la forêt.

Tout cela rassurait. Tout cela éloignait le spectre de la peste et de la guerre.

Parfois, il arrivait qu'en filant sa quenouille ou en lessivant Marie se mît à fredonner.

Si elles se trouvaient là, Claudia et Léontine chantaient avec elle. Et leur chanson emplissait la maison :

Je suis fille de Comté Franche
Dans ma clairière chante l'oiseau
L'oiseau fait s'incliner la branche
Pour saluer le renouveau.

Je suis de la forêt doloise
Dans mon pays chantent les eaux
Les eaux de la terre comtoise
Où viennent boire tous les oiseaux

La Vieille-Loye est mon village
Au cœur de la forêt de Chaux
La source fait son babillage
Qui se mêle au chant des ormeaux.

Je pourrais faire le tour du monde
Je ne trouverais pas plus beau
Que notre source vagabonde
Et notre forêt aux oiseaux.

Lorsque Marie reprenait ces couplets, c'était que tout en elle était clair. Le fond de son cœur ne portait que très peu d'inquiétude. Pas du tout serait trop dire ; car Marie n'était point de celles qui croient le bonheur prêt à s'installer une fois pour toutes parce qu'on lui a bâti une demeure solide. Les meilleures portes ne sauraient empêcher le malheur d'entrer.

Elle le savait. Elle en eut le pressentiment le soir où son frère arriva le dernier, longtemps après les autres, alors qu'il était allé jusqu'au Deschaux avec la voiture, pour chercher deux chèvres échangées contre trois plateaux de frêne.

Bisontin était déjà rentré de la coupe avec Petit Jean. C'était vers la fin de novembre. Le jour s'éteignait de bonne heure. Le crépuscule avait tiré de l'ouest une petite pluie glaciale et obstinée, de celles dont on sent dès les premières gouttes qu'elles viennent pour durer. A plusieurs reprises, Marie était sortie sur le seuil pour écouter la nuit. Agacé, Bisontin lui avait demandé :

— Veux-tu que j'aille à sa rencontre ?

Elle avait dit non, parce qu'il l'offrait d'un ton bourru, peut-être aussi parce qu'elle trouvait que c'était assez d'en savoir un dehors. Quelque chose lui soufflait que Pierre n'était pas en danger, mais qu'il reviendrait avec le malheur. C'était stupide, elle le savait, mais n'y pouvait rien changer.

Son frère rentra avec les deux chèvres qu'ils eurent

du mal à descendre de la voiture parce que la lueur de la lanterne sourde les effrayait.

Lorsque ces bêtes furent à l'étable sur la paille sèche, Pierre vint s'asseoir devant l'âtre. Il quitta ses bottes et sa grosse peau de mouton qu'il mit à sécher. Puis, calmement, comme s'il eût parlé du travail, il raconta :

— Le bailly de Chaussin se trouvait là. Il descendait de Poligny. Il nous a dit que là-bas est arrivée une espèce de folle qu'on accuse de sorcellerie... Paraît qu'elle est arrivée avec une aveugle qui est morte... On l'appelle Hortense.

Il y eut un silence terrible. Marie savait que Bisontin parlerait. Il finit par demander :

— Et tu crois que ce serait elle ?

Pierre se retourna. Son visage dont le foyer éclairait le côté droit était grave. Son front se plissait. Il prit le temps de réfléchir avant de répondre :

— Ma foi, je sais pas ! Il m'a dit de quoi elle a l'air. C'est elle, et c'est pas elle...

Il se tut. Il frotta l'une dans l'autre ses mains que la pluie avait dû engourdir. Le feu crépitait. Des étincelles giclaient loin sur les dalles. Claudia dit :

— C'est moi qui ai mis de l'acacia. J'aurais pas dû.

Ils la regardèrent tous comme si elle eût parlé soudain de la lune.

Son visage se métamorphosait imperceptiblement. Ses joues rondes s'étaient mises à remuer comme tiraillées de l'intérieur. Ses yeux un moment absents se mettaient à vivre. Ses paupières battirent très vite et, tandis qu'elle souriait, deux larmes perlèrent à ses cils pour rouler le long de son nez.

— Hortense ! Hortense ! C'est elle, hein ? Dis-moi que c'est elle. Tu le sais, toi. Tu le sais.

Elle se précipita vers Pierre et lui prit la tête à deux mains pour l'obliger à la regarder. Lentement, il se leva et la serra contre lui. D'une voix enrouée, il murmura :

— Moi, je pense que c'est elle.

Un silence pesant se coagule dans la pièce. Tout au fond de Marie, quelque chose se forme. Une roche dure et glaciale qui pèse lourd.

— C'est Hortense, répéta Claudia qui rit et pleure tout en même temps. C'est elle. Elle va venir ici. Je sais qu'elle va venir.

Bisontin se lève. Il remue les braises et pose deux rondins de charmille sur ce bout d'acacia qui continue son feu d'artifice. Le crépitement se poursuit, mais les étincelles ne viennent plus jusque sous la table. Les autres bûches font obstacle.

Cette fois-ci, non seulement Marie sent que Bisontin va parler, mais encore sait-elle parfaitement ce qu'il va dire. En elle, le bloc de pierre s'alourdit. Une envie de se lever et de crier la saisit, mais la pierre est trop lourde, elle lui coupe le souffle et la tient sur son banc.

Le compagnon fait quelques pas. Il s'arrête. Il revient vers le foyer, puis, sans plus d'émoi que s'il leur annonçait l'ouverture d'un nouveau chantier, il dit :

— Demain, Pierre ira à la coupe. Moi, je pousserai jusqu'à Poligny... Il faut savoir.

Au fond de Marie, une voix hurle comme la bise noire :

— Non... Nous sommes là... Nous avons eu assez de mal à bâtir. Reste... Faut plus s'éloigner les uns des autres... Plus s'en aller loin de notre forêt.

Cette voix continue à l'intérieur. Mais l'autre, la

petite voix un peu voilée par l'émotion coule dans le silence pétillant de la maison bien chaude :

— Oui... Tu iras... C'est elle... Mais... Mais tu seras prudent... Tu feras pas de folie... Tu sais comment sont les gens dès qu'on parle de sorcellerie.

Elle a envie de se lever. D'aller se blottir dans les bras de Bisontin comme elle le faisait autrefois. Mais il y a déjà longtemps qu'il ne l'a pas serrée contre lui. Alors, elle reste assise. Les coudes sur la lourde table, elle le regarde. Il est debout, une épaule contre le mur à droite du foyer. Sur son visage d'oiseau de proie, les lueurs dansent étrangement. Est-ce qu'il sourit ? Marie ne sait pas. Pourtant, elle lit dans le regard du compagnon à quel point il est loin déjà, infiniment loin de cette maison où elle croyait leur bonheur enfermé.

DEUXIÈME PARTIE

L'OMBRE DE LA CITÉ

8

Le ciel était de suie. Collé à la terre par cette pluie pareille à un suaire trempé. Il le resta tout le jour. Un jour interminable pour Marie.

Puis il le resta toute la nuit. Une nuit interminable encore, à guetter les bruits, à tendre l'oreille, à trembler, à se lever vingt fois pour aller entrebâiller la porte.

Et chaque fois la gueule velue et ruisselante de cette nuit mouillée lui soufflait dans les jambes son haleine glacée. Chaque fois c'était l'opacité. Le bruit des gouttes et cette présence invisible de la forêt tapie entre ciel et terre.

La forêt devenue ennemie.

Au matin, alors qu'elle guettait depuis longtemps, il y eut sur le chemin boueux comme une lueur. A peine un frisottis des flaques. Mais ce n'était qu'une brève respiration de l'aube. Un soupir argenté que l'étain déjà terni du jour chassait tout de suite vers les noirceurs du prochain soir.

Pierre et Petit Jean renoncèrent à la coupe. Ils s'enfuirent chez le forgeron où des besognes d'intérieur les attendaient.

Mais ce jour-là, le martèlement de l'enclume semblait plus lointain, comme éteint par cette pluie. C'est à peine s'il poussait jusqu'aux limites de la clairière.

Plus de la moitié du jour avait déjà coulé, lorsque la voiture revint. Alors qu'elle était sortie cent fois pour guetter, Marie fut surprise. Claudia vint l'appeler à la porte de l'étable où elle donnait le foin à ses chèvres.

— Marie ! Viens vite !... C'est bien elle !

Il y avait une joie telle dans la voix et le regard de Claudia, que Marie se sentit submergée de lumière. D'un coup, la pluie et les grisailles s'effacèrent. Marie piqua sa fourche de bois dans la paille et sabota en toute hâte derrière Claudia.

La voiture s'arrêtait. De la forge, Pierre et Petit Jean arrivaient en courant. Bisontin sautait dans la boue et tendait les bras pour aider à descendre une Hortense qui semblait n'avoir plus sa vigueur d'autrefois.

Tout ça se faisait en même temps. Pierre criait :

— Je m'occupe de Jacinthe !

Petit Jean retrouvait sa voix d'enfant pour lancer :

— C'est Hortense ! C'est Hortense !

Marie voyait tout et entendait tout dans un profond remuement de son être. S'ajoutait à ce tumulte une voix qui soufflait :

— Hortense est là... Bisontin est là... C'est comme à Reverolle... Le bonheur n'est pas perdu. Au contraire, il forcit. Il grandit.

Hortense s'approcha. Prenant Marie dans ses bras, elle l'étreignit longuement.

En un éclair, Marie revit avec une acuité presque douloureuse, l'instant où, sur le seuil de la maison de Reverolle, elle avait étreint Hortense avant de la laisser s'enfoncer dans la nuit de déluge en compagnie de ce Barberat qu'ils n'avaient jamais revu.

Tout était toujours sous l'averse. Les départs et les retours. Mais aujourd'hui la pluie tombait sans la colère du vent. Il suffisait d'entrer, de lui fermer au nez la lourde porte de chêne et de s'approcher de la flamme.

Elles entrèrent. Ils entrèrent tous et ils se regardèrent.

Le silence les enveloppa un moment dans son duvet de chaleur et de lumière, puis ils se mirent tous à parler en même temps.

— Chauffez-vous.

— Donnez votre pelisse, qu'on la sèche.

— Et vos bottes. Seigneur, mais elles sont percées !

— Je n'ai pas trop froid, vous savez.

— Léontine, laisse Hortense tranquille.

— Avancez donc un banc.

— Je vais mettre la soupe à chauffer.

— On ne savait pas à quelle heure vous seriez là.

— Marie est bien sortie cent fois.

— Et nous, on guettait de la forge.

— La route enfonce entre la Loue et la forêt. C'est tout inondé.

— On se demandait bien...

— A des moments, le ciel était vraiment sur le chemin, entre les pieds de la jument.

Ils vont de la langue et du cœur. Une force les pousse à parler. Même Claudia la silencieuse. Même Marie dont la poitrine demeure pourtant un peu serrée.

Hortense s'est assise. Elle s'offre à la chaleur. Déjà son vêtement fume comme un étang à l'aube. Curieux vêtement. Espèces de brailles nouées au-dessous du genou et à la ceinture. Fendues comme une culotte.

En haut, de la toile de sac toute rafistolée à coups de fil poissé. Et ce visage ? Si plein de noblesse autrefois, le voilà ravagé. Buriné. Toujours beau, mais tellement triste !

Les paupières mi-closes ne laissent rien deviner de ce que dirait le regard si l'on y pouvait plonger... Rien... Un profond mystère. Les fins fonds ombreux de la forêt, ceux où nul jamais ne pénètre.

Ils se sont tus de nouveau. Ils finissent tous par s'immobiliser lorsque Pierre, qui est entré le dernier, a quitté la sache de chanvre dont il s'était couvert les épaules.

Le silence qui s'installe autour du feu est une attente où couve un peu de fièvre.

Finalement, c'est Petit Jean qui demande :

— Et Barberat ?

Coule une éternité. A se demander si Hortense n'est pas devenue muette, insensible même à la brûlure de l'âtre.

Soudain, d'une voix sourde, sans le moindre geste, avec juste ses lèvres remuant pour laisser filer les mots, elle commence :

— Mort, Barberat... Mort, le Dr Blondel... Morts tous ceux que vous n'avez pas connus et qui m'avaient suivie.

Elle raconte. De temps en temps, les autres se regardent. Ils veulent savoir si le voisin a compris. Parce qu'il y a, dans ce flot de mots, de longues algues noires qu'entraînent le courant et les remous. Il est question de gens inconnus qui font des choses étranges. Question de bêtes. De vent. De soleil. De terre. Le tout pêle-mêle. Les passages obscurs alternent avec d'autres où se dessinent des images qui vous font courir des sueurs froides sur l'échine :

— Il a sauté avec sa boîte, Nicolas. Il portait sa

mort sur son dos. Tout allumée. Ça lui faisait une petite fumerolle comme vous diriez l'âme d'une araignée. Au fond du trou, y avait pas d'eau... Ça a fait du feu. Y restait rien de Nicolas... Des fois, on les prenait au nid. Elles étaient toutes grises. Ça piaulait dur... On enveloppait ce qui remuait dans des feuilles, et ça pourrissait sur vous. La puanteur que c'était, vous ne pouvez pas vous en faire une idée... Ça guérit de tout. Suffit de connaître les mots à dire. Moi, je les connais... Mais je les donne pas. C'est mon secret.

Elle se tut un moment. Puis, d'une voix toute différente, elle dit :

— Bisontin m'a expliqué. Le bébé de Claudia qui est mort à quatre jours. Le père Rochat... Tous les morts.

Marie éprouva l'impression de se trouver en présence de deux femmes. Deux êtres différents se relayant pour habiter tour à tour le même corps. Ils n'avaient ni la même voix, ni le même langage, ni le même regard.

Lorsqu'elle interrogea Bisontin des yeux et d'un mouvement de la tête, il fit une moue qui voulait dire :

— Laisse faire... Je t'expliquerai.

Ils mangèrent leur soupe de blé noir. Et, pour fêter l'arrivée d'Hortense, Marie fit griller des châtaignes qu'elle était allée ramasser un jour, assez loin, en lisière de la forêt. Pierre s'en fut dans sa cache et en revint avec des noix. Claudia offrit une grosse pomme grise qu'on partagea et Bisontin alla chercher une bouteille où il restait un peu d'eau-de-vie.

— Et moi, observa Hortense. Je ne donne rien.

— Vous êtes là, dit Marie. C'est un beau cadeau.

— Ma bonne Marie... Ma bonne Marie.

A présent Hortense avait son vrai visage et sa véritable voix. Ceux de jadis. Elle contempla ses amis l'un après l'autre à plusieurs reprises, puis elle dit :

— Je ne pensais pas vous revoir... Je ne pensais pas... Jamais.

Sa voix s'étrangla. Elle se leva toute raide, laissant sur la table son quartier de pomme et sa goutte. Elle n'y avait pas touché.

Sans un mot, elle marcha droit sur la porte qui donnait accès direct à l'étable. Bisontin se précipita et demanda :

— Où allez-vous ?

— Dormir.

— Pas là... Il y a le lit de...

Elle l'interrompit, sèche, brutale dans son geste pour l'écarter. On la sentait habitée d'une force surhumaine. Elle grogna :

— La paille... Il n'y a que là où je puisse encore dormir !

Le compagnon n'insista pas. Elle l'avait poussé comme elle eût fait d'un garçon de dix ans. Elle disparut dans le noir et referma la porte qui venait de laisser passer une bonne bouffée d'odeur d'étable. La jument hennit. On comprit qu'Hortense lui parlait, sans pouvoir saisir les mots.

Lentement, Bisontin regagna sa place mais il ne s'assit pas sur le banc. Il posa ses mains bien à plat, bascula en avant pour s'appuyer de tout son poids comme s'il eût voulu leur adresser un long discours. Hésita, se racla la gorge et finit par dire :

— Elle a souffert... Il y a des moments où sa tête s'en va... Et pourtant, elle a de grandes idées... Lumineuses... Lumineuses...

Il se redressa. Tourna le dos et, avant de gagner son lit, il demanda encore :

— Marie, tu n'oublieras pas de couvrir le feu.

Il le disait chaque soir. Et chaque soir Marie avait envie de lui demander s'il était arrivé une seule fois qu'elle oubliât. Elle prit la pelle et se mit à lever les cendres pour en recouvrir les braises, tandis que les autres allaient se coucher.

9

Lorsqu'ils furent seuls dans leur lit, les rideaux tirés, à voix feutrée, Marie demanda :

— Est-ce que ça ne t'inquiète pas, de la voir comme ça ?

— Un peu, dit Bisontin.

— Et ce qu'elle dit, tu y comprends quelque chose, toi ?

— Pas toujours.

Marie hésita un moment avant de demander encore :

— Et Blondel, qu'est-ce qu'elle t'a dit, exactement ?

— Lui, il a bien été tué avant qu'elle nous quitte.

Il se tut et Marie éprouva la conviction qu'il ne disait pas tout ce qu'il savait.

— Et cette affaire de sorcellerie ? Qu'est-ce que c'est, au juste ?

— C'est le plus inquiétant. Mais c'est aussi le plus révoltant. Il paraît qu'elle a guéri bien des gens en leur posant la main sur le mal. Alors, des docteurs ont dit qu'elle était sorcière. Ils veulent qu'on l'arrête pour la juger.

— Et alors ?

— Elle a eu de la chance. Et moi, je suis arrivé à

temps. A Poligny, il y a un ancien échevin qui était un ami de son oncle.

Marie revoit un instant la mort du vieil homme dans les neiges de la Combe des Cives. Elle se signe et murmure :

— Paix à son âme de brave homme.

— Celui de Poligny, c'est un brave homme aussi. Qui se ressemble s'assemble. Mais dans les histoires de sorcellerie, tu sais ce que c'est, on a vite fait de t'accuser de complicité. Alors, il m'a dit : « Moi, j'ai peur de ne pas pouvoir faire grand-chose. Faut vite l'emmener. Tâchez donc de la décider à regagner le Pays de Vaud. Ils n'iront pas la chercher là-bas. »

Bisontin se tut. Marie attendit un moment avant d'oser une question :

— Et alors, ils t'ont laissé l'emmener ?

Il eut un ricanement.

— Tu crois tout de même pas que je leur ai demandé leur avis. Elle était pas en prison.

— Et toi, tu peux pas être inquiété ? Et s'ils viennent la chercher ici ?

Marie imaginait l'arrivée des hommes d'armes. L'arrestation de Bisontin. La violence et l'incendie sur la Vieille-Loye. Tout flambait. La peur l'agrippa.

— Quoi ? fit Bisontin, je n'allais tout de même pas l'abandonner.

— Tu es fou !

— Tu voudrais qu'on la laisse aller en prison ?

— Et toi, tu veux t'y retrouver avec elle ?

Elle s'était approchée de lui. Elle s'accrochait. C'était lui, surtout, qui comptait. Pas un instant elle ne redouta quoi que ce fût pour elle. Elle ne pensait qu'à son homme car il semblait que lui seul courût un véritable danger. Elle avait vu la clairière ravagée, mais c'était déraisonnable. Il ne s'agissait plus de guerre. On ne s'en prend pas à une famille entière parce que le père est complice d'une sorcière. Non, c'était bien Bisontin que l'on arrêterait.

Comme il ne soufflait mot, plus calme, elle demanda encore :

— Tu vas la faire repartir à Morges ?

Lui aussi s'était radouci. D'une voix qui souriait, il dit :

— Tu es drôle. Tu me parles comme si j'étais maître de ses décisions. Tu la connais assez pour savoir qu'elle n'est pas de celles qu'on manipule aisément. Si elle a dans l'idée de rester ici...

— Mais tu lui en as parlé ?

— Oui.

— Et alors ?

— Elle prétend que les enfants qui sont au Pays de Vaud n'ont plus besoin d'elle. Ici, bien des malheureux sont dans la peine. Elle voudrait fonder je ne sais quoi, avec des gens. Cette fois, c'est plus pour sauver des enfants, c'est pour accueillir tous ceux qui n'ont personne pour les aider à mourir.

Dans un souffle, Marie laissa échapper :

— Elle est folle... Et toi, tu te perdrais pour l'aider...

— Elle dit ça. Et puis, à d'autres moments, elle parle de se battre... Sa tête ne va plus.

— Tu vois bien qu'il faut te méfier... Je veux pas retourner vers le malheur. Je veux pas, moi.

De nouveau dur, le compagnon lança :

— Tu accepterais peut-être que je la laisse aux mains de gens bien plus fous qu'elle !

Marie eut très mal. Elle aimait Hortense. Elle n'eut pas hésité un instant à offrir sa propre vie pour la sauver, mais ce qu'elle sentait menacé était beaucoup plus précieux que sa propre existence.

Elle se tourna sur le côté en murmurant :

— Seigneur Jésus... Je savais bien.

Elle pensait avoir parlé pour elle seule, mais Bisontin l'empoigna par l'épaule et la contraignit à se coucher sur le dos. Se soulevant au-dessus d'elle, il lança dans un souffle qui lui brûla le visage :

— Qu'est-ce que tu savais ?... Tu veux le dire ? Hein ? Tu veux le dire ?

Marie n'eut pas à mentir. Pas à se forcer pour trouver le ton de la vérité :

— Je savais bien que ça ne pouvait pas durer, tant de bonheur... Je savais bien que le malheur nous reviendrait.

Comme s'il eût été déçu de sa réponse, le compagnon s'éloigna. Se coucha en lui tournant le dos et grogna :

— Tais-toi donc... Et laisse-moi dormir. J'ai fait de la route... Je suis fatigué, moi.

Allongée sur le dos, Marie essaya de trouver le sommeil. Mais trop de choses bourdonnaient en elle. Trop d'images, trop de bruits, trop de paroles : « Qu'est-ce que tu savais ? Tu veux le dire ? Hein ! Tu veux le dire ? »

Qu'avait-il donc redouté pour montrer tant d'émoi ? Que pouvait-elle savoir ? Une mauvaise pensée la visita un instant qui fit naître des visions qu'elle s'empressa de repousser. Une voix qui ressemblait un peu à la vraie voix d'Hortense dit doucement :

— Non. Pas ça... Ce serait trop affreux.

Marie ne dormira pas. Elle le sait bien. Et Bisontin non plus ne dort pas. Sa respiration en témoigne. Mais Marie n'ose ni un geste ni une parole. Elle aimerait pouvoir se lever, aller s'asseoir dans l'âtre où le feu veille sous les cendres. Elle resterait sans remuer jusqu'à l'aube. Tout simplement pour ne plus être là, si près de lui sans oser le toucher. Il y a seulement deux ans de cela, quand elle ne dormait pas, elle s'approchait de lui. Elle collait son ventre contre son derrière et écrasait ses seins contre son dos tout en os et en nerfs. La plupart du temps, ça le réveillait. Elle s'en apercevait. Il faisait semblant de dormir pour qu'elle pousse son jeu un peu plus loin. Elle savait ce qu'il fallait pour qu'il eût vraiment envie de la prendre. Elle le faisait.

Bien sûr, l'âge et la fatigue venant, elle n'avait plus envie aussi souvent, mais lui, il était encore fort. Mille signes le criaient. Pourtant, il ne voulait plus du tout. Lui fallait-il autre chose ? Du nouveau ? Des tendrons ? Des plus belles que Marie ? Voulait-il parler de cela lorsqu'il roulait dans sa bouche ce mot : liberté, qu'il répétait si souvent ?

Malgré tout, Marie s'endormit.

Pas longtemps.

Un cauchemar la réveilla et Bisontin se dressa en demandant :

— Qu'est-ce qu'il y a ?... C'est toi qui as crié ?

Par-delà le rideau, la voix de Pierre arriva.

— Qui a crié ?

— C'est sûrement moi, fit Marie. J'ai fait un mauvais rêve.

— Quoi ? demanda Bisontin.

— Je sais plus... Je sais plus...

Bien sûr que si, elle savait ! Mais pour rien au monde elle n'eût avoué à Bisontin qu'elle venait de le voir enlaçant Hortense. Ils étaient l'un contre l'autre, leurs deux bouches unies. Une seule corde les maintenait à un poteau et de longues flammes les enveloppaient.

10

Le lendemain matin, la pluie avait cessé. Un peu de vent courait sur les flaques avant de s'en aller secouer les buissons effeuillés qui s'ébrouaient. Marie regarda la forêt depuis la porte de l'étable, après qu'elle eut tiré ses chèvres et sorti le fumier. En venant, elle avait réveillé Hortense qui avait dit bonjour avant de disparaître dans la salle. Marie devait rentrer. Elle allait les retrouver tous autour des gaudes. Elle hésitait. Son rêve de la nuit était tellement présent qu'elle se demandait si les autres n'allaient pas le lire. N'avaient-ils pas déjà deviné ?

Non. Certainement pas.

Ils étaient assis à la table. Les assiettes fumaient devant les visages inclinés. Le feu flambait clair. Les ombres dansaient. C'était comme chaque matin des saisons où les gens se lèvent avant le soleil. Le jour gris mouillant la fenêtre basse n'était pas de taille à lutter avec le feu. C'était vraiment comme d'habitude, mais Marie le voyait autre.

— Qu'est-ce que tu as, à nous zieuter de la sorte ? fit Bisontin moitié rire moitié sérieux.

Elle ne sut que répondre, se secoua et vint s'asseoir

devant son écuelle. Là, seulement, elle trouva ses mots :

— Ça fait tout drôle de revoir Hortense parmi nous.

— Ça nous rajeunit, dit le compagnon.

— Oui, soupira Marie. Mais l'âge est là tout de même. Et il nous pèse lourd aux épaules.

Hortense devait être dans un de ses moments d'absence. Accoudée, le menton dans ses mains, elle regardait à travers la buée de son écuelle. Très loin. Bien plus loin que le mur où se poursuivait le ballet des ombres. Bien plus loin que la forêt. Savait-elle ce qu'elle contemplait ainsi ?

Comme si elle eût deviné la question de Marie, sans un geste, remuant à peine le visage, elle commença :

— Il s'appelle Cart-Broumet... Alexis Cart-Broumet. Seulement, on l'a surnommé La Plaque. Il a servi dans les armées de Philippe d'Espagne. Il s'est fait enlever une joue d'un coup de sabre. Un chirurgien lui a mis une plaque de métal à la place. C'est pour ça qu'on l'appelle ainsi... Il doit bien mesurer trois têtes de plus que Bisontin. Fort comme deux taureaux. Mauvais comme le diable en personne... A lui tout seul, il a bien fait perdre plus de deux cents hommes aux Français... Bisontin, vous connaissez La Serve ? C'est près de Mouthe. Eh bien, un jour, La Plaque a été surpris par des Gris. Ils l'ont fait prisonnier. Ils le gardaient à Mouthe. Lui, il dit à leur chef : « Je sais où le seigneur de Mouthe a enterré son trésor. Si tu me donnes ta parole de me laisser partir, je te montre où c'est. » L'officier lui promet. Il lui donne une pelle et une pioche et il dit à mon Cart-Broumet : « Tu creuses, quand t'auras trouvé, tu disparais. » Ils partent à trois.

Eux deux et un Gris solide sur qui le capitaine pouvait compter. La Plaque creuse. Au bout d'un moment, il dit qu'il veut se reposer. Le capitaine fait creuser son soldat. Alors là, deux coups de pelle. Un sur le chef, un sur le soldat... Vous pensez. Y avait pas plus de trésor que sur cette table.

Elle s'arrête. Son visage se fige soudain. Il est éclairé à droite par la clarté mouvante de l'âtre, à gauche, tout huilé de la lueur verdâtre du jour malade. On la dirait partagée entre deux mondes. C'est presque douloureux à regarder.

Un long silence monte entre eux et autour d'eux à la manière de l'eau emplissant le bassin de la source de fer. Ça se fait sans qu'il y paraisse. Ici, les gens ne remuent pas davantage que là-bas les racines dont les mains crispées retiennent la lourde pierre. Marie pense à cela à cause du froid humide qui stagne toujours en cet endroit. Le silence a la consistance de ce froid. Il les pénètre tous. Il va les figer sur place. Les statufier tels qu'ils sont...

Le feu va mourir. L'autre lueur grandit sans se réchauffer, sans devenir une vraie lumière, et c'est elle qui finira de les immobiliser. Ils seront tous là comme au tombeau.

Rien !

Un silence plus plein, plus épais, plus compact que la terre lourde des prés bas où ne pousse que le jonc.

Puis, vient un bruit qui va les sauver.

L'enclume.

Un premier tintement ouvre en deux l'énorme fruit amer de ce silence comme on couperait une pomme aigre d'un coup de serpe. Et puis la grêle rageuse. L'espace en retentit. Il s'en repaît. Il émiette les sons sur la forêt comme une main éparpille la graine à travers les sillons. Et tout le monde revit. Ils se tortillent sur leur banc. Ils se soulèvent d'une fesse, puis de l'autre. Ils soupirent. Ça fait du bien.

Marie respire profondément. Comme si elle sortait de l'eau. Hortense se redresse et Bisontin ose lui dire :

— Mangez, ce sera froid.

Elle empoigne sa cuillère, mais avant de la porter à sa bouche elle demande :

— Il y a donc un maréchal, ici ?

— Oui, pas depuis longtemps.

Retrouvant la voix qu'elle avait autrefois, lorsqu'elle les dominait de son savoir et de sa noblesse, elle lance :

— Allez me le chercher.

Le compagnon fait signe à Petit Jean qui se lève et disparaît.

Hortense s'est mise à manger et les autres finissent de racler leur écuelle. Bientôt, l'enclume s'arrête de carillonner. Son dernier tintement vibre longtemps dans la tête de Marie qui se met à guetter les pas de son garçon et du Piémontais. Ça approche. La porte s'ouvre. Claudia vient juste de poser une brassée de charbonnette sur le feu et les flammes repoussent le jour grandissant.

Le forgeron salue.

— Assieds-toi, dit Bisontin en s'écartant pour que le noiraud se trouve en face d'Hortense.

L'homme est gauche. On le dirait changé. Il a perdu sa langue et son geste si rapide s'est englué au moment où il pénétrait sous ce toit. Est-ce que le regard de cette femme suffit à métamorphoser les créatures ?

Soudain, à la vitesse de l'éclair, un mot traverse l'esprit de Marie : sorcière. Et en même temps que le mot, aussi rapide que lui, une vision : son cauchemar.

Un éclair, mais qui laisse derrière lui une déchirure pareille à ces lueurs que les orages de nuit sèment au ciel de l'été. Malgré elle, Marie lève sa main devant son visage comme pour protéger ses yeux.

Hortense n'a guère mangé que la moitié de sa bouillie. Elle pose sa cuillère. Le silence se reforme. Il était là, pas bien loin, attentif et sournois.

La jeune femme fixe le Piémontais qui se trémousse des fesses comme si on avait semé du sable dans sa culotte. Le regard d'Hortense doit être insoutenable car il cligne de l'œil plusieurs fois, remue encore et finit par dire :

— Moi... je suis forgeron.

Hortense fait seulement oui de la tête. Il attend un peu et bredouille :

— J'étais au Piémont... On m'a dit...

Elle l'interrompit, tranchante :

— On t'a dit que tous les Comtois avaient été exterminés et tu es venu repeupler le pays... Tu as bien fait. Tu sais travailler et tu vas nous aider.

Serait-elle redevenue l'Hortense d'autrefois ? Va-t-elle prendre en main la Vieille-Loye ? Marie en est à la fois heureuse et effrayée.

Hortense demande :

— Est-ce que tu as ici de la bonne eau de trempe ?

Pour le coup, Marie se sent inondée de fierté. Elle va parler, mais le noiraud la devance :

— Ça alors, vous pouvez y compter ! La pureté du vent, la force du foyard, la souplesse du loup-cervier... C'est Marie qui me l'a indiquée. De toute ma vie, j'ai jamais rencontré pareille source... A vrai dire, ce n'est même pas une source. C'est une eau de transpiration. Une espèce de sueur du terrain qui se rassemble dans un crotot... Plus précieux que de l'or. Je vous jure !

« Cette fois, pense Marie qui ne sent plus son tourment, tu as retrouvé ta langue, toi. Si on te laisse la bride sur le cou, tu peux nous mener comme ça jusqu'à l'heure de midi ! »

Mais Hortense intervient. Il suffit qu'elle lève la main et fronce le sourcil pour imposer silence à ce bavard à qui personne n'a jamais fait tort d'une syllabe. Il rengaine son discours et reste les lèvres micloses sur ses dents toutes piquées de mauvaise rouille. Hortense sort une dague des plis de ses brailles. Elle la fait sauter et tournoyer. C'est comme un petit soleil qui s'élèverait au-dessus de sa main. Puis elle se lève et s'en va jusqu'à la porte de l'écurie. Là, elle se retourne d'un bloc. D'un mouvement tellement brutal qu'ils ont tous sursauté. Son bras se lève et se détend exactement comme ferait une lanière de fouet. Il n'y a plus de petit soleil, mais un éclat de feu qui vole droit sur le forgeron. Le forgeron enlève ses mains et se jette en arrière à l'instant précis où la dague vient se planter dans le plateau de la table. Juste à deux doigts du bord où était appuyée sa poitrine.

Il fait :

— Oh !

Chacun émet son petit cri avant que Bisontin ne donne le signal du rire.

Hortense est revenue s'asseoir. La dague vibre encore imperceptiblement. Les mains du forgeron reviennent sur la table. Comme deux bêtes encore travaillées par la peur, elles hésitent. La droite s'avance lentement, se décolle du bois et vient empoigner le manche de corne du poignard. Elle le manœuvre de droite à gauche pour libérer la lame. Quand c'est fait, elle pose l'arme au milieu de la table, à égale distance entre la poitrine d'Hortense et celle du Piémontais. Hortense demande :

— Alors ?

— Beau travail.

— Tu pourrais le faire ?

— Je pourrais.

— Alors tu le feras... Le jour où il faudra.

Elle hésite. Elle les observe longuement. Veut-elle deviner ceux qui mourront et ceux qui survivront. Sait-elle vraiment ?

Marie est reprise par l'angoisse. Hortense dit d'une voix soudain plus sourde, venue de profondeurs enfouies :

— Pas d'illusions... La trêve n'est pas la paix... Ils reviendront. Et ce sera terrible... Terrible... Certainement.

Nul ne bronche. Le feu s'est calmé. Sa lueur s'est réfugiée dans le recoin de l'âtre et c'est à présent l'eau toujours aussi froide du jour qui seule éclaire les visages soucieux. Les fronts sont plissés, les regards fixés sur Hortense comme si devaient couler de ses lèvres des mots de vérité qui tracent avec précision l'itinéraire des vies, les chemins d'avenir.

On la croit occupée de son idée, mais déjà elle s'en est libérée. Déjà elle est l'autre Hortense. Passant par quelques instants de torpeur, elle émerge d'un coup pour s'incliner en avant et plonger son regard dur dans l'œil sombre du Piémontais. Sa voix méconnaissable cingle comme a cinglé sa dague :

— Noir, il était... Noir comme toi. Ton frère, certainement... Pas toi. Il était plus grand. Plus charpenté aussi... Est-ce que tu as un frère ?

L'autre est tout éberlué. Il grommelle :

— J'en avais un... Mais il...

— C'est ça... Je le savais... Mais je ne t'en veux pas. Tu n'y es pour rien. On ne saurait être responsable de son frère.

Elle a un sourire d'une infinie tristesse, d'une infinie mansuétude aussi. Marie se demande un instant si elle ne va pas se mettre à pleurer, mais non, son visage se durcit. Son poing tremble en serrant la corne de la dague. Les mots sont comme des lames d'acier entre ses lèvres dures qui les aiguisent encore :

— Il a profité qu'elle était aveugle... Je la lui ai laissée en garde une demi-journée. Le temps de quelque chose où je ne pouvais pas la prendre avec moi... Je suis revenue, elle avait le front comme du feu. Le souffle court... Lui, il faisait celui qui n'a rien fait... Je lui ai dit : « Si elle meurt, tu mourras aussi. » Dans la nuit, il a disparu... Le matin, la petite est morte... Lui, des hommes l'ont trouvé raide deux jours plus tard...

Elle se tait. La maison pousse un énorme soupir.

— Faut que j'aille, murmure le forgeron en remuant sur son banc.

Il hésite. Il cherche à saisir le regard d'Hortense comme s'il attendait d'elle la permission de se lever. Mais le regard d'Hortense passe à travers lui pour s'en aller vers des régions où il n'est pas, où il ne sera jamais. Où elle seule peut accéder.

— Nous allons tous, dit Bisontin.

Alors, en commun, ils ont le courage de se lever. Ils font bouger les bancs en enjambant. Un sabot cogne le rebord de la table et le corps appuyé d'Hortense est tout secoué. Elle ne bronche pas. Elle ne voit même pas que les hommes sortent, que Claudia retourne au foyer, que Léontine se met à écrémer le lait, que Marie fait semblant de ravauder sans quitter des yeux le visage pétrifié de son amie. Marie n'ose pas aller se placer en face d'elle. Ce regard pareil à deux clous neufs plantés en plein bois dur l'effraie. Tant de fixité, qu'est-ce que ça veut dire ? Est-ce que les sorcières ont ce regard ?

Les épaules d'Hortense se soulèvent lentement. Sa poitrine se gonfle, le ruisseau de son propos se reforme. Il va couler un moment tranquille sur la prairie du silence, puis se faire plus revêche sur le cailloutis d'un dévers où percent des rochers.

— Un jour, ils sont venus. Ils étaient cent... Je ne sais plus. Peut-être plus que ça. Ils ont dit : « Nous faut de l'eau. Nous faut du vent. Nous faut de la nuit... » On leur a donné ce qu'ils demandaient. Ils ont tout brassé. Et ça a fait de la colère... La grande colère du ciel... Les aveugles, on croirait pas, mais ça vous voit bien, avec les mains. Des fois, elle me dit : « Va chercher Blondel. » Je vais le chercher. Elle lui touche l'oreille. Ça fait de la musique. Ça le chatouille. Il rigole et ça fait rigoler tout le monde... Une serpe, il a pris une serpe pour lui taper dessus. Il m'a dit : « Le renard, ça se tue comme ça. » On croirait pas... On croirait pas...

Elle va longtemps. Puis, le ruisseau s'épuise. Il se perd dans des terres spongieuses.

Le silence est partout. Il manque quelque chose au matin et pourtant l'enclume chante.

Marie se déplace lentement pour passer en face d'Hortense. Elle voit.

Elle voit deux coulées de larmes sur la pierre impassible de son visage. Deux coulées de lumière qui ruissellent de ses yeux éteints.

11

Hortense resta longtemps ainsi, puis, comme si rien d'anormal ne se fût passé, comme si elle eût quitté la table en même temps que les autres après n'importe quel repas, elle se leva et dit :

— Je pense qu'ils sont au bois.

— Oui. Ils y sont, dit Marie.

— Alors, je vais les rejoindre.

— C'est très mouillé, dit Marie.

Hortense sourit d'un air de dire qu'elle en avait enduré de plus rudes. Elle remit sa dague dans les plis de ses brailles. Elle allait sortir, lorsque le galop d'un cheval les immobilisa toutes deux. Marie porta sa main à sa bouche. Hortense, qui avait déjà tiré son arme, se colla au mur derrière la porte et dit très vite :

— S'il veut entrer, ouvrez. Soyez sans inquiétude.

Marie s'était mise à trembler. Le galop s'arrêta devant la maison. Il y eut un pas rapide et la porte s'ouvrit. Un garçon d'une quinzaine d'années entra, le visage rouge. Le souffle court, il demanda :

— Chez Bisontin ? Où c'est ?

Marie était paralysée. Elle ne put que hocher la tête.

— Je cherche la demoiselle d'Eternoz... Faut qu'elle se sauve.

Hortense s'avança.

— Qui êtes-vous ?

Le garçon s'inclina et dit :

— Jacques de Noirmont. Mon grand-père...

Elle l'interrompit :

— Je sais. On me cherche, et votre grand-père qui m'a aidée a pris le risque de vous expédier ici.

— C'est bien peu de chose. Mais il m'a dit : « S'ils la trouvent chez ce compagnon, ils l'arrêteront comme complice. Il risque le bûcher lui aussi. »

Marie assistait à tout sans aucune réaction. Les choses allaient trop vite. Le garçon ajouta :

— Nous devrions prévenir cet homme tout de suite. Où est-il ?

Il s'était tourné vers Marie. Mais Hortense intervint.

— Non. S'il était informé, il voudrait m'aider.

Le garçon l'interrompit :

— A votre aise. Mon grand-père a dit : « S'il le faut, aide-la à s'éloigner de la Vieille-Loye. »

— Je vais monter vers le Risoux, déclara Hortense de sa voix ferme.

Marie pensa qu'elle était vraiment redevenue la femme qui se bat. Lucide. Forte comme peu d'hommes savent l'être.

Un instant, Hortense observa Marie qui se sentait envahie par un mélange d'admiration et de crainte. Marie redoutait qu'ayant entendu le cheval, Bisontin ne s'en vienne et que l'idée le prenne de partir avec Hortense. Elle ne pria pas. Ce fut une prière qui la traversa malgré elle comme l'éclair : « Bonne Sainte Vierge, faites qu'elle s'en aille vite... Très vite... » Elle se sentait pareille à un bouclier tendu devant son homme pour le protéger.

Hortense vint près d'elle. La prenant par les épaules, elle planta son regard de chef dans ses yeux. Presque durement, appuyant bien sur les mots, elle expliqua :

— Ecoutez bien, ma petite Marie. Quand ils viendront, il faudra dire ceci : « Nous avons tout de suite compris qu'elle était devenue une sorcière, une créature du diable. Nous ne l'avons même pas laissée entrer dans la maison. »

Marie voulut protester. Elle bredouilla quelques syllabes inintelligibles. Hortense serra plus fort ses épaules et parla plus haut :

— Et s'ils venaient à vous demander à quels signes vous avez reconnu que j'ai établi commerce avec le Malin, vous direz ceci : « Quand elle est arrivée, elle a mis le pied sur l'herbe et l'herbe s'est desséchée aussitôt. » Vous direz : « Elle avait un costume bizarre qui fumait, les yeux déformés. Je lui ai parlé de son oncle mort, elle n'avait pas de larmes... » Vous comprenez, Marie ?

Marie fit oui de la tête et Hortense reprit :

— Et si ça ne leur suffit pas, vous direz que vous m'avez demandé de réciter le *Pater* et que je n'ai pas pu le faire correctement. Vous direz cela, Marie. Sinon, ils brûleraient la maison et ils arrêteraient Bisontin... Vous avez bien compris, Marie. Je suis une sorcière et vous m'avez chassée. Vous vous êtes signée pour me faire fuir...

Elle l'étreignit avec une force terrible. A son oreille elle souffla :

— Marie, je vous aime. Je vous aime tous. Priez pour moi.

Puis elle la repoussa si soudainement que Marie dut se retenir à l'angle de la table pour ne pas perdre l'équilibre.

— Allez, garçon, en selle !

Ils sortirent comme des fous. Le temps que Marie se reprenne et gagne le seuil, le cheval qui les emportait avait déjà tourné l'angle de la forge. Seul le marteau du forgeron chantait. Non, il n'était pas seul. Loin, répercuté par la forêt, le claquement des haches continuait.

Marie demeura un moment adossée au chambranle de la porte, le visage et le corps couverts de sueur. Des frissons la secouaient. Elle n'avait rien fait pour retenir Hortense. Au contraire, elle avait prié pour qu'elle disparaisse très vite. Egoïstement, elle n'avait pensé qu'à son homme. Même pas aux autres. A lui seul.

Soudain, elle se trouvait en présence de cet amour énorme comme devant une montagne qu'on eût dressée sur son chemin. Etait-ce possible d'aimer à ce point ?

Elle se répétait :

— De toute façon, elle devait fuir. Le plus vite était le mieux... Qu'est-ce que je pouvais faire d'autre ?

Les recommandations d'Hortense lui revenaient mot pour mot. Elle se les répéta plusieurs fois.

Parce qu'elle avait peur, l'idée lui vint d'aller retrouver les autres au bois. Rentrant pour prendre son fichu, elle vit le fromage préparé avec le lait de ses chèvres et qu'elle devait mouler. Les faisselles de terre étaient prêtes, avec le pochon et le grand plat de bois où recueillir le petit-lait. C'était le moment. Et, parce que le travail avait toujours mené sa vie, parce qu'elle n'eût pas supporté la perspective de gâcher du lait, Marie se mit à l'ouvrage.

Ses mains tremblaient encore, mais, très vite, les gestes eurent raison de son trouble. Elle puisait lentement dans une large terrine vernissée le lait caillé dont elle emplissait aux trois quarts chaque moule percé. Puis, posant sa louche, elle battait de la paume des mains le flanc de la faisselle qu'elle faisait tourner lentement. Le caillat s'égalisait ainsi. Elle en ajoutait un peu et se remettait à taper. Ensuite elle alignait les moules sur la planche creuse. C'était une tâche qui demandait de l'attention si l'on voulait que les fromages soient réguliers. Comme les chèvres donnaient encore bien, Marie comptait confier un jour une claie de fromages secs à son frère qui les vendrait dans une auberge de Parcey.

Marie avait presque vidé sa deuxième jarre lorsqu'un bruit l'immobilisa. Sa louche en suspens gouttait sur la table. Elle la posa dans la terrine et gagna la porte qu'elle entrouvrit juste de quoi glisser un regard. Cinq cavaliers en armes approchaient au grand trot. La peur enveloppa Marie dont le premier réflexe fut de passer par l'écurie pour tenter de s'enfuir vers les bois. Mais le parti de soldats, sans doute à cause de l'épaisse fumée noire qui montait du toit, obliqua vers la forge. Marie eut soudain la tête pleine du bruit des détonations. Un instant, elle vit flamber la forge et la bonne maison toutes neuves.

Elle vit réellement cela, et pourtant, sans savoir ce qu'elle faisait, elle ouvrit la porte toute grande et s'avança sur le seuil.

Rien ne brûlait. Le Piémontais sortit, sa masse à la main, il montra du geste la direction où se trouvait Marie. La jeune femme se cala le dos contre le chambranle. Ses jambes s'étaient remises à trembler.

Les cavaliers tournèrent bride pour s'en venir vers elle. Leurs bêtes étaient fringantes. Les pelages luisants fumaient dans le frais du jour. Ils étaient harnachés à la Comtoise et les hommes portaient la cape bleue et le chapeau à rebord rouge des gardes du Parlement dolois. Ils s'arrêtèrent devant la porte. Le seul qui ne portait pas d'arquebuse demanda :

— Où est celui que vous appelez Bisontin-la-Vertu ?

La voix étranglée, Marie répondit :

— Il est au bois.

— C'est ce qu'on entend ?

Elle fit oui de la tête.

— Et la fille d'Eternoz, elle est chez toi ?

Marie fit non de la tête.

— Où est-elle ? demanda l'officier en haussant légèrement le ton.

Marie montra la direction où avait disparu Hortense.

— Quoi ? Chez le forgeron ?

Marie fit non. Elle sentait les larmes lui brûler les yeux.

L'officier sauta de cheval et vint la prendre par le devant de sa robe. D'une poigne terrible, il la secoua, la soulevant presque de terre.

— Es-tu muette ? hurla-t-il. Bisontin, c'est bien ton homme ?

— Oui.

— Alors, si tu n'as pas envie de le voir la gueule en sang, dis-nous ce qu'il a fait de la sorcière.

Le mot fut un déclic. Sans penser à ce qu'elle faisait, Marie récita :

— On l'avait connue à Morges. L'autre jour, Bisontin l'a trouvée en route. Il l'a ramenée. Mais il a tout de suite compris qu'elle était devenue sorcière... On l'a même pas laissée entrer chez nous.

— Et alors ?

— Comme elle voulait rester, j'ai pris du buis bénit, des rameaux, et je l'ai chassée avec le signe de la croix.

L'homme avait lâché prise. D'une voix moins dure, il dit :

— Tu as bien fait... Est-ce que tu as idée de l'endroit où elle se cache ?

Marie hésita. Une poigne invisible, plus rude que celle de l'officier lui serrait la gorge. Mais les mots passèrent tout de même, poussés par sa peur.

— Je crois bien qu'elle voulait retourner au Pays de Vaud.

L'homme parut hésiter. Et ce fut seulement là que Marie l'observa. Il était à peine plus grand qu'elle, large et épais, avec une lourde face toute piquetée de roux. Deux balafres presque parallèles partaient de son menton pour monter jusqu'à sa tempe gauche, la peau boursouflée comme une tresse de brins blancs et violets. Se tournant vers ses hommes, il dit :

— Finalement, c'est elle qu'on cherche surtout. Pas lui.

Puis, faisant volte-face d'un coup, il lança à Marie :

— On va l'avoir, la vouerie ! Mais que ton homme s'avise pas de se sauver. Si on a besoin de lui faut qu'il soit là... S'il se cachait, ça serait la preuve qu'il a pas la conscience bien claire. Et nous autres, on le retrouverait toujours. T'as compris ?

Il bondit en selle et reprit la tête de la troupe qui disparut aussitôt sur le chemin qu'avait emprunté Hortense.

Dès qu'ils eurent dépassé le bâtiment de forge, le Piémontais jaillit comme un diable noir. Il se précipita au-devant de Marie qui courut à sa rencontre et, soulevée d'énormes sanglots, se jeta contre lui.

— Faut pas, répétait-il. Faut pas... Allez, c'est rien. Y sont partis.

Puis il se mit à parler très vite :

— Qu'est-ce que je pouvais faire ? Rien. Contre ces

gens-là, on n'est pas de taille. Il m'a demandé : « Bisontin ? » J'ai dit : « Là-bas... » Qu'est-ce que tu voulais que je fasse ?

Marie avait cessé de l'écouter. A présent, elle se sentait vide. Ou plutôt, toute pleine d'une espèce de gros silence épais qui ne laissait place en elle à aucune pensée. Docilement, elle suivit le Noiraud.

A la maison, la Piémontaise la fit asseoir au coin de l'âtre en murmurant des mots très doux dans cette langue sonore que Marie ne comprenait pas.

12

De la coupe, les autres avaient perçu des cris et le galop des chevaux. Bisontin arriva bientôt, ruisselant de sueur et le souffle court. Son regard exprimait un mélange d'anxiété et de colère. Tout de suite, il s'adressa à Marie d'une voix dure.

— Personne à la maison... Où est Hortense ?

— Partie.

— Ils l'ont arrêtée ! Et tu restes là, à rien foutre au lieu de venir me prévenir !

Ce fut le maréchal qui répondit :

— Mais non, ils l'ont pas arrêtée. Ils lui courent au cul. Mais ils risquent de courir un moment.

Marie se reprit un peu et commença de raconter ce qui s'était passé. Lorsqu'elle expliqua comment Hortense était partie, Bisontin entra dans une grande colère.

— Bon Dieu, mais tu es folle ! Fallait envoyer ce garçon me chercher. J'aurais fait quelque chose. Elle aurait pris la jument.

Marie ne put se retenir de lancer :

— Et tu serais parti avec elle...

D'écarlate qu'il était, le visage anguleux du compagnon devint blême. Son œil sombre fixa un instant

Marie, puis vola vers les deux autres. Alors qu'elle s'attendait à des cris. Marie le vit se durcir, se fermer soudain. Se dirigeant vers la porte, il lança :

— Viens !

Et il sortit sans se retourner.

Marie le suivit. Incapable de réfléchir, elle trottinait derrière ce grand échalas qui allongeait le pas et gesticulait en bougonnant. Lorsqu'elle le rejoignit à la maison, il était assis de trois quarts sur le banc, un coude sur la table, le visage tourné vers le feu. Il laissa couler un moment de paix, puis, calmement demanda :

— Alors, les soldats sont à leurs trousses ?

— Oui, mais ce garçon connaît le pays.

— Ils n'ont pas fouillé la maison ?

— Non.

— C'est curieux.

Marie savait bien qu'elle devait répéter ce qu'elle avait répondu au capitaine. Les mots étaient là, mais sa peur de la colère du compagnon lui cousait les lèvres.

— Tout de même, ils t'ont bien posé des questions ? Qu'est-ce que tu as dit ?

La jeune femme respira profondément. Son appréhension était toujours là, mais en dessous commençait à percer un sentiment nouveau. Une force qui lui donnait envie de faire un peu mal à Bisontin parce qu'il montrait trop de sollicitude pour Hortense. Sans qu'elle en fût encore tout à fait consciente, l'affection que Marie portait à la jeune fille était en train de se métamorphoser. Ils étaient si bien, dans leur clairière ! Qu'est-ce que cette folle qui voulait jouer les Blondel était venue faire là ? Troubler Bisontin ? Lui donner d'autres envies de foutre le camp ? Ils n'étaient pas allés la chercher, que diantre !

Mais si. Justement. C'était ce foutu animal de charpentier qui était allé la tirer du guêpier où elle avait donné du nez. Ce grand flandrin totalement incapable de se tenir tranquille trois jours d'affilée. Il avait vraiment le feu aux culottes, celui-là !

Son amour l'aveuglait. Elle dut se retenir pour ne point se jeter dans les bras de Bisontin. Rien ne l'eût contrainte à reconnaître que pour sauver la peau de son homme, elle eût donné cent fois sa vie et cent fois celle d'Hortense.

Marie Bon Pain, est-ce que ça voulait dire Marie-tout-juste-bonne pour-faire-la-soupe ? Et l'autre ? Qu'est-ce qu'elle avait donc de plus ? Pour l'instant, Marie avait cessé de se sentir vieille et usée. Les émotions qu'elle venait de subir lui avaient donné le goût de lutter pour conserver son bonheur.

Presque calmement, elle dit :

— Quand ils m'ont interrogée, j'ai répété ce que m'avait dit Hortense.

Bisontin fronça ses sourcils que doraient les reflets de l'âtre. L'œil inquiet, il fit :

— Quoi donc ?

— J'ai dit qu'on avait compris qu'elle était devenue une sorcière, et qu'on l'avait chassée...

Elle ne peut achever. D'un bond son homme est sur elle. Il l'empoigne par les bras et la secoue comme l'a fait l'officier. Mais il ne crie pas. C'est d'une voix étouffée, presque un sifflement, qu'il lance :

— C'est pas vrai ! Tu as pas fait ça ! Dis, tu te moques de moi !

Presque amoureusement, elle murmure :

— Tu me fais mal.

— Réponds-moi. T'as pas fait une saloperie pareille ? Pas toi ?

— Lâche-moi.

Elle se sent habitée d'un grand calme. Il souffre. C'est visible. Il l'aime donc vraiment, cette fille de riche qui l'a ébloui ?

Les mains de Bisontin s'ouvrent lentement. Marie attend qu'il ait regagné sa place sur le banc pour répondre :

— Oui, je l'ai dit. Parce qu'elle m'avait donné l'ordre de le dire... Parce que ça ne sert à rien de se perdre pour la défendre alors qu'ils ne seront jamais foutus de lui mettre la main dessus.

Le compagnon paraissait écrasé. Sa colère tombée, comme toujours, il semblait s'être vidé.

Marie attendit un long moment avant de s'approcher de lui. Comme il ne bronchait pas, l'œil rivé à la braise d'où montaient encore des flammes bleues et or, elle posa sa main sur son épaule et dit doucement :

— Tu sais bien que je l'aime.

C'était vrai. Elle aimait Hortense. Elle souffrait d'avoir eu à renier ce sentiment, mais qu'y avait-il donc de plus important que la vie de son homme, leur maison, les enfants, ce qu'ils avaient eu tant de mal à rebâtir ? Il n'eût servi de rien qu'elle risquât tout cela. Hortense elle-même l'avait dit. Et Marie se sentit soulagée, lorsque, levant vers elle son regard d'amitié, Bisontin soupira :

— Oui. Mais nous vivons de drôles de temps.

La journée coula, poussée par la besogne. Marie et Bisontin rejoignirent les autres à la coupe. Ils besognèrent jusqu'aux dernières lueurs, puis ils rentrèrent.

Le soir, le Noiraud quitta sa Piémontaise pour venir

passer un moment avec eux. Il raconta avec force gestes et coups de gueule la visite des soldats. Tous l'écoutaient en silence. Il ne connaissait pas Hortense. Il n'avait pas vécu l'exode et la résurrection avec elle, il était inutile de lui parler de choses qu'il n'eût pas comprises. D'ailleurs, à part lui, personne n'avait envie de parler.

Le lendemain matin, il semblait que la vie dût reprendre son cours normal. Pierre et Petit Jean avaient promis d'aller aider le maréchal, ils partirent dès leur soupe avalée. Claudia et Léontine montèrent à la coupe pour finir de fagoter. Bisontin, qui avait à tracer, demeura sur le chantier.

En vérité, il aurait dû, lui aussi, se rendre à la forge. Ce débit à préparer n'était qu'un prétexte. Marie le savait. Elle devinait son homme. Elle lisait en lui aussi nettement qu'elle lisait le temps du lendemain au ciel du crépuscule. Il pressentait sans doute un retour d'Hortense. Peut-être l'espérait-il. Hortense pourchassée et qu'il aiderait à fuir en l'accompagnant. Le sol de cette clairière commençait à lui brûler les semelles. Le fait qu'il répétât de plus en plus souvent à Pierre : « Faut que tu sois capable de mener un chantier sans moi », ne prouvait-il pas que quelques envies de départ lui taraudaient l'esprit ?

Marie ne s'en était jamais vraiment inquiétée, mais son instinct d'amoureuse lui soufflait combien le passage d'Hortense avait attisé au cœur de son homme cette soif d'espace et d'aventure qu'elle avait crue endormie. Elle se répétait cela peut-être pour chasser de sa tête l'idée que seule cette fille pouvait troubler à ce point Bisontin.

L'instinct de Marie ne l'avait pas trompée. Hortense

revint vers la fin de la matinée. Mais elle n'était pas seule.

Epuisée. Couverte de boue, elle allait entre les cavaliers qui riaient en l'insultant.

Dès qu'elle entendit les chevaux, dominant sa peur et son envie de se terrer au plus obscur de l'étable, Marie rejoignit Bisontin sur le chantier. Elle s'accrocha des deux mains à son bras et souffla très vite :

— Tu ne peux rien faire... Rien... Il faut dire comme moi... C'est elle qui le veut.

Déjà les cavaliers s'arrêtaient devant la maison, entourant Hortense dont le visage ruisselait de sueur. Pierre, Petit Jean et le maréchal étaient sortis de la forge. S'étant approchés, ils demeurèrent à mi-chemin.

— Alors ! cria l'officier en riant. Je te l'avais pas dit qu'elle irait pas loin ?

Il avait parlé à Marie et, tout de suite, il ajouta :

— Je vois que le nommé Bisontin nous a attendus, c'est bien...

Hortense l'interrompit en lançant :

— Nous n'avons rien à faire ici. Ces gens m'ont chassée de cette forêt en me traitant de sorcière...

— Tais-toi, hurla le balafré en la menaçant de son épée.

Il sauta de cheval. Laissant la prisonnière à la garde de ses hommes, il rejoignit Marie et Bisontin en demandant :

— Est-ce que vous connaissez le cavalier qui l'emmenait ?

Bisontin s'empressa de répondre :

— Cavalier ? Non. Elle était toute seule.

L'homme se passa la main sur le visage, parut réfléchir un instant et dit à Bisontin :

— Quoi qu'il en soit, toi, faut que tu viennes à Dole avec nous. Si tu l'as pas abritée sous ton toit, t'es pas complice. Mais puisque tu l'as chassée comme sorcière, le juge va sûrement te demander de témoigner.

Bisontin dit fermement :

— Oui, je veux témoigner.

Et Marie comprit qu'il voulait défendre Hortense devant les juges. Alors sa peur la reprit. Elle sentit monter en elle à l'endroit d'Hortense un sentiment qui n'était pas loin de la haine. Est-ce que son homme allait se perdre pour défendre cette fille dont il était évident que la folie l'avait prise ? Marie eut envie de crier qu'elle voulait aller témoigner elle aussi, mais les mots ne lui vinrent pas assez vite. Déjà l'homme d'armes demandait au compagnon :

— As-tu des chevaux ?

— Je n'ai qu'une jument.

— Alors, tu vas atteler. Comme ça, la vouerie pourra monter. Ça lui épargnera les pieds et ça nous fera gagner du temps.

Son gros rire faisait mal à Marie. Depuis cette guerre, tout ce qui portait des armes lui était pénible à regarder. Comme Bisontin se dirigeait vers l'écurie, l'officier lança :

— On est pressés, mais on aurait tout de même le temps de boire un petit coup, et même de manger un morceau, si tu as de quoi.

— Allons, Marie, dit Bisontin, donne une miche et des fromages. Je vais chercher à boire.

Il s'éloigna tandis que les hommes mettaient pied à terre et attachaient leurs montures. L'un d'eux demanda :

— Et celle-là, elle entre aussi ?

— Amène-là jusqu'à la porte, qu'on l'ait à l'œil, ordonna le chef.

Ils poussèrent Hortense jusqu'au seuil où elle demeura tandis qu'ils envahissaient la salle.

Bisontin revint avec deux bouteilles d'un cidre qu'il avait pressé à la fin de septembre.

— J'ai pas de vin, dit-il. Mais ça, ce n'est pas sale du tout.

Les hommes s'étaient installés, leurs armes appuyées contre le banc à côté d'eux. Marie donna ses fromages. Elle vit les grosses pattes s'abattre sur la claie. Alors que de coutume elle partageait chaque fromage en six, les soldats en empoignèrent chacun un pour mordre dedans. Leur chef coupa la miche en quatre et distribua un quartier à chaque homme. En riant, la bouche toute blanche de ce chèvre bien sec, il cria :

— Et moi, j'en ai pas.

Marie donna une autre miche.

— C'est ton pain ?

— Oui.

— Bravo ! Fameux !

Le cidre fut avalé en rien de temps et Bisontin alla remplir les bouteilles. Puis, tandis que les soldats sortaient, il retourna les emplir encore en disant que ce serait pour la route.

Mais les hommes éclatèrent de rire. Ils burent en déclarant :

— T'inquiète pas, en route, on trouve toujours ce qu'il faut.

Durant tout ce temps, Hortense était restée de marbre. Bras croisés, l'air hautain, elle les écrasait du regard. Marie, l'observant à la dérobée, la maudissait. Elle avait envie de lui crier :

— Si tu n'étais pas là... Hein ? Qu'est-ce que tu avais donc à vouloir nous apporter le malheur ?

Lorsque Bisontin voulut atteler, elle se précipita.

— Non, toi tu restes. Tu n'as rien à faire. Donne-leur la jument.

— Mais il faut que j'aille.

L'officier cria :

— Allez ! Fous-lui la paix. Lui aussi, il est convoqué. Et toi, j'ai pas d'ordre pour t'amener, mais quand je dirai que c'est toi qui as chassé la sorcière avec ton buis bénit, sûrement qu'ils vont te convoquer aussi.

La cervelle de Marie fonctionna très vite. La vision de l'autre nuit revint. Elle eût aimé se jeter sur les cavaliers et les exterminer. Avoir la force d'un géant. Etre soudain comme un tonnerre de feu et fondre sur eux.

Non. Elle n'était que Marie. Alors, elle dit fermement, mais sans colère.

— Alors, je vais maintenant. Ça sera plus simple !

13

Bisontin avait mis quelques bottes de paille dans la voiture et une grosse bâche pliée qui faisait un bloc raide comme de la roche. Les deux femmes étaient sur la paille, côte à côte, le dos et les pieds aux ridelles. Lui, assis sur la planche, il les dominait de son long corps qui ondulait aux cahots. Les cavaliers allaient trois devant et deux derrière l'attelage. Ils réglaient le pas de leurs bêtes sur celui de la jument.

A cause de la voiture, ils avaient dû prendre par la route qui tire sur Parcey. C'était la seule que les hommes avaient débrousaillée depuis leur retour. Le reste était envahi aux trois quarts par le taillis et les ronces. A pied ou à cheval, on pouvait couper en tirant droit sur Dole par la sommière de Falledam, mais en voiture, il ne fallait pas y songer. Mieux valait rejoindre la route à Goux. C'était un détour. Les cavaliers avaient crié et menacé de faire avancer les gens à pied. Mais leur chef avait dit :

— Non. Ça irait encore moins vite et j'aurais des ennuis.

Ce mot avait rassuré Marie. Elle le tournait, le retournait dans sa tête pour lui faire dire beaucoup plus qu'il ne pesait en réalité. Sans doute Hortense jouissait-elle d'une certaine considération. Et Bisontin, lui qui avait monté la charpente de maisons appartenant à des bourgeois, on ne le laisserait pas tourmenter. Un compagnon charpentier, ce n'est pas n'importe qui.

Marie éprouvait quelque peine à garder le silence. Elle eût aimé interroger Bisontin, mais elle n'osait pas, à cause des gardes et surtout à cause d'Hortense. Une Hortense de nouveau prostrée, raidie, secouée comme un de ces personnages empaillés qu'on promène sur les voitures par les rues, avant...

Marie s'arrêta dans sa pensée. Elle n'avait vu qu'une seule fois, à Dole précisément, brûler ces imitations d'hommes et de femmes.

Un grand élan l'habita qui la poussait à prendre Hortense, à la serrer contre elle et à l'embrasser. Mais on n'approche pas une sorcière sans se condamner.

De toute sa vie, jamais encore elle ne s'était sentie pareillement troublée, remuée de sentiments contradictoires.

Aimait-elle Hortense ? L'avait-elle vraiment jamais aimée ? Combien de fois lui était-il arrivé de la détester ?

Le chemin venait de quitter la forêt pour s'engager entre deux friches. Derrière les broussailles rousses et cuivrées où couraient des tiges blanches pareilles à un grouillement de reptiles, des ruines se dressaient. Bisontin se retourna sur son siège et dit :

— Tu vois, ça, c'est une des fermes de M. Ravelot, de Parcey. Quand il décidera de la remonter, c'est moi qui aurai la charpente.

Marie se souleva, mais elle ne vit rien de plus que des pans de murs et quelques poutres noircies. Un gros frêne et des douzaines de petits poussaient à l'endroit qui avait dû jadis abriter des bêtes et des gens. Marie dit :

— Oui. Je vois.

Hortense eut un ricanement. Ses épaules se soulevèrent et sa tête balança de droite à gauche plusieurs fois, tandis qu'elle disait.

— Vous ne voyez rien du tout. C'est bien plus loin que les choses qu'il faut regarder. Bien plus loin que les gens...

Un mauvais passage dans un bas-fond où l'arrière-train de la voiture s'englua les obligea tous les trois à descendre pour aider Jacinthe en poussant à la roue. Du haut des talus, perchés sur leur monture, les gardes criaient de se hâter.

— Fumiers, grogna Bisontin entre ses dents.

— Ne répliquez pas, souffla Hortense. Ce sont de pauvres diables. Là aussi, il faut savoir regarder à travers. Regarder plus loin.

Le char était sorti de cette glaise jaune qui sentait fort, ils remontèrent.

Alors qu'elles se trouvaient très proches l'une de l'autre, Hortense murmura :

— Merci, ma bonne Marie. Merci d'avoir toujours été si gentille avec moi.

On eût dit un adieu, et Marie s'en trouva émue un instant. Puis elle se demanda si Hortense, dans sa folie, n'avait pas déjà oublié qu'ils l'accompagnaient à Dole pour répéter aux juges qu'ils l'avaient chassée comme sorcière.

Gentille ? Marie l'avait été avec bien des gens parce que c'était dans sa nature de rendre service et d'aider les autres. Mais elle ne se trouvait point là par affection pour Hortense. Elle était venue pour Bisontin. Parce qu'elle voulait être là pour l'aider en cas de besoin, pour éviter qu'il ne se perde en voulant sauver Hortense.

Parfois, il se comportait comme un enfant et il fallait bien que Marie en usât avec lui comme eût fait une mère. Souvent, Pierre disait :

— Laisse-le un peu tranquille. A trop te pendre à ses basques, tu finiras par le fatiguer. S'il ne nous avait pas rencontrés sur son chemin, il serait par les routes avec son fourbi sur le dos.

— Justement, répliquait Marie. Grâce à moi, il a planté son chantier. Il en avait besoin. Il me l'a dit cent fois. Il me doit de s'être fixé.

C'était vrai, le compagnon le disait. Et parce que c'était ce qu'elle préférait entendre, Marie n'écoutait que cela. Les propos de route et de liberté, elle les traitait un peu par-dessus la jambe.

C'était vrai également que depuis qu'ils se connaissaient, elle l'avait souvent retenu au bord d'une sottise. Il était de ceux qui se lancent facilement sans savoir si le fossé qu'ils veulent sauter n'est pas trop large pour eux. Il n'y avait que sur les toitures, son équerre à la main, que le compagnon jouissait d'un sens parfait de l'équilibre et de la mesure. Un homme qui ne savait parler que de traits, de fil à plomb, de perfection dans la pente, on n'aurait pas trouvé plus écervelé, plus saute-en-l'air lorsqu'il s'agissait des élans de la passion. Et quand il retombait après une amitié déçue, une trahison, une lâcheté subie, c'était toujours de très haut. Et il fallait que Marie fût là pour mettre du beaume sur les bosses.

Ce soir, Marie avait mal. Mal à cause de la peur de ce qui les attendait à Dole. Mal aussi d'être toujours dans l'anxiété.

Elle pensa aux siens restés à la clairière. Elle avait oublié de rappeler à Claudia que la chèvre noire donnait, depuis deux jours, un lait épais et gluant qu'il valait mieux ne pas mélanger à celui des autres. Est-ce que Claudia y penserait ? C'est qu'avec ces vauriens de gens d'armes du Parlement, il n'y avait plus de fromages d'avance. Ce n'était pas le moment de perdre le lait. Elle avait enveloppé ce qui restait dans un linge, avec un pain. Elle avait glissé le tout sous le siège. Pour demain.

A présent, la voiture allait bon train sur une route bien empierrée. Parfois, un des cavaliers de queue se portait à la hauteur de la voiture. Il riait en criant :

— Alors, la vieille, on se secoue la tripe !

C'était à Marie qu'il parlait ainsi. A Marie qui se sentait encore femme jusqu'au fond du ventre..

Lorsqu'ils arrivèrent en bas de la grande descente de la Bedugue, le ciel du couchant s'illumina d'un coup, ouvrant toute large une monstrueuse gueule d'or qui souffla feu et flammes sur toute la longueur du Doubs. Alors qu'ils passaient le pont, Marie regarda cette rivière incandescente. C'était beau, mais elle en fut secouée de frissons.

Elle détourna les yeux et porta son regard en avant.

A l'extrémité du pont de pierre qu'on venait de remonter dans les endroits où les boulets avaient défoncé son tablier, la cité dressait ses remparts que dominait le clocher rigide et massif de la collégiale. La pierre aussi s'embrasait. Les lignes de lumière et d'ombre se gravaient profond sur d'épaisses nuées violettes. L'heure sentait le soufre et la mort. Une fois de plus, Marie frissonna et serra son châle autour de ses épaules.

14

Ils passèrent la poterne et furent sans doute les derniers à entrer dans la ville ce soir-là. Ils montèrent la rue principale où le bandage de fer des roues faisait un bruit énorme entre les façades. D'autres charrettes descendaient, effrayantes. Marie avait toujours redouté cette rue. Ce soir-là, elle lui parut plus mauvaise encore que de coutume. Le soleil n'atteignait que le faîte de quelques toitures, des aiguilles de clochetons et des angles de métal qui semblaient autant de lames acérées menaçant le ventre lourd de ce ciel déjà gonflé de nuit. En bas, c'était la pénombre humide, mille bêtes visqueuses qui vous soufflaient au passage leur haleine de cave en plein visage. Les lampes et les chandelles clignotaient au fond des échoppes où se mouvaient des silhouettes de démons. Le monstre du soir fouinait déjà partout de son museau glacé. Par-dessus des murs, quelques branchages nus se devinaient dont on se demandait quelle main démente avait bien pu les planter là. Est-ce que ces rameaux appartenaient à de vrais arbres ? Est-ce que des arbres pareils à ceux des forêts pouvaient vivre en un lieu si cruel ?

Ils tournèrent à gauche sur une placette où une lanterne plaquait des reflets sur les pavés. Alors que le char de Bisontin était arrêté par un énorme fardier chargé de barriques, les cavaliers d'escorte durent éloigner à coups de plat de sabre des gens qui s'étaient mis à crier. Mais les cris attirèrent l'attention de passants plus éloignés qui s'avancèrent. Entre les voitures immobilisées, les chevaux empêtrés ne parvenaient plus à manœuvrer et des hommes se glissèrent.

— C'est une sorcière !

— Ils l'ont trouvée !

— Faudra pas manquer son procès.

— Ni le feu de joie qu'on lui réserve.

— Tu vas griller, la belle !

— Et ton Blondel ? Il est pas revenu pour te défendre ?

Des crachats arrivèrent. Quelques pierres aussi dont une atteignit Marie à l'épaule.

Bisontin se dressa et fit claquer son fouet.

— Foutez le camp, salopards ! criait-il. Déguerpissez ou je cingle !

— Allez ! Allez ! Au large, hurlaient les cavaliers du Parlement.

— Tu vas l'enlever, ton fardier, tonnelier ! criait le chef.

— Faut faire rôtir avec elle toute la racaille qui la soutient ! glapissait une grosse femme.

Un homme lança de loin, avec une voix qui semblait venir du fond des barriques :

— Tu es fou, compagnon ! Ne te fourre pas le nez dans ce guêpier !

— C'est qu'il a un grand nez, le charpentier, s'il se le fait pincer, ça va saigner !

D'énormes rires montaient que Marie recevait comme autant de soufflets. Elle s'était recroquevillée le plus près possible du siège sous lequel elle eût aimé s'enfiler.

Une seule pensée l'habitait : disparaître. Leur livrer Hortense s'ils la voulaient et s'enfuir avec son homme. Regagner sa forêt. Echapper à cette foule. Pour l'instant, elle ne détestait pas Hortense, elle voulait seulement se sauver et sauver Bisontin. Et puisque c'était Hortense qui s'était mise dans ce mauvais cas, qu'elle s'en sorte. Ce n'était pas de la haine, de l'égoïsme seulement.

Des cailloux claquèrent encore sur les coterets de la charrette.

— Salauds ! Fumiers ! hurlait le compagnon qui s'escrimait de sa lanière.

Marie n'osait plus regarder. Elle le fit pourtant lorsqu'elle entendit un hurlement d'homme. Une large face rougeaude s'éloignait, une main appliquée sur une joue d'où ruisselait le sang. La bouche s'ouvrit pour lancer :

— Je t'aurai, charpentier ! Je te retrouverai !

— Ordure, tu t'en prends aux chevaux ! Je vais t'apprendre, moi !

Un charretier qui retenait par la bride deux bêtes effrayées, cria :

— T'as raison, Bisontin ! Ce saligaud voulait saigner ta bête... J'ai vu sa lame.

Et cet homme courageux dut lui aussi cogner du fouet pour éloigner des gredins qui s'en prenaient à lui.

— T'es un frère ! cria Bisontin.

Le passage venait de se dégager et les hommes d'escorte firent avancer la voiture. La jument, qui s'était comportée comme une reine outragée pleine de dignité, enleva sa charge au grand trot et Marie se sentit soulagée. La voix du chef des gardes lui parvint secouée de rire :

— Ta jument a encore plus d'esprit que toi, compagnon du diable !

Un soldat ajouta :

— Tu ne l'as pas raté, ce gros porc. Mais c'est un mauvais. Méfie-toi. Il va te chercher.

— Je le connais bien, fit un autre. C'est un fainéant du port. Il n'osera pas te défier. Mais s'il peut te saigner par-derrière, il le fera.

La nuit s'était abattue d'un coup sur la cité. Hors la lueur des lanternes et la clarté qui coulait des fenêtres et des portes, plus rien n'était visible. Mais le poids des bâtisses demeurait. On les sentait, écrasantes, prêtes à se coucher en travers des rues pour vous barrer le passage.

Ils montèrent encore, tournèrent des angles où les moyeux s'accrochaient à d'énormes bornes de pierre. Les fers des bêtes arrachaient des étincelles aux pavés invisibles.

Loin derrière eux, quelques cris fusaient encore que dominait le bruit des sabots et des roues répercuté par les façades inclinées.

S'étant levée sur les genoux, Marie s'agrippa aux épaules du compagnon pour demander :

— Où Dieu allons-nous ?

— A la tour de Vercy... où se trouve la prison.

Marie ne pouvait voir la tour, mais seulement son porche d'entrée. Enorme porte de bois toute cloutée de fer. Au centre, une grille lourde, ramassée, tout en force et que surmontait un heurtoir de métal luisant.

Sans descendre de cheval, l'officier cogna. Le bruit lourd se répercuta et monta pour se perdre en des infinis d'obscurité où devaient guetter d'invisibles yeux de bêtes faramines. Ces seules résonances suffisaient à vous glacer jusqu'à la moelle. Derrière la grille, quelque chose claqua comme le piège à renard quand on l'essaie à vide. Une voix demanda ce que c'était. Le capitaine lança un nom que Marie ne put saisir. Il y eut encore des coups sourds, un raclement et un grincement. La porte s'ouvrit lentement.

— Descendez, dit le capitaine.

— Et ma bête ? fit Bisontin.

— Pas toi. Elle seulement. Toi, tu dois être là demain à l'instruction...

Marie s'était dressée. Elle enfonçait ses ongles dans les bras de Bisontin. Son regard plongeait dans la gueule béante du porche. Par-delà, c'était une voûte assez haute et la fuite d'une galerie à larges dalles qu'éclairaient trois torches en enfilade. Les trois flammes se couchaient vers le fond au souffle venu de la rue. Quatre hommes d'armes se tenaient là, dont un qui s'était avancé vers l'extérieur.

Bisontin parla encore au capitaine. Il demandait ce qu'il devrait faire le lendemain et Marie se retenait pour ne pas crier qu'il faudrait partir. Quitter cette ville dès que la poterne du port s'ouvrirait. Fuir n'importe où et ne jamais revenir.

Elle avait encore la tête sonore du cri des gens et du claquement des cailloux sur les planches.

Elle sentit une main se refermer sur son bras. Elle se tourna. Hortense était là, souriante, avec son beau regard profond, son visage comme reposé, pareil à ce qu'il était du temps de Morges et de Reverolle.

Une fois de plus, Marie revit la nuit de leur séparation, lorsque la jeune femme était partie sous la pluie en compagnie de Barberat et de sa mule. Est-ce que Marie, tout au fond d'elle-même, cette nuit-là, n'avait pas éprouvé un peu de soulagement ? N'avait-elle pas été heureuse qu'Hortense s'en fût sans avoir réussi à entraîner Bisontin ?

Ce soir encore, elle allait garder son homme. Mais ce n'était point vers l'orage du ciel de nuit que s'en allait Hortense, c'était vers la colère des juges. Vers cette nuit plus froide et plus cruelle qu'ils entretiennent derrière les murs des prisons exhalant des relents de tombeau.

A l'instant où elle passait près d'elle pour descendre, Hortense murmura :

— Merci, ma bonne Marie... Dieu vous ait en sa sainte garde. Vous et votre nichée.

A ce moment-là, Marie sentit un énorme sanglot gonfler sa poitrine. Elle eut envie de crier qu'elle aimait Hortense, qu'elle lui demandait pardon d'avoir voulu l'abandonner pour ne penser qu'à son propre bonheur menacé, elle en eut envie au point d'en éprouver comme une blessure, mais pas un mot ne put franchir l'obstacle de ses lèvres serrées. Deux larmes roulèrent sur ses joues.

Hortense repoussa d'un geste orgueilleux le gros barbu qui s'avançait. D'un bon pas, elle s'engagea sous la voûte de pierre que surmontait un écusson guilloché aux armes du roi d'Espagne.

A travers l'eau vacillante de ses larmes, Marie la vit s'immobiliser sous la première torche et lever le bras. Sa main s'agita, blanche dans la clarté fauve, tandis que se refermait l'énorme porte poussée par le barbu.

Ce fut le silence. Puis le pas étonnamment sonore des chevaux s'éloignant vers le bas de la ville d'où montaient des rumeurs et de froides odeurs d'eau.

15

Marie s'était assise sur le siège, à la place laissée libre par Bisontin qui menait sa bête par la bride dans le dédale des rues souvent obscures. A plusieurs reprises, Marie éprouva la sensation d'une présence derrière la voiture. En un carrefour qu'éclairait faiblement la lueur d'une haute fenêtre losangée de plomb, elle vit une forme se dissimuler dans une encoignure. Puis elle en vit une autre, quelques pas en retrait. Elle eut envie de prévenir Bisontin, mais il se moquerait d'elle. L'idée que le gros débardeur fouetté en pleine face par le compagnon pouvait les suivre ne la lâchait plus. C'était lui, elle en était convaincue.

L'obscurité et sa peur se conjuguaient pour donner à cet être à peine entrevu des dimensions colossales et l'aspect d'un monstre épouvantable.

La vision d'Hortense, plantée sous cette torche au centre de la galerie voûtée dont la fuite derrière elle avait quelque chose d'un corridor filant vers des ténèbres insondables, était là, tenace, superposée aux angles de ruelles, aux fenêtres où se profilaient des ombres. Marie eût donné n'importe quoi pour qu'il leur fût accordé d'entrer dans une de ces maisons. N'y tenant plus, alors que Bisontin devait manœuvrer pour passer un angle aigu et faire entrer son attelage sous un arc posé sur deux piliers trop rapprochés, elle demanda d'une petite voix fêlée que la nuit recevait sans s'émouvoir :

— Mais où donc nous mènes-tu ?

— En lieu sûr pour dormir... T'inquiète pas, on arrive.

Ils atteignirent bientôt une bâtisse à demi écroulée sur un flanc, mais dont une partie du toit semblait encore en parfait état. Juste en face, dominant cette ruine de grange de toute sa superbe, une demeure à trois étages dressait sa façade de pierre de grand appareil où s'ouvraient six fenêtres dont deux versaient sur la rue une clarté de plein jour. On y entendait un clavecin..

— Nous aurons même un souper en musique, plaisanta Bisontin.

Marie sauta de voiture et, s'étant approchée, lui souffla à l'oreille :

— On nous a suivis. J'en suis sûre.

— Je le sais foutre bien, grogna le compagnon. Tais-toi.

Et, beaucoup plus fort qu'il n'était nécessaire, il lança :

— On va pouvoir remiser ici. La jument sera au sec, et nous, on dormira dans la voiture. Tu vas voir, nous allons être comme des papes !

Il tira le portail. Quelques menus gravats coulèrent du mur et la jument, battant de l'oreille, fit un léger écart.

— Tout beau, ma belle ! Tu risques rien. Je connais l'endroit. Il y a même du foin. Et c'est plus solide qu'on croirait.

Elle entra. Dès que le cul de la charrette fut assez

engagé pour que l'on pût fermer la porte, Bisontin l'arrêta, détela et dit à Marie :

— Pendant que je la bouchonne, profite que c'est éclairé en face pour sortir le manger. La route m'a creusé.

Il semblait plein d'entrain, comme si cette expédition l'eût amusé, et Marie s'en trouvait contrariée. Ignorait-il totalement la peur ? Etait-il inconscient ? Avait-il déjà oublié Hortense et ce qu'elle risquait ?

Dans la lueur que laissait entrer le portail grand ouvert, Marie sortit ses fromages et son pain. Elle ouvrit également une bouteille de cidre. Elle entendait sans le voir Bisontin qui frottait avec des bouchons de paille, le dos, la poitrine et les flancs de la jument à laquelle il parlait doucement. Les odeurs étaient bonnes, chaudes comme celle de l'étable. La présence de cette bête rassurait, mais, à quelques pas de là, dans l'ombre opaque, des mauvais attendaient.

Ils mangèrent. Lentement. En silence, tout d'abord. Marie s'arrêtait souvent de mâcher pour mieux écouter les bruits du dehors. Mais il ne venait que le friselis du clavecin.

— Tu vois, fit Bisontin, je te l'avais dit : souper en musique.

— Bisontin, tu me fais peur. On dirait que tu ne sais pas ce qui t'attend demain.

— Justement, c'est vrai, je n'en sais bigre rien !

— Faut s'en aller. Dès qu'ils ouvriront la poterne, faut partir. Tu te mettras sous la bâche. Je mènerai la voiture. Moi, on me connaît pas.

Elle parlait bas, le souffle court. Le rire de Bisontin n'en parut que plus énorme : une longue cascade dans la nuit.

En écho, la jument hennit.

— Tu vois, fit le compagnon, elle aussi, tu la fais rigoler... Mais pourquoi voudrais-tu que je me sauve comme un voleur alors que je n'ai pas la moindre peccadille à me reprocher ? Crois-tu que la Comté va se mettre à pendre ses charpentiers au moment où elle a le plus besoin de gens du bâtiment pour relever ses ruines ?

— Mais Hortense...

— Hortense s'en tirera très bien. Elle non plus n'a rien sur la conscience qui puisse l'empêcher de dormir.

Il haussa le ton.

— Allez, range tout ça et grimpe dans la voiture. Je ferme et je viens te rejoindre. Sous la bâche, on n'aura pas froid.

En même temps qu'il dit cela, il tire Marie vers l'encoignure obscure qui se trouve à gauche de l'entrée. C'est l'endroit où le toit paraît le moins abîmé. Il y a là du foin. Une bonne épaisseur. Ils y montent. C'est à peu près haut comme la jambe et ça enfonce juste assez pour qu'on soit bien. Il souffle :

— Couche-toi. (Haut) Allez, monte et passe-moi la bâche.

Il a laissé Marie toute seule avec sa miche, sa bouteille et un fromage serrés contre sa poitrine. Elle n'ose plus un geste. Elle le voit qui installe la grosse bâche entre les ridelles. C'est drôle, on dirait vraiment que deux personnes sont couchées côte à côte sous le tissu raide. Bisontin va au portail et le ferme lentement. Il n'a pas même un regard pour la rue.

A présent, il n'y a plus que quelques fils clairs qui marquent les planches disjointes du portail et le sol en face de chaque fente. L'ombre silencieuse de Bisontin les déforme. Il s'approche.

— Couche-toi, souffle-t-il, ce sera pas long.

— Je t'en supplie, murmure Marie, fais attention.

Le silence s'est refermé. La musique vient juste de s'arrêter. Frôlement. Le vent est sur les tuiles. Il guette. Il reste immobile un long moment puis il pousse son corps souple par l'ouverture du toit. En mangeant, le compagnon a expliqué que c'était l'œuvre d'un boulet expédié par les Français. Le propriétaire est en face. Dans la belle maison musicale et lumineuse. Marie imagine la masse énorme de ce projectile tombant là. Elle essaie de se représenter le bruit.

Le vent s'est coulé jusque sur le foin où elle est toujours assise, son manger sur les genoux. Elle ne tremble pas. Elle est seulement paralysée par la peur de ce qui va survenir et qui fera peut-être autant de mal et de bruit qu'un boulet. Elle aimerait crier pour que les gens d'en face envoient les domestiques. Elle n'ose pas.

L'attente est interminable et pourtant très courte. Il y a, sur le pavé de la ruelle, un tout petit frottement, puis un autre. Un temps, puis le portail avance. Il ne s'ouvre que pour laisser filer pas plus large que les deux mains de lumière. Ça tombe droit le long de la voiture sans la toucher. Mais la bâche et les ridelles sont tout de même bien visibles.

Rien... Plus rien ne remue.

Si, de nouveau le vent, à peine plus fort que tout à l'heure. Cette fois, il entre un bras par le trou du toit et un autre par le portail. A l'intérieur, se forment des remous qui fredonnent doucement, tout doucement et soulèvent les brins de paille que portent des toiles d'araignée. La jument se secoue. Son pied heurte du bois.

Le portail ne bouge pas, et pourtant, la tranchée de lumière change de forme. Elle se rétrécit sur le bas.

Une ombre s'avance. Marie porte ses mains à sa gorge pour ne pas hurler. L'ombre est lourde. Epaisse mais silencieuse. Elle va le long de la voiture du côté opposé à la fente de lumière qui a retrouvé son intégrité.

Elle hésite. L'homme doit regarder. Son bras se lève, et, par deux fois, tombe en plantant un éclat luisant dans la bâche.

Ça fait « flouf » deux fois de suite.

Et le deuxième choc est suivi d'un coup plus net, plus sec et d'un gémissement.

L'homme s'affaisse. Le manche du fouet que tenait Bisontin s'est abattu sur son chapeau. Il a vacillé avant de s'écrouler, tandis que le compagnon bondissait vers la rue où un pas a déguerpi sur le pavé. Le fouet a claqué. La voix du compagnon a glapi :

— Qui en veut s'approche. Y en a pour tout le monde !

Il revient. Il a de petits ricanements qui grelottent dans sa glotte. Marie l'entend fournailler près du puits où il a, tout à l'heure tiré à boire pour la jument. Il se fait un grand bruit de cascade.

L'homme écroulé s'assied. Il s'accroche aux rayons de la roue et se lève lentement. Bisontin le pousse dans la lumière encore tout chancelant. Le manche de fouet remue devant son nez et le compagnon demande :

— Est-ce que tu reviendras ?

— Putain, fait l'autre, tu m'as sonné.

— Pas assez.

— Qu'est-ce qu'il te faut !

Il se frotte le crâne.

— Que tu me payes ma bâche, salaud...

— J'ai rien...

— Donne ta grosse ceinture et tes bottes.

— T'es fou.

— T'en veux encore ?

Le manche frôle le crâne nu du gros qui enlève sa ceinture et tire péniblement ses bottes.

— Pieds nus, tu auras moins envie de te battre.

Le gros s'éloigne vers le portail, s'arrête et demande :

— Mon couteau ?

— Ça, c'est bien la dernière chose que je te rendrai. Ou alors, ce sera en te le plantant dans le cul !

Le gros homme sort. Avant de repousser le portail, Bisontin lui dit encore :

— Guette à la poterne. En quittant la ville, je te rendrai ton fourbi si j'ai pas eu d'ennuis ! Mais je te préviens, c'est moi qui ai refait la toiture du juge Verpillot. Je lui dirai deux mots sur toi et ta façon de crever les bâches. Ça va sûrement le faire rigoler.

TROISIÈME PARTIE

LA ROBE DE SOUFRE

16

Marie avait peu dormi, cette nuit-là, bouleversée par ce qui s'était passé et surtout inquiète de ce que réservait la journée. Le vent s'était amusé presque sans trêve à passer et repasser par le trou de boulet. Un moment avant l'aube, il avait forci. Son poids sur les tuiles avait fait craquer le lattage. Une grosse averse s'était abattue sur la ville, pareille à une pluie de moisson. Tout s'était mis à bruire. Une succession de sanglots, d'abord, dans toutes les gouttières, puis un long ruissellement très enveloppant. Un chant composé de mille autres, pareils et différents.

Bisontin s'était réveillé. Avait écouté un instant sur un coude avant de se recoucher en annonçant :

— Ça vient de l'est, ça durera pas.

Il s'était rendormi.

En effet, la pluie fut de courte durée. Elle s'arrêta comme elle était venue, d'un seul coup, laissant seulement derrière elle une longue traînée de dégouttis et de suintements, de gargouillis régressant à mesure que s'avançait une aube glauque. Marie s'était levée pour ses besoins, Bisontin se réveilla.

Ils mangèrent un chanteau de pain.

— La mie avec la croûte, plaisanta le compagnon, puis il gagnèrent la rue.

Tout luisait. Ce qu'on voyait de ciel entre les maisons était tourmenté. Des nuées effilochées s'en allaient vers le couchant, fuyant une lumière acide où se mêlaient le soufre et l'argent. Son reflet dans la rigole centrale, où stagnaient des restes d'averse encore tout frissonnants, était la tache la plus lumineuse de ce matin tragique.

Bisontin devait se présenter à neuf heures au Palais de Justice. Ça leur laissait deux heures devant eux.

Lorsqu'un valet ouvrit la porte de la maison d'en face pour en balayer le seuil, Bisontin s'avança.

— Tu me reconnais ? demanda-t-il.

— Bien sûr, tu es venu il n'y a pas si longtemps. Tu reviens pour la toiture ?

— Non. Je suis à Dole pour autre chose. Je serai pris ce matin. J'ai garé ma jument et ma charrette dans la grange. Fallait que je prenne des mesures. Est-ce que je peux laisser ma femme ici ?

L'autre, qui était un petit homme déjà tout chauve, se mit à rire.

— Bigre ! fit-il. Ça me flatte, ce que tu me demandes là.

Bisontin rit avec lui et raconta qu'ils avaient été attaqués dans la nuit.

— Je vois qui est ce voyou, dit l'homme. Lui aussi me connaît. Ta femme ne risque rien. Il ne viendra pas s'y frotter. Elle peut même aller se promener par la ville, je surveillerai ton attelage. Sois tranquille.

A la seule pensée d'être seule, Marie frissonna. L'homme allait rentrer, il se ravisa.

— Si vous avez dormi là, dit-il, vous n'avez rien eu de chaud ce matin.

— On sait s'en passer, fit Bisontin.

— De nos jours et après ce que nous avons vécu ces années dernières, tout le monde saurait. Ce n'est pourtant pas une raison. Venez jusque-là.

Marie hésitait, Bisontin la poussa par le bras. Ils se trouvèrent dans un vestibule d'où prenait son élan un large escalier de pierre. La rambarde forgée rappela tout de suite à Marie le beau dessin de Bisontin sur sa table. A elle seule, cette pièce était aussi vaste et deux fois plus haute que toute la maison de la Vieille-Loye. L'homme ouvrit une porte sous l'escalier. Quelques marches en colimaçon descendaient vers une autre porte. Derrière, c'était une salle comme Marie n'en avait vu que très rapidement dans d'autres maisons doloises où il lui était arrivé de livrer des fraises ou des framboises de la forêt. Une femme était là qui ressemblait au petit homme. Elle avait seulement, en plus, un fichu noir sur la tête. Elle était debout devant une table à dessus de pierre poli comme un marbre. Elle épluchait des raves.

— Donne de la soupe au charpentier et à sa femme, dit l'homme. Ils ont dormi en face.

La vieille leur servit deux écuellées d'une soupe qui sentait bon le lard fumé. Ils remercièrent. Elle dit :

— Ce n'est rien. Et je viens juste de retirer le lard. Vous en prendrez bien un morceau ?

Elle posa l'assiette fumante sur la table avec une miche entamée. Le vieux s'était assis sur un escabeau. Il racontait que sa sœur et lui étaient nés dans cette maison où leurs parents servaient déjà. De leur vie, ils n'avaient quitté cette rue que pour se rendre au marché de Dole et à la messe.

Marie les écoutait à peine. Elle examinait l'immense cheminée, le four deux fois comme celui que Bisontin lui avait maçonné, la pierre d'évier avec une fontaine de cuivre au-dessus, les landiers forgés, des séries de bassines et de casseroles qui brillaient comme autant de soleils en reflétant le feu. Elle regardait la suite de chaudrons alignés à côté de l'âtre, par rang de taille. Elle en compta deux de plus que les doigts de ses deux mains. Sur une crédence, il y avait plusieurs aiguières en étain repoussé, des pichets et des cruches. Un dressoir de noyer était chargé d'assiettes comme jamais encore Marie n'en avait vu.

Le lard tiède était bon. Le pain beaucoup moins noir et plus léger que celui de Marie. Elle pensa un instant à Pierre, à Claudia et aux enfants qui n'avaient que la bouillie d'orge.

Le pain que pétrissait Marie était bon, mais sa farine ne venait pas du moulin. Elle concassait son blé dans le pilon de pierre. Ça ne donnait pas une poudre ténue comme ce qui sort de dessous les grosses meules. Son pain était granuleux. Il craquait sous la dent. Il faisait sable, comme disait le compagnon qui avait goûté à tous les pains de France et de Navarre. Ce qu'elle mangeait là était souple et velouté à la langue. Elle imaginait la vieille pétrissant cette pâte faite d'une farine fine comme la poussière que le vent d'été dérobe aux labours.

Lorsqu'ils eurent terminé et que Bisontin se leva en remerciant, le vieux dit :

— Si ta femme veut t'attendre à la cuisine, ça ne me gêne pas. Il pourrait revenir de l'eau avant qu'il sonne midi.

— Non, fit Marie en se levant, je dois aller aussi.

Bisontin lui serra le bras très fort. Son regard dur se ficha en elle. Il fit un signe de tête imperceptible pour désigner le vieux. Alors Marie sentit qu'elle devait se taire. Bisontin dit seulement :

— Tu seras mieux au chaud. Reste là.

Elle se rassit. Il sortit. Son ombre passa dans la rue devant les fenêtres haut perchées dont les vitres embuées devaient donner au ras du pavage. Marie eût aimé le suivre, ou tout au moins rejoindre la jument, mais elle se sentait comme dans une prison. Ecrasée par le poids de toutes ces choses si étrangères à son quotidien.

Longtemps, elle eut envie de proposer à la vieille, avec qui elle se trouvait seule à présent, de l'aider à éplucher ses raves, mais avant que les mots ne réussissent à se mettre en ordre dans sa tête, la vieille eut terminé sa besogne.

Depuis un moment, Marie se sentait travaillée par un besoin pressant. Son ventre se nouait. Elle n'osait même pas y porter la main. Finalement, n'y tenant plus, elle se leva et dit :

— Faut que j'aille voir la jument.

— Elle ne craint rien, fit la vieille.

— Faut que j'aille.

— Ma foi, je vais t'ouvrir.

La vieille la précéda dans l'escalier et le vestibule, elle ouvrit et Marie sortit en courant et sans souffler mot. Derrière elle, la voix usée lança :

— Si tu veux revenir, tu heurteras !

Déjà Marie avait ouvert la grange et se précipitait vers la jument pour se soulager sur la paille.

— Voilà que je suis malade, fit-elle.

Lorsqu'elle se sentit mieux, elle caressa longuement le flanc et l'encolure de la bête, puis elle lui redonna du foin et de l'eau. Le portail refermé, il n'entrait là que le jour qui venait droit du ciel par le passage du boulet. Marie observa encore ce trou. Bisontin viendrait un jour et réparerait le couvert. Pour lui ce n'était pas un travail bien compliqué.

— Voilà une chose que mon Petit Jean serait bien capable de faire tout seul.

La jument tourna la tête pour voir si c'était à elle que s'adressait ce propos. Marie revint lui frotter le front et dit :

— Tu le sais bien, toi, ma belle, qu'il saurait refaire ce toit, notre Petit Jean.

Le son de sa voix et la présence amicale de la jument lui faisaient grand bien. Elle restait toute pleine d'images superposées de la cuisine d'en face, de la prison, des événements de la nuit, mais elle ne pensait pas vraiment à tout cela.

Ce fut seulement après un long moment qu'elle sentit renaître son inquiétude. Par ce trou, elle ne voyait pas assez grand de ciel pour se faire une idée exacte de l'heure. Il semblait que Bisontin fut parti depuis bien longtemps. Si elle était restée en face, la vieille lui aurait donné l'heure. Elle songea un moment à y retourner, mais la seule perspective du bruit qu'allait faire dans cette rue calme le heurtoir de fer suffit à la décourager. Elle s'approcha du portail et l'entrouvrit juste assez pour regarder le ciel. Des nuées couraient bas. A la manière dont elles étaient éclairées, Marie se dit qu'on avait dépassé depuis longtemps le milieu du jour. Alors, la peur la prit. Elle eut envie de partir, mais où ? Qui lui indiquerait le chemin du Palais de Justice dans ce dédale de rues ?

Un pas sonna sur le pavé. Son cœur bondit. Non. Ce n'était pas lui. Le pas grandit. Marie se retira dans l'ombre. Un homme passa très vite. Il portait une épée au côté et un long manteau noir.

Marie revint se placer l'épaule contre le pilier de pierre de manière à voir l'enfilade de la rue.

Elle demeura ainsi une éternité. Les jambes raidies. L'épaule glacée par la pierre.

Peu à peu, le jour baissa. Deux fois encore Marie dut se retirer, prise de coliques.

La nuit avança d'un coup lorsque creva une grosse averse. Alors, sans un geste, insensible aux gouttes qui giclaient, persuadée qu'elle ne reverrait jamais son homme, tout doucement, Marie se mit à pleurer.

17

Il faisait nuit depuis un long moment lorsque le compagnon revint. La pluie s'était installée sur la ville comme pour y passer l'hiver. Les fenêtres d'en face vernissaient les écailles rondes de la rue et donnaient envie de feu et de nourriture chaude.

Voyant Marie en larmes, Bisontin la serra fort. Elle se blottit. La pelisse du compagnon regorgeait d'eau, mais c'était bon d'être contre lui. Ils restèrent ainsi un long moment sans parler, puis Bisontin demanda :

— Mais pourquoi ? Pourquoi tu pleures ?

Elle avoua d'une petite voix d'enfant prise en faute :

— J'avais peur que tu reviennes jamais.

Il rit.

— Mais tu es folle, ma pauvre Marie !

— C'était si long, d'attendre.

— Il y a longtemps que tu es revenue ici ?

Elle n'osa pas lui dire la vérité.

— Pas bien, fit-elle.

— Ils t'ont redonné à manger ?

Empêtrée dans son mensonge, elle s'y enlisa davantage :

— Oui, bien entendu.

— Quoi donc ?

Elle chercha. Toussa pour se donner du temps.

— De la soupe et du lard.

— Ils ne mangent que ça !

— Des raves aussi et du fromage.

— C'est bien.

— Mais toi, tu n'as rien mangé ?

— Non. J'ai acheté une saucisse bouillie en passant. On me l'a mise dans une feuille de choux. Touche, elle est encore chaude.

Marie toucha la bonne brûlure qu'il tenait sur sa main ouverte. Un fumet s'élevait qui la fit saliver.

— Tu en veux un peu ?

— Non, dit-elle, j'ai mangé.

Tout en elle criait : « Oui, j'en veux ! »

— Même pas pour goûter ?

— Un tout petit bout, juste pour voir si elle est bonne.

Bisontin se tailla un large chanteau, coupa un carré sur lequel il posa une bouchée de saucisse et tendit le tout à Marie en disant :

— Si tu en veux d'autre, je peux t'en donner.

— Non. Mange... C'est très bon, moi, j'ai mangé.

A présent, elle ne se sentait plus prise au piège de son mensonge. Elle éprouvait une espèce de joie curieuse à le regarder manger alors que son propre estomac se tordait sur le vide. Elle se dit qu'elle avait été malade et que cette diète lui serait salutaire... Elle l'écouta mâcher un moment, puis l'idée lui vint d'offrir ce petit sacrifice pour la libération d'Hortense. Durant toute l'absence de Bisontin, elle avait adressé cent prières à la Vierge, au bon Dieu et à ses saints pour que son homme revienne, mais pas une fois elle n'y avait ajouté Hortense. Sans se l'avouer vraiment, elle avait dû se dire que lorsqu'on demande trop, le ciel risque de s'y perdre et de ne rien vous accorder du tout. Bisontin était de retour, elle pouvait bien prier pour Hortense, et elle le fit de toute sa ferveur.

Ensuite seulement, elle demanda :

— Et alors, tu ne me dis rien ?

Le compagnon avala une gorgée de ce qui restait de leur cidre allongé d'eau du puits, il reposa la bouteille sur le cul de la charrette et dit :

— C'est qu'il n'y a pas grand-chose à raconter.

— Mais tu n'es pas resté tout ce temps-là pour ne rien voir ?

— Justement si... A peu près rien.

Il s'accorda le temps d'un long soupir avant d'ajouter :

— Tu sais, ma pauvre Marie, je voudrais bien me tromper, mais j'ai peur que ça soit pas facile. J'ai attendu jusque-là et ils ne m'ont pas entendu. Le magistrat instructeur, il se trouve que c'est un homme pour qui j'ai fait une charpente. Une des premières que j'aie pu avoir à Dole. Quand il est sorti, il est venu vers moi. Il m'a dit : « Charpentier, je ne t'ai pas entendu. Il y a déjà plus de cinquante personnes qui peuvent témoigner de ses pratiques en sorcellerie. Si tu y tiens vraiment, je te ferai citer. » Alors, j'ai pas pu me tenir. J'ai dit : « Mais, monsieur le Juge, moi, je pourrais dire qu'elle est innocente. »

Marie l'interrompit :

— Mais tu es fou ! lança-t-elle.

Le compagnon laissa tomber quelques anneaux de son rire des mauvais moments. D'une voix sifflante, il lança :

— C'est drôle, c'est exactement ce que m'a répondu le juge. Et sur le même ton de terreur. Il m'a poussé dans un recoin d'ombre, il s'est assuré qu'on pouvait pas l'entendre et il m'a dit : « Est-ce que tu as envie de te retrouver avec elle sur le bûcher ? Je t'aime bien, compagnon. Mais méfie-toi de tes propos. Ta langue te perdrait. Et je ne pourrais rien pour toi. » Après, il s'est calmé un peu. Il m'a serré le bras et il m'a encore expliqué : « Tu dirais tout ce qui te passerait par l'idée, vrai ou faux, tu serais seul contre une meute acharnée à la perdre. »

— Tu vois bien que tu es fou, soupire Marie dont le front s'est couvert de sueur.

Bisontin se tait un instant. Il va jusqu'à la rue, regarde à droite et à gauche, puis revient s'asseoir au cul de la charrette et reprend :

— Cet homme, il m'a toujours fait une bonne impression. Il avait l'air mécontent que tous ces gens veuillent témoigner contre Hortense. Alors, je me suis payé de culot. J'ai demandé.

— Et vous, monsieur le Juge, qu'est-ce que vous en pensez ? » Là, il a réfléchi un moment avant de me répondre : « Tu sais, il y a un juge de la Terre de Saint-Claude qui a publié un texte qu'on appelle « le discours des sorciers ». Un nommé Boguet. Ça fait encore école. On ne peut rien là contre... Moi, je suis chargé d'instruire, pas de juger. Pas de juger... » Il a répété deux fois comme s'il parlait pour lui tout seul. Et il m'a conseillé de me tenir loin de tout ça... Voilà. Mais avant de partir, il m'a dit : « Si tu arrives assez tôt au Palais, tu pourras entrer. A l'audience, tu peux toujours demander à être entendu, les juges t'entendront. Mais je t'aurai prévenu de ce que tu risques. »

Marie a écouté sans bouger. A présent, elle ne sait plus. Elle est perdue dans ses pensées. En même temps qu'elle se reproche de n'avoir pas prié pour

Hortense, elle sent naître en elle un sentiment trouble. Hortense va peut-être mourir, mais Bisontin est là. Il est sauvé de ce piège terrible où il s'était fourré... Le juge l'a dit, nul ne peut rien. A quoi bon aller risquer la prison, la réprobation de tous et même la mort.

Marie demande :

— Alors, on peut partir demain matin ?

— Demain ? Mais c'est le procès !

— Tu vas tout de même pas y aller ?

— Bien sûr que si.

— Mais tu n'y penses pas !

Elle a crié.

— Ne crie pas comme ça... J'irai. Et tu viendras avec moi. Je te promets que je ne dirai rien, puisque nous sommes dans un monde pourri.

Le compagnon descend de la voiture et va jusqu'au portail. La pluie et les grosses gouttes tombant du toit tissent un rideau de perles d'or qui vibre devant lui. Soudain le rideau disparaît, absorbé par la nuit. Seule demeure sa musique triste.

Marie ne dit plus rien. Demain, elle sera à côté de lui. Elle ne le lâchera pas. Elle saura l'empêcher de faire des sottises.

A tâtons, elle s'avance vers lui. Elle pose ses mains sur ses épaules trempées et, tout doucement, elle dit :

— Viens, tu vas prendre froid.

18

Ils refermèrent soigneusement le portail que Bisontin cala en engageant un fort piquet sous la traverse. Cette précaution surprit Marie qui demanda :

— Tu crains quelque chose ?

— Non. Mais le vent peut forcir. Il a tourné un peu.

Bisontin mentait. Le vent n'avait varié d'aucune façon. Ça, c'était un élément sur lequel on ne pouvait pas tromper Marie. Il lui suffisait de respirer pour savoir d'où il arrivait.

Elle ne dit rien. Curieusement, elle n'éprouvait plus aucune crainte. Il était là. Demain, elle ne le quitterait pas. Quelle que pût être l'issue du procès pour Hortense (elle se signa furtivement), Marie regagnerait la Vieille-Loye demain soir en compagnie de Bisontin.

— Viens, dit-elle, tu es trempé jusqu'aux os. Tu vas te déshabiller et je vais te bouchonner.

Il ne dit rien. Il se laissa entraîner dans le recoin où s'entassait le foin.

— Mets-toi nu, dit-elle. Et donne-moi tes vêtements.

A mesure qu'il lui passait ce qu'il ôtait, elle le

tordait puis l'étendait sur le foin, le plus loin possible du creux où ils couchaient. A tâtons, elle alla planter les chaussures retournées au sommet des montants de voiture retenant les ridelles. Elle revint, monta sur l'herbe sèche. A quatre pattes, elle chercha Bisontin. Les mains trouvèrent son dos. Il s'était allongé à plat ventre. Sa peau était glacée comme celle d'un mort.

— Tu es vraiment gelé, fit-elle... Ne bouge pas.

Elle tourna du foin autour de son poing droit, le lissant bien de façon qu'il ne dépasse aucune grosse tige piquante, puis, doucement d'abord et de plus en plus vigoureusement, elle se mit à frotter le dos, les épaules, les bras, les fesses, les cuisses, le derrière des genoux et les molets. Sa main gauche allait sur ce corps qu'elle explorait comme pour indiquer le chemin à la droite. Lorsqu'elle remonta, elle s'attarda un peu en haut des cuisses, à l'endroit le plus velu.

Quand elle fut revenue à la nuque, elle dit :

— Tourne-toi.

Il se coucha sur le dos. Marie se défit de son bouchon de foin et, avant d'en tourner un second, elle se donna le temps de caresser le visage et les épaules du compagnon.

— Tu es gentille, dit-il. J'ai déjà moins froid.

— Attends, je vais frotter le devant.

Elle recommença son bouchonnage en insistant beaucoup sur la poitrine dont ses doigts palpaient les côtes.

— C'est toujours par là qu'on attrape le mal.

Puis elle frotta le ventre et alla directement aux pieds. Ils étaient pareils à deux glaçons. Elle eût aimé avoir de l'eau-de-vie. Elle remonta le long des jambes, lentement, comme craintive de ce qu'elle allait rencontrer.

Lorsque sa main gauche frôla le sexe, elle se sentit toute parcourue d'un long frisson. Elle s'arrêta le temps de se déprendre de son gant d'herbe sèche, puis, pareilles à de petits animaux auxquels elle n'ordonnait plus rien, ses deux mains revinrent à ce corps qu'elle se mit à palper. Un moment, Bisontin se raidit. Puis, d'un coup, avec une violence qu'elle n'attendait pas, il l'empoigna et la pressa fort contre lui. Ses mains dures cherchaient ses seins.

— Tu vas me déchirer, gémit-elle.

— Déshabille-toi.

Jamais elle ne s'était dévêtue aussi vite.

Elle était dans un grand émoi, exactement comme s'il l'eût prise pour la première fois. Et il lui semblait que lui aussi se comportait comme s'il découvrait son corps.

Il fut très vite en elle, presque sans l'embrasser. Leur étreinte fut brève, avec quelque chose de bestial qu'elle n'aima pas et c'est à peine si elle en éprouva un élan de plaisir qui la laissa insatisfaite, presque blessée.

Elle souffla :

— Je t'aime... Je t'aime.

Il la serra fort et la contraignit à se coucher contre lui. De son long bras, il chercha autour d'eux, tira sur leurs deux corps la cape de Marie, puis fit basculer du foin qui les recouvrit.

— Bouge plus, dit-il. La chaleur va se faire.

— T'as plus froid ?

— Non... Et toi ? Je t'ai pas donné toute l'humidité de la rue ?

— Bien sûr que non... Tu m'as donné...

Elle s'interrompit. Les mots qui venaient ne correspondaient pas à ce qu'elle voulait exprimer. Il attendit quelques instants avant de murmurer :

— Dors... Demain, ce sera moins facile qu'une journée de charpente.

Marie se tut. Elle eût aimé s'endormir comme autrefois après leurs étreintes, douillettement. Mais, de nouveau, Hortense était présente. Elle venait d'apparaître exactement comme si elle se fût évadée de sa prison et qu'on l'eût transportée là d'un coup... Il y avait, dans cette vision si soudaine et si intense, quelque chose qui mettait mal à l'aise.

Est-ce qu'elle serait morte ?... Viendrait-elle de l'autre monde demander à Marie pour quelle raison elle n'avait rien tenté pour l'aider ?

— A présent, c'est toi qui as froid, dit Bisontin, tu trembles.

— Non. Je suis bien.

Marie s'efforça de ne plus bouger. L'image s'était légèrement atténuée. Elle n'avait plus rien d'agressif. C'était une Hortense amicale qui se trouvait debout près de la voiture, seule lueur de cette nuit charbonneuse et gorgée d'eau.

Bientôt, la respiration du compagnon se fit régulière et plus forte. Marie sentait son haleine tiède contre son épaule.

Et puis, d'un coup, il retourna son long corps osseux et son souffle se perdit dans l'épaisseur du fourrage, loin, de l'autre côté. Alors, il n'y eut plus que le long chagrin du ciel pour envelopper la nuit. Marie l'écoutait. Elle se sentait un peu blessée sans bien savoir pourquoi. Douloureuse sans douleur précise.

Cette eau sur la ville, cette eau sur le pays était un suaire glacé. Un chant funèbre.

Marie tenta de s'en évader en fixant sa pensée sur la maison de la Vieille-Loye. Pour une personne qui avait fait le voyage du Pays de Vaud par-dessus le grand corps enneigé du haut Jura, ce village de la forêt de Chaux n'était qu'à quelques sabotées. Et pourtant, cette nuit, la maison où dormaient les siens lui paraissait terriblement lointaine. Ce temps affreux devait sabouler les distances et métamorphoser le paysage. Il semblait à Marie que plus rien ne pouvait avoir forme humaine, en cette nuit d'eau et de vent.

Car le vent continuait. Pas fort au point d'ouvrir une porte, mais curieux de tout et assez malin pour s'en venir flairer le foin au-dessus d'eux. Son mufle froid était partout à la fois. Sa respiration humide plus présente que celle de Bisontin.

Non, il n'eût pas poussé le portail, et le pieu mis en place par le compagnon n'était pas là pour lui faire obstacle. Sans doute existait-il autre chose de plus redoutable que le vent.

Lentement, insidieusement, la peur entrait que nul portail ne pouvait arrêter. Une peur pareille à cette pluie. Une grande peur sans objet précis, sans visage défini, une peur au souffle de suie qui enveloppait la cité où se confondaient les bruits pour ne plus former qu'un lourd murmure qu'ensevelissaient peu à peu les brumes du sommeil.

19

Un petit jour blanc et épais étendit sur eux son velours trempé. Lorsqu'il les tira du sommeil, il avait déjà envahi les lieux. Marie le regarda couler un moment par le trou de la toiture. On eût dit un feu de fanes vertes fumant dans un monde renversé. Le feu était sur le toit et la fumée se déversait vers le bas. Mais à l'odeur cessait la ressemblance. Ce brouillard-là portait des puanteurs que ni la forêt ni les terres d'alentour ne renferment jamais. Marie songea un moment aux larges levées de brumes sur le Léman et son cœur se serra. Il y avait tout de même des choses du Pays de Vaud qui faisaient éclore en elle des élans de nostalgie.

— Brouillard en novembre, ciel clair en décembre, dit Bisontin en guise de bonjour.

— Ah, fit Marie. Ça vient d'un autre pays. Je n'avais jamais entendu ça ici.

— Moi non plus, dit-il en riant. Et pas davantage ailleurs qu'ici.

— Alors ?

— Alors, je le dis comme ça. Parce qu'il faut bien se donner de l'espérance.

— Toi, tu trouves de ces choses !

— Au fond, le brouillard, c'est ce que la terre a gardé de l'été mêlé à ce que lui donne l'automne. Ce qu'elle transpire aujourd'hui, elle n'aura plus à le transpirer plus tard. En somme, ce que je dis est logique. Plus il y a de brume en novembre, moins on risque d'en voir en décembre.

Marie était dans un de ses moments de grande admiration. C'était la première fois qu'elle voyait un homme inventer un dicton. Est-ce que tous les adages qui venaient du fond des temps avaient été inventés par des hommes ? C'était une question qu'elle ne s'était jamais posée. Et ça lui paraissait amusant d'y réfléchir. Vraiment, Bisontin n'était pas un être comme les autres.

Il venait de se lever. Tout nu dans cet épais brouillard, il avait l'air d'un long diable dans la fumée, comme on en voit parfois sur certaines images de l'enfer. Mais ce n'était pas effrayant du tout. Pas même inquiétant.

Il semblait d'ailleurs que tout chagrin, toute fébrilité, tout malaise eussent soudain été effacés de ce matin par le rire du compagnon qui répéta plusieurs fois :

— Il faut nourrir l'espérance.

S'étant approché de la margelle, il tira de l'eau et ses gestes amusèrent Marie. Un homme nu ne ressemble pas du tout à un homme habillé. Il ne se déplace pas de la même façon. Il a des manières différentes pour accomplir les mêmes tâches.

Posant la seille à terre, il y plongea ses grandes mains et se lava le visage, puis la poitrine, puis le reste du corps. L'eau devait être très froide car ses mouvements devenaient saccadés. Il dansait d'un pied sur l'autre et soufflait comme un bœuf. Intriguée, la jument tordait le col pour ne rien perdre de cet étrange spectacle. Hochant la tête, elle semblait dire :

— Ça alors ! Si celui-là est devenu fou, où allons-nous ?

Marie eût aimé rejoindre son homme et l'imiter, mais de le voir ainsi la faisait grelotter. Elle préférait attendre le retour à la maison où elle pourrait placer le cuveau devant le feu et y verser quelques marmites d'eau chaude.

— Tu vas être malade ! cria-t-elle.

— C'est le seul moyen de ne pas avoir froid !

Sa voix tremblotait.

— Est-ce que mes vêtements sont secs ?

Marie fit un effort pour s'arracher à la bonne tiédeur des corps qui s'était accumulée en un nid douillet sous le fourrage. Elle tâta.

— C'est encore humide... Faudrait un feu.

Il eut un geste du bras vers le trou de boulet pour lancer :

— Ça blanchit. Dans une heure on aura un grand soleil.

Il était en train de se sécher en se frottant à la paille. Il la prenait à grosses poignées, sans précautions. Les brins dorés volaient autour de lui à la manière des étincelles. Un instant, Marie fut traversée par la vision du bûcher de son cauchemar, mais elle se secoua, s'ébroua pour s'en débarrasser et se hâta de s'habiller.

En passant ses culottes et sa chemise, Bisontin fit :

— Brrr ! C'est comme si j'entrais dans le canal des tanneurs !

Il enfila ses brodequins puis se dirigea vers le

portail où il fit tomber d'un coup de pied le piquet de fermeture. Marie demanda :

— A présent, tu peux bien me dire de quoi tu avais peur ?

Il eut un haussement d'épaules.

— A quoi bon ? grogna-t-il.

Au son de sa voix, Marie sentit qu'elle venait de ternir la joie que cette aube semblait avoir fait naître. Le compagnon manœuvra le lourd vantail. Elle ne put se retenir d'insister :

— Tu peux bien me le dire.

Visiblement agacé, il grogna :

— Je craignais qu'on ne vienne me faire taire... Je l'ai bien senti à ce que m'a dit le juge. Ce procès n'est pas clair. Trop de gens ont envie de se débarrasser de la pauvre Hortense. Tu sais, la terre porte des gens plus mauvais que des loups.

Ils sortirent sans rien manger. Bisontin éternua deux fois et dit :

— On va se payer une soupe dans une auberge. J'essaierai d'être près du feu. Ça me séchera.

Marie le suivit. Elle éprouvait l'impression qu'il cherchait à retrouver la joie qu'elle lui avait fait perdre bêtement avec cette histoire de fermeture du portail. Ils descendirent des ruelles dont une était en escaliers. Bisontin, s'arrêtant devant les tavernes, lorgnait vers l'intérieur d'où montaient des odeurs de cuisine et de feu de bois, mais il se retirait en disant :

— Pas là, les places au feu sont prises.

Marie regardait autour d'elle avec une certaine inquiétude, comme chaque fois qu'elle se trouvait dans une ville. Le poids de ces bâtisses trop hautes l'écrasait. La présence de ces inconnus souvent pressés lui paraissait si éloignée de sa propre existence qu'elle ne parvenait pas à les côtoyer sans la crainte de les voir se jeter sur elle pour la brutaliser. Elle marchait derrière Bisontin, anxieuse à l'idée qu'elle pourrait s'égarer et se retrouver seule en ces lieux.

Elle redoutait tellement les gens qu'elle fut sur le point d'appeler au secours lorsqu'un homme traversa la rue pour s'en venir lancer une grande claque sur l'épaule du compagnon. En réalité, si elle ne hurla point, c'est que sa terreur lui fit rentrer son cri dans la gorge. Le souffle coupé, elle regarda son homme pivoter pour un quart de tour et se trouver face à l'autre en criant :

— Seigneur ! Si je m'attendais !

— Bisontin-la-Vertu !

— Dolois-Cœur-en-Joie !

Il se passa une chose qu'elle regarda, médusée. Les deux hommes exécutèrent une espèce de petite danse surprenante, se prirent les mains, se donnèrent l'accolade et prononcèrent des mots que Marie ne connaissait absolument pas. D'après ce que Bisontin avait souvent raconté à Pierre et à Petit Jean, cet inconnu si brutal devait être, lui aussi, un compagnon.

Lorsque ce rituel prit fin, Bisontin présenta Marie à Dolois-Cœur-en-Joie qui était charpentier comme lui, et comme lui compagnon du Tour de France de l'ordre des Etrangers.

— Alors, où allais-tu, comme ça, mon ami ?

— Vers la route, comme toujours, dit le nouveau venu.

Ils se mirent à rire en se bourrant de coups, et Dolois-Cœur-en-Joie s'étonna en tâtant la pelisse de Bisontin.

— Il ne pleut plus depuis des heures, et te voilà trempé comme une soupe. Serais-tu trop pauvre pour avoir deux culottes ?

— Je cherchais justement une auberge où un feu pourrait me sécher.

Il expliqua où ils avaient passé la nuit et l'autre se reprit à rire en disant :

— Viens avec moi. L'auberge est toute trouvée. A *la Carpe d'Argent,* j'ai une chambre. Et dans ma chambre, des vêtements secs. Et en bas, un bon feu où nous allons tout de suite demander qu'on nous mette à rôtir de quoi te réchauffer l'intérieur... Sacrebleu, Bisontin de mon cul ! Toujours aussi gras qu'un boisseau de clous et qui se met à tremper pour se faire gonfler. A-t-on jamais rencontré pareille buse ! Est-ce que c'est le mariage qui t'a tourneboulé l'esprit ?

L'homme était à peu près de la taille de Bisontin, mais beaucoup plus large, avec un ventre et une poitrine que son rire faisait tressauter. Sa face luisait, comme passée à l'huile. Son nez rouge était pareil à une énorme fraise. En haut de sa joue gauche, il portait une verrue grosse comme une noisette et piquée de longs poils frisés. Ses petits yeux noirs très mobiles riaient encore davantage que sa bouche aux lèvres épaisses. A son oreille, il avait le même joint d'or que Bisontin.

Marie trottait derrière les deux hommes qui, l'ayant oubliée, allongeaient le pas, louvoyant entre les charrettes, les piétons, les étals de toute sorte.

Sur la rue du canal, s'ouvrait le large porche de *l'Auberge de la Carpe d'Argent.* La cour encombrée d'attelages était longue avec quelques arbres maigres. Ils entrèrent sous une voûte où les deux hommes durent se baisser pour passer, puis ils montèrent un escalier de pierre étroit et tournant qui les haussa sur un palier d'où partait un couloir aussi long que la cour et qui la dominait. L'ayant suivi, ils pénétrèrent dans une vaste chambre où se trouvaient un large lit à rideaux, deux fauteuils, une table de toilette, un broc d'étain et une cuvette de fer. Dans une petite cheminée, un feu achevait de se consumer.

— Enlève tes serpillières, elles vont sécher, dit Dolois. Et enfile-moi ça !

Il lança sur le fauteuil à mesure qu'il les tirait d'un grand sac bleu, des bas de laine noire, une culotte de gros drap gris, un caraco rouge et une sorte de vaste sarrau qui n'avait pas une couleur s'il n'en réunissait autant qu'en compte l'arc-en-ciel.

— Dis donc, plaisanta Bisontin, celui-là, tu l'as volé à un peintre.

L'autre prit un air hautain. Théâtral, il clama :

— Pas volé, mon frère par le compas, tout bonnement échangé contre son pareil à l'état de neuf.

— Il n'y a pas perdu, le barbouilleur.

— Et moi, j'y ai gagné ce chef-d'œuvre. Connais-tu une tapisserie de haute lice qui puisse rivaliser d'éclat avec ce vêtement ?

Il se tourna vers Marie, faisant voler le sarrau multicolore et le brandissant comme une bannière.

— Qu'en pensez-vous, princesse des bois ?

Marie ne savait si elle devait rire ou faire la grimace. Devant son embarras, Bisontin dit :

— Vois-tu, frère par l'équerre...

— Et par la bouteille, interrompit Dolois dont le rire gras déclencha la crécelle de son ami.

— Vois-tu, je devine que Marie préférerait te voir avec ça sur le dos et que tu me passes le tien.

— Pour vous servir, Marie !

Il exécuta un espèce de révérence grotesque, enleva le sarrau gris qu'il portait sur sa camisole blanche à col brodé, et enfila ce que Marie eût appelé un horrible oripeau de guenille. Tournant sur ses talons, il levait les bras avec une grâce de bœuf au labour et poussait des gloussements de femme. Ils se mirent à rire tous les trois, s'interrompant soudain lorsque éclata une fanfare.

L'homme se précipita vers la fenêtre et l'ouvrit. Elle donnait sur la rue. Il regarda, puis s'écarta pour leur laisser la place. Marie vit deux cavaliers sonnant de la trompette alors qu'un autre, devant eux, tenait un écrit où se voyait un énorme sceau de cire rouge. Ils étaient au carrefour le plus proche. Autour d'eux, s'attroupaient des curieux.

— Je me demande bien ce que le Parlement va nous faire annoncer ainsi à son de cuivre ? Crois-tu, mon Bisontin, que ce serait la fin des taxes pour le pauvre monde ?

Marie avait vu s'assombrir le visage de son homme. Elle prit son bras et le serra fort dans sa main.

La fanfare avait à peine cessé que, d'une voix terrible, le cavalier lut son avis. Il y était dit que la population de la ville de Dole, capitale de la Comté, était informée du procès public intenté à la fille Hortense d'Eternoz accusée de sorcellerie et connivence avec le Malin ; il se tiendrait en la grande salle du Palais de Justice à compter de la première heure après celle de midi.

Ce fut bref. Cinglant pour Marie et pour Bisontin dont le visage était d'une pâleur qui modifia d'emblée l'humeur de son ami.

— Si je comprends bien, fit-il, c'est une connaissance ?

— Oui, dit Bisontin. Une fille merveilleuse. Une vraie femme d'honneur, de foi et de liberté. Et c'est pour son procès que nous sommes à Dole.

L'autre referma la fenêtre, étendit les vêtements mouillés de son ami sur le dossier du fauteuil, remis du bois au feu, puis, donnant de nouveau l'accolade à Bisontin, il dit :

— J'irai avec toi... Avec vous deux... Mais c'est une sacrée épreuve. Avant, il faut prendre des forces.

20

Lorsque Bisontin eut expliqué pour quelle raison ils se trouvaient, Marie et lui, obligés d'assister au procès, l'autre répéta qu'ils allaient manger et les entraîna vers la grande salle de l'auberge. Le passage du héraut du Parlement et de ses trompettes avait presque empli cette immense pièce de gens qui parlaient haut, avec violence. Marie ne voulait pas entrer. Il n'y avait là que des hommes et elle se sentait terriblement gênée. Dolois la prit par un bras et la contraignit à le suivre vers une table plus petite que les autres, dans l'embrasure d'une fenêtre ouvrant sur la cour. Les gens se tenaient plus volontiers du côté de la rue et autour de l'immense cheminée où flambaient deux troncs énormes. Dolois appela une serveuse, lui prit la taille et l'embrassa sur les deux joues en disant :

— Tu sais que je paye les services qu'on me rend. Tu vas nous apporter le plus vite possible de quoi nous caler la panse. Dis au chef que c'est pour moi et qu'il y a deux bouteilles d'Arbois pour lui si je suis content.

— Est-ce que, par exemple..., commença la fille qui était rondelette et toute rose.

— Non, non, pas de propositions. La confiance. Souviens-toi seulement qu'on est plus pressés que si le feu nous grignotait le bas des braies. Le repas vrai de vrai, on le fera ce soir.

Il lui claqua les fesses et elle partit en se dandinant comme une oie qu'on poursuit.

— Tu causes comme un prince fortuné, fit Bisontin.

— Prince pas plus que toi, mais fortuné déjà pas mal, mon grand échalas ! Et je peux faire de toi un homme couvert d'or...

Bisontin l'interrompit en lui posant la main sur le bras :

— Laisse-moi écouter.

Ils tendirent l'oreille. A la table la plus proche, quatre hommes s'entretenaient du procès. Une voix disait :

— Elle ne pourra pas nier. Des personnes l'ont vue marcher à reculons autour d'une chapelle. Il paraît qu'elle en a fait trois fois le tour. Moi, je peux vous le dire, parce que mon gendre est magistrat. Dans le manuel du juge, c'est écrit noir sur blanc. Je l'ai lu de mes yeux. Ce n'est pas des racontars. La marche à reculons est le signe certain d'une entente avec le diable.

— Alors, autour d'un lieu consacré !...

— Et trois fois le tour. Rien que ça suffirait à la faire condamner.

— Est-ce qu'on ne dit pas qu'elle était au sabbat du lac de Bonlieu ?

— Là, il y a plus de vingt personnes pour en jurer sur les Ecritures. Ils s'accordent tous à dire qu'elle y dansait avec un cotillon rouge brodé de fils d'or.

D'autres clients prirent place à une table proche

de celle-là. Eux aussi s'entretenaient du procès d'Hortense, mais leurs propos se mêlèrent à ceux de leurs voisins pour ne composer qu'un brouet de sons tellement confus que Bisontin se boucha les oreilles des deux mains et grogna :

— Il faut se retenir vraiment pour ne pas cogner sur cette racaille.

— Cette racaille, observa Dolois, ce sont les bourgeois. Des marchands. Des gens de bien et d'honneur. La médisance, le bourrage de crâne ont fait leur petit travail. Personne ne sait rien, mais tout le monde parle.

La serveuse revenait qui posa sur la table un énorme pâté à la croûte dorée tout entouré de gelée pareille à une traînée d'étincelles. Jamais Marie n'avait vu de si près quelque chose d'aussi beau. Instantanément sa bouche s'emplit de salive.

La fille portait serrées contre son sein deux bouteilles que couvrait une buée légère. Elle dit :

— Le temps d'avaler ça, beau maître, et l'omelette aux morilles sera là.

— C'est parfait, ma toute belle. Mais je t'ai déjà dit que je ne suis point maître, mais compagnon.

Elle eut un rire qui secoua son caraco bien plein.

— Et moi, gros cochon, je te dis que tu es le maître des trousseurs de jupons.

Elle s'éloigna vite.

— Cette fille n'est qu'à moitié maligne, dit Dolois. Elle croit me flatter, mais comme je sens à vingt pas son désir de le faire, le coup est manqué.

Tout en parlant, il avait taillé dans le pâté trois tranches épaisses comme deux mains de forestiers. Marie soupira :

— Mais, je ne pourrai jamais...

— Mange, ma belle. Mange pour tes faims d'hier et pour celles de demain.

Il versa à boire, puis, désignant les bavards, il expliqua :

— Voyez-vous, tous ceux-là veulent aller au Palais, mais comme ils n'ont pas encore commandé les volailles qu'il faudra une heure pour rôtir, quand ils arriveront, la salle sera pleine comme un œuf.

Marie, qui n'avait jamais touché à une fourchette, attendit de voir comment faisaient les autres avant même d'ébaucher le moindre geste. Mais les hommes empoignèrent leur pâté à pleines mains et mordirent dans la tranche. Marie les imita. Elle finissait à peine quand l'omelette arriva. Regardant la serveuse emporter le plat où restait la moitié du pâté et toute cette belle gelée d'or qui tremblait, elle pensa à la soupe que devait préparer Claudia. Un instant, elle s'imagina arrivant à la Vieille-Loye avec ce reste de pâté qu'elle leur partageait.

— Sais-tu, expliquait Dolois, que je n'étais pas revenu au pays depuis le début de cette foutue guerre !

— Tu as bien fait. C'était l'enfer.

— Les vides m'en donnent une idée, et les ruines aussi.

— Belle besogne pour les gens du bâtiment.

— Oui, mais l'argent manque. D'où j'arrive, il ruisselle. Et les compagnons sont à ce point recherchés que j'étais revenu pour décider mon frère à partir avec moi.

— Et alors ?

— Plus de frère, plus de sœur, plus de mère, plus de famille. La peste a tout emporté... Même plus trace du mobilier ni de rien. Les malgoguets ont tout sorti et tout brûlé pour exterminer les miasmes.

Et c'est pour ça que tu me trouves à l'auberge. Il n'y a plus que la maison que je vais faire mettre en vente.

— C'est dur, dit Bisontin.

— Après dix ans, tu sais.

Il dévore. Il reprend de cette omelette si onctueuse, si veloutée. Marie a la certitude que les cuisiniers ont versé dans les œufs au moins quatre mesures de belle crème épaisse. Tant de merveilles pour un seul repas et qu'il faut expédier si rondement !

— Saint-Malo, dit Dolois. C'est là qu'il faut que tu t'en viennes avec moi.

Il cligne de l'œil. Il ajoute, la bouche pleine, le verre à la main :

— C'est là que coule l'or du Nouveau Monde. C'est là que se joue l'avenir de l'humanité... Je t'en reparlerai, mon frère par la bouteille.

Marie ne comprend pas tout ce qu'il dit, il la saoule un peu de paroles et le vin qu'elle a bu lui monte à la tête, mais elle n'aime pas l'étincelle qui vient de s'allumer dans l'œil de Bisontin.

21

Il y avait énormément de curieux dans les rues et, sans pouvoir saisir le moindre de leur propos, Marie était convaincue que tous parlaient du procès. Mais l'heure de midi ne sonnait pas encore, et ces gens voulaient sans doute manger avant d'assister à l'audience.

Lorsque le trio parvint en vue du Palais de Justice, une dizaine de personnes se tenaient devant la porte que gardaient quatre hommes d'armes. Parmi eux, se trouvait un des cavaliers de leur escorte. Reconnaissant Bisontin et Marie, il leur adressa un signe en souriant. Les curieux les regardèrent. Dolois-Cœur-en-Joie dit :

— T'as de foutues fréquentations, mon compagnon !

Bisontin raconta leur voyage et comment les hommes d'armes avaient mangé et bu chez lui.

— J'espère qu'il s'en souviendra pour nous laisser entrer.

L'homme dut s'en souvenir, car il parla à celui qui paraissait le chef, puis s'en vint les trouver.

— Tu as bien été convoqué comme témoin ? demanda-t-il à Bisontin.

— Tu le sais, tu es venu me chercher.

— Alors entre, tu attendras dans la salle.

— C'est que je ne suis pas seul. Ma femme et mon ami...

— Amène-les. (Il rit.) Ton cidre est fameux !

Il les fit passer le porche, puis les accompagna par-delà une grille forgée, sous de longues arcades toutes neuves en forte pierre de taille, jusqu'à une petite porte ouvrant dans une plus grande. Ils pénétrèrent alors en la salle d'audience immense et froide, pleine de pénombres et d'échos. Deux autres gardes s'y tenaient à qui leur guide alla parler avant de les faire asseoir au premier rang de bancs semblables à ceux des églises. Chaque bruit était répercuté de telle sorte que c'est à peine s'ils osaient respirer. Même le charpentier Dolois se taisait, poussant seulement de gros soupirs.

L'attente fut interminable. La lumière entrait mal dans cette salle et une fraîcheur de cave y subsistait qui sentait le mortier de chaux encore tendre. De temps en temps, un garde accompagnait quelqu'un. Les gens s'asseyaient sans parler, mais, à mesure que leur nombre augmentait, naissait là une espèce de vague rumeur composée de raclements de pieds, de toux étouffées et de chuchotements qui rassurait Marie recroquevillée sur son banc tout neuf entre les deux compagnons.

Elle s'était mise à prier pour Hortense. Les yeux fermés, les lèvres serrées, elle avait commencé par réciter des *Je vous salue Marie* alternant avec des *Pater*. Puis, comme si un insecte se fût mis à bourdonner en elle, sa prière devint la répétition constante de cette seule phrase :

— Mon Dieu, sauvez-la. Mon Dieu, sauvez-la.

C'était un tel ronron qu'à plusieurs reprises elle

sentit sa tête s'alourdir et piquer vers l'avant. S'étant redressée, elle se raidit, mais, peu à peu, son corps se tassa contre le dossier. Bisontin la secoua en lui serrant le bras. Il lui souffla à l'oreille :

— Marie ! Bon Dieu ! Tu ronfles !

— C'est le vin, pouffa Dolois.

Elle s'accrocha un moment, et ce fut soudain la ruée des gens criant et se bousculant. A partir de là, les choses allèrent très vite et Marie n'eut pas assez de ses yeux et de ses oreilles pour en suivre le déroulement. Ils durent se lever pour l'entrée des juges vêtus de noir, de rouge avec des collets d'hermine et de curieux chapeaux.

Celui qui s'était installé à gauche des autres et un peu plus bas que leur longue estrade se mit à marmonner quelques mots inaudibles, puis le plus gros qui était au milieu lança :

— Faites entrer l'accusée !

Sa voix était dans cette salle comble pareille à un tonnerre éclatant sur une moisson frileuse. Un murmure courut et toutes les têtes remuèrent. Marie regarda vers la droite où regardaient les autres.

S'ouvrit une petite porte lambrissée de bois comme les murs et le plafond. Trois secondes s'égrenèrent. Un garde parut, puis Hortense, puis un autre garde et la porte se referma.

Il sembla à Marie qu'Hortense les avait tout de suite aperçus et qu'elle leur avait souri. On la fit placer debout, sur la droite entre les juges et le public, de manière que les curieux aussi bien que les magistrats puissent la voir. Les gardes tout raides dans leur uniforme bleu et or se tenaient à deux pas derrière elle, leur pique devant eux.

Le gros juge demanda à Hortense si elle était bien Hortense d'Eternoz de Chappois, et cela parut étrange à Marie que cet homme chargé de la juger ne fût pas encore certain de son identité. D'une voix nette, cinglante et plus forte que celle du juge, l'accusée répondit :

— Oui.

— Dites : oui, Monseigneur.

Avec un ricanement, Hortense demanda :

— De quelle seigneurie es-tu donc ?

Il y eut sur la salle comme un souffle brutal. Des rires, des exclamations et quelques insultes. Dolois-Cœur-en-Joie se penchant vers eux grogna :

— Elle est folle, mais, bon Dieu, quelle belle fille !

Elle était belle, en effet. Il semblait qu'en deux nuits et un jour elle eût rajeuni. Marie la voyait comme elle lui était apparue à leur première rencontre, dans toute sa noblesse et sa fierté un peu sauvage.

Furieux, cramoisi, le gros joufflu martelait son pupitre avec un petit maillet. Il hurlait des menaces à l'endroit du public. Lorsque le silence fut revenu, il glapit :

— Fille d'Eternoz, tu te condamnes par cette attitude qui te met...

Hortense l'interrompit d'une voix calme mais qui écrasait le fausset coléreux :

— Je n'ai pas à me condamner. Ce que tes pareils et toi osez appeler instruction m'a prouvé que je le suis d'avance. Tu peux faire comparaître des douzaines de témoins, je n'en appellerai aucun. Je ne demanderai pas à mes amis de se donner le ridicule de paraître ici pour une parodie de procès !

De nouveau, la salle se fit houleuse. Marie s'était tassée le plus possible sur son banc. Il lui semblait qu'on la regardait aussi. Que des gens allaient la montrer du doigt en criant qu'elle était une amie d'Hortense mais qu'elle l'avait trahie. Longtemps les débats se déroulèrent dans une grande confusion.

Enfin, le joufflu ayant réussi à rétablir l'ordre et à obtenir le silence, commença le long défilé des témoins. Le premier fut un vieillard qui s'appuyait sur deux béquilles. Il chevrota :

— Oui, Messeigneurs, je le jure devant Dieu, elle a refusé de me soigner alors qu'elle avait guéri mon propre frère.

Hortense l'interrompit :

— Ton frère avait un mal de gorge, je lui ai donné de la tisane. Toi, il te manque un pied, tu peux en boire autant qu'il passe d'eau dans le Doubs, ça ne te le fera pas repousser !

— Taisez-vous ! hurla le gros, ou je vous fais sortir et le procès se poursuivra sans vous !

— Je n'y perdrai pas grand-chose.

A chaque réplique d'Hortense, la salle explosait. Il y eut de grands rires lorsqu'elle expliqua que le vieux, brouillé avec son frère, ne lui pardonnait pas de l'avoir soigné.

— Donc, cria le juge, vous reconnaissez avoir donné des soins hors de toute règle en usage chez les docteurs !

— Est-ce que ton médecin ne t'a jamais fait infuser de la tisane... Il devrait te donner de la mauve, ça t'adoucirait la voix et le caractère !

Sous les huées et les rires, le président de ce tribunal grotesque s'entretint longtemps avec ses voisins qui faisaient non de la tête. Lui paraissait au comble de la colère. Dolois dit :

— Le public a l'air d'être avec elle parce qu'elle le fait rire, mais ils seraient tous à réclamer la mort si on faisait mine de la libérer.

— Que crois-tu qu'ils discutent ? demanda Bisontin.

— Le rougeaud doit vouloir la faire sortir et les autres refusent sans doute de siéger hors sa présence.

L'audience se poursuivit avec l'audition d'un homme à peu près aussi rouge et aussi gras que le juge. Il s'appelait Antoine Jacquot. Il était chanoine à la collégiale de Dole. Son vêtement, sa charge, sa voix caverneuse et soyeuse à la fois en imposaient. Il entreprit un long discours pour dénoncer la conduite d'Hortense. Le mot superstition revenait souvent. Il l'accusait d'avoir levé des sortilèges. Pratiqué l'envoûtement. Il raconta qu'une femme était venue le trouver pour lui montrer une tache rouge qu'elle avait au bras, à l'endroit où Hortense l'avait touchée. Cette femme éprouvait là une vive douleur.

Il parla interminablement, mais, comme sa voix était émouvante et profonde, on l'écoutait dans le plus grand recueillement.

Lorsqu'il se tut, il y eut un silence, puis, calmement, Hortense déclara :

— Je ne dirai qu'une chose, c'est que la dernière fois que je suis venue à Dole, c'était avec mon oncle, et je devais avoir douze ans.

— Tu mens, gronda le prêtre, je t'ai vue en mon église te livrer à des manigances suspectes. Cent témoins pourront dire qu'ils t'ont vue également.

Hortense eut un sourire triste. D'une voix plus sourde, comme fatiguée, elle dit :

— Je veux croire, mon père, qu'une ressemblance vous abuse. Car je me refuse à imaginer qu'un homme de votre qualité s'abaisse à formuler un faux témoignage.

Cette fois, il n'y eut point de rires. Un grondement

comme d'une forêt sous le vent d'automne. Le prêtre le laissa passer, puis, esquissant un signe de croix en direction d'Hortense, il lança d'une voix qu'habitait un impressionnant tremblement :

— Que Dieu garde les hommes de notre Comté du fléau des créatures du diable ! Plus pernicieux que la peste et la guerre réunies, le mal qu'elles portent causerait d'atroces ravages en nos âmes.

Un silence lourd et dont tout le poids semble là pour écraser une seule personne, Hortense, sur qui sont braqués tous les regards.

Mais Hortense se redresse. Elle semble dominer cet homme, dominer les juges, dominer la foule.

Marie, terrorisée, se sent pourtant toute proche d'elle.

— Seigneur, protégez-la. Seigneur, sauvez-la !

Alors que les murmures reprennent accompagnant la sortie du chanoine qui roule telle une énorme pomme, Dolois se penche de nouveau et souffle :

— Grand comédien, ce ratichon-là !... Son discours va peser lourd.

Vint ensuite une femme qui affirma que sa fille était au lit, avec une forte fièvre.

— Dites-nous comment est venue cette fièvre, demanda le juge.

— Voilà. Nous passions hier au soir, à la nuit tombante, devant la tour de Vercy où est la prison. Nous y passons souvent. Hier, ma fille a été prise de convulsions. Son regard semblait attiré par les murs de la prison. Depuis, elle est comme frappée de stupeur.

La femme se tordit les mains en gémissant :

— Qui me rendra ma fille ? Qui me rendra mon enfant ?

On dut la soutenir durant qu'elle sortait.

— Alors, lança le gros, qu'avez-vous à répondre à cela ?

— Que c'est bien triste, fit Hortense. Qu'il faudrait sans doute soigner la mère tout autant que la fille...

Comme le public grondait de nouveau, elle éleva le ton pour ajouter :

— Ce qui est curieux, c'est qu'hier à la tombée de nuit, je n'étais point en la prison mais ici même, dans une autre salle. Ce dont le juge instructeur pourrait témoigner...

— Cette pauvre femme n'a point dit à la nuit tombante, mais à la nuit tombée. Tout le monde a entendu...

La voix fut couverte par un tumulte incroyable. On se disputait dans la salle. Des cris partaient, des coups de sifflet. Il semblait que, au fond, on en venait aux mains.

Il fallut longtemps au marteau du bouffi pour rétablir le silence. Le témoin suivant, à la grande surprise de Marie, fut l'un des gardes qui avaient mangé son pain. Il vint expliquer que, faisant partie de l'escorte, il avait eu toutes les peines du monde à suivre les autres au cours du retour et qu'on avait souvent dû l'attendre.

Marie sentit que Bisontin remuait sur son siège. Elle saisit son poignet qu'elle serra fort. Dolois vit sans doute que son ami était sur le point de se lever, il se pencha et souffla :

— Ne fais pas le con. Ça servirait à rien !

— Votre cheval était-il malade ? demanda le juge au soldat.

— Je l'ai cru. Mais elle l'avait ensorcelé. Toute la nuit, il a tourné en rond dans la cour où je l'avais laissé de crainte qu'il ne porte un mal contagieux.

Au jour, c'était fini. Mais ce matin, comme j'étais de patrouille, le mal l'a repris alors que nous passions devant la tour de Vercy. C'est là que j'ai compris.

— Alors, lança le juge, ce matin, fille d'Eternoz, étiez-vous à la prison ?

— Hélas ! Et pas pour mon plaisir, mais j'y étais tout de même mieux qu'ici car tu ne t'y trouvais point.

— Taisez-vous, insolente ! Je vous répète que vous vous condamnez !

— Et moi je te répète que je le suis déjà !

— Qu'avez-vous à répondre à ce témoin ?

— Rien. Si ce n'est que j'ai remarqué qu'il se tient à cheval à peu près comme un sac de noix...

Sa voix fut couverte par les rires et le crépitement du marteau furieux. Une fois encore, le gros s'entretint avec ses assesseurs qui persistaient à faire non de la tête.

— La baudruche a des problèmes avec son entourage, fit Dolois. Je donnerais cher pour savoir ce qui se passe entre eux dans les coulisses.

Un semblant de calme permit à une vieille à la voix cassée de raconter une histoire folle de malgoguets qui se seraient acoquinés avec Hortense pour piller des tombes. Puis il y eut un moment que Marie trouva extrêmement pénible.

Un homme de Poligny vint raconter la mort de l'enfant aveugle. On comprit qu'il n'avait rien vu, mais il parlait d'abondance, ayant rencontré des témoins.

Toujours raide sur ses jambes à peine écartées, les bras croisés sur la poitrine, le visage figé, Hortense écoutait. Pas un tressaillement, pas un soupir, mais de grosses larmes. Deux fils de lumière sinuaient de ses yeux au bas de son visage dont la pâleur inquiétait. Marie avait empoigné la main de Bisontin. Cette main tremblait.

L'homme raconta qu'Hortense avait jeté un sort à l'aveugle pour se débarrasser d'elle et qu'elle avait fait mourir de la même fièvre un homme qui savait. Il dit qu'elle avait prétendu que l'aveugle la guidait.

Alors qu'il marquait un temps, la voix d'Hortense s'éleva. Sa voix métamorphosée. Surnaturelle :

— Oui, l'enfant me guidait dans la nuit.

Il y eut des rires, mais, manifestement, les gens étaient impressionnés.

— Oui, elle me guidait... Oui, je la retrouverai pour qu'elle me guide encore.

Tout devint confus. Hortense n'était plus là. Elle ne voyait plus personne. Son regard s'en allait loin, perçant l'épaisseur des lambris et des murs. Entre les bruits de la salle, les questions du juge et les réponses des témoins, on l'entendait poursuivre son propos d'une voix sourde, lointaine. Marie saisit des mots qui revenaient souvent :

— Blondel crucifié... Tuer le renard à coups de serpe... Le sang sera dans le ciel et coulera sur la Comté...

Vainement on lui ordonna de se taire. Elle s'était absentée et le gros rougeaud cria qu'elle était en communication avec le diable, que c'était évident. Qu'il fallait appeler des docteurs pour le constater. Puis le torrent de mots sans suite qui coulait d'elle s'étant tari soudain, Hortense retrouva sa raideur de statue.

C'est alors qu'il y eut, entre les magistrats, une discussion en aparté qui dura un bon moment. Elle fut interrompue par des voix qui criaient :

— La vérité !

— Qu'est-ce qu'on nous cache ?

Le maillet s'énervait.

Dolois grogna :

— Ils ont des problèmes. C'est pas clair tout ça !

L'un des assesseurs semblait dans un état de grande nervosité. Le grondement de la salle s'amplifiait. La seule absente demeurait l'accusée au regard toujours perdu dans l'insondable.

Finalement, le président réclama le silence et le greffier donna lecture d'une lettre du capitaine Lacuzon accusant Hortense d'avoir, par un comportement qui échappait à la raison, conduit au massacre des partisans comtois.

Pour les juges, pour les gens sans doute, ce « comportement qui échappait à la raison » ne pouvait être que sorcellerie.

On lut encore une lettre d'un forestier du haut pays expliquant qu'Hortense avait fait se « battre entre eux des hommes qu'elle avait envoûtés ». Le témoin ajoutait qu'elle avait, de sa main, poignardé le dernier survivant et achevé les blessés.

Marie vit que Bisontin se tenait aussi raide qu'Hortense. Il la fixait des yeux comme elle-même fixait le vide infini d'espaces où nul n'avait accès.

Vinrent alors deux fillettes que leur mère accompagnait. Elles jurèrent avoir vu, dans la forêt, de l'autre côté du Doubs où « une force étrange » les avait attirées, cette femme-là s'envoler sur un balai en criant : « Bâton blanc ! Bâton noir ! Gaber... »

Comme elles ne savaient plus, le juge dit :

— Gaber siloi fendu ! Malaton, malatar, dinor ! Est-ce bien ça ?

D'une seule voix les deux petites crièrent :

— C'est bien ça !

Cette fois, tout le monde dut sentir que plus aucun

espoir ne restait à l'accusée. L'accusée dont on eût dit que, de plus en plus, elle s'absentait de cette salle.

Ce qui suivit fut du même ordre. On expliqua comment Satan rejoignait Hortense dans le tronc creux d'un vieux tilleul, de quelle manière elle marchait sur les toits pour se rendre au sabbat. On affirma aussi qu'on l'avait souvent vue baisant la fesse d'un animal cornu moitié homme moitié bouc, tandis que dansaient autour de la clairière des filles nues et des nains barbus, le tout au son d'une viole de gambe dont le manche se terminait par une tête de cheval dans laquelle bourdonnait un essaim de frelons à corset noir. On rappela encore qu'elle se plaisait dans la compagnie des goules, des lamies et des striges.

Enfin, vint un homme très âgé. Il portait une barbe blanche qui tombait jusqu'à sa ceinture. Il était long et sec avec des gestes saccadés. On l'appela docteur, puis professeur. Sa voix semblait monter d'un puits. Il parlait lentement, et on sentait que chacun de ses mots était destiné à peser sur ceux qui l'écoutaient :

— J'ai pu un jour, pour en faire l'étude et avec l'assentiment des magistrats et des prêtres, assister à l'office de Satan après m'être dissimulé en un lieu que je ne révélerai point... Cette femme y assistait. Le temps était à l'orage. Une odeur de soufre vous prenait à la gorge. Il montait de la terre un brouillard sur lequel tapaient les sorcières à grands coups de balai pour le transformer en grêle qui s'en allait ravager le vignoble. Chacun se souvient des grêles de juillet, il y a deux ans.

Il laissa couler un murmure et reprit :

— Eh bien, c'étaient celles-là ! Je ne vous décrirai pas l'orgie qui suivit. Je vous dirai seulement que la messe fut célébrée avec, en guise d'hostie, des rondelles de navet ; avec, pour remplacer le vin qui est le sang du Christ, l'urine des sorcières.

Nouveau murmure. Et la voix sépulcrale conclut :

— Le lendemain mouraient toutes les chèvres, de Poligny jusqu'à Passenans... Le lendemain mouraient aussi quatre enfants dont nul médecin ne sut identifier le mal.

Très digne. Après un regard terrible à Hortense qui n'avait même pas remarqué sa présence, le vieillard se retira. Durant tout le temps qu'il mit pour regagner sa place, un silence épais écrasa la salle.

Les juges se concertèrent encore, puis, ayant frappé un seul coup de son maillet, le gros déclara que le tribunal se retirait pour délibérer et reviendrait avec son verdict. Tout le monde se leva pendant qu'ils sortaient et qu'on emmenait Hortense.

Puis chacun se rassit. Dolois et Bisontin parlèrent à voix basse, mais Marie ne les écoutait pas. Elle n'entendait pas davantage la rumeur de la salle. Une fois de plus, elle venait de s'enfermer dans sa prière :

— Sainte Vierge, sauvez-la... Sainte Vierge, sauvez-la !

22

Durant tout le temps que le tribunal passa en délibéré, Marie resta les poings serrés, sa volonté tendue vers l'infini de l'espace qu'elle avait enfermé derrière ses paupières closes.

Elle ne voyait point le ciel tel qu'il était au moment de leur arrivée au Palais, bleu pâle encadré de façades blanches. Non, elle le voyait immense et lumineux, comme au-dessus des neiges lorsqu'elle avait connu Hortense ; elle le voyait plus vaste encore et plus sonore de vent tel qu'elle l'avait aimé en son enfance à la Vieille-Loye ; elle le voyait baigné de cette brume de soleil qui montait du Léman vers les hauteurs limpides. Elle y cherchait des visages. Celui de la Vierge, celui de l'Enfant-Jésus, celui du Christ, celui de Dieu le Père et, sans trop savoir pourquoi, celui de saint Roch, patron des mendiants et des pestiférés. Ils s'inscrivaient là, tour à tour, sur ce fond d'azur infini, mais tels que Marie les avait toujours rencontrés dans les églises. Figés. Sans regard. Sans humanité. Elle les eût voulus vivants. De chair et d'os. En mesure de lui répondre d'un sourire et d'un geste simplement pour lui faire comprendre qu'ils percevaient l'écho de sa litanie et se montraient sensibles à sa ferveur.

— Sainte Vierge, sauvez Hortense. Mon Dieu, sauvez Hortense. Doux Jésus, sauvez Hortense. Bon saint Roch, sauvez Hortense. Jésus en croix, sauvez Hortense...

Ce chant monotone l'habitait jusqu'au tréfonds de l'âme. Elle s'y accrochait. Elle imaginait qu'à force de mettre en lui toute sa volonté d'aider Hortense, son écho silencieux traverserait les murs et parviendrait aux juges. Elle finissait par se croire un certain pouvoir. Par se figurer sa foi assez forte pour provoquer un miracle.

Mais il n'y eut pas de miracle. Lorsque les juges revinrent, lorsque reparut Hortense qui semblait avoir repris pied dans la réalité, nul dans cette salle autre que Marie ne fut surpris d'entendre prononcer un arrêt de mort.

A la lecture de la sentence, Marie ne saisit que quelques bribes des attendus. Elle sut que l'on condamnait Hortense parce qu'elle était « mal instruite en la foi... réputée sorcière et femme de mauvaise vie... traître à la patrie comtoise pour avoir fait mourir des partisans »...

Cela dura longtemps. Puis, s'adressant à Hortense, le joufflu cria :

— Fille d'Eternoz, nous t'avons épargné l'estrapade et les aiguilles des chirurgiens, mais tu dois reconnaître tes fautes. Avoue et tu seras sauvée de la damnation éternelle.

Il y eut un court silence d'une extrême pureté. Puis la voix redevenue ferme et claire d'Hortense claqua telle une lanière de fouet :

— Je viens de t'écouter, et je ne t'ai pas interrompu persuadée qu'il est vain de vouloir te convaincre. Mais puisque tu me donnes la parole ; je vais en user. Puisque tu m'accuses de traîtrise envers la Comté, je vais te parler de cette guerre et te dire pour quelles raisons tant de gens veulent ma mort, c'est-à-dire mon silence. Je vais...

Le juge explosa. Cognant du maillet comme un enragé, il hurla :

— Tais-toi. Le procès est terminé. Si tu voulais intervenir sur ce chapitre, tu devais le faire lorsque j'ai lu le témoignage du capitaine Lacuzon...

Le visage d'Hortense refléta soudain un immense étonnement.

— Tu as parlé de Lacuzon ? fit-elle.

Il y eut un flottement. Une hésitation entre les murmures et le rire, puis un vacarme où tout se mêlait une fois de plus. Dolois dit :

— C'est bien vrai qu'à certains moments, elle n'est déjà plus de ce monde.

Le calme finit pourtant par revenir. Il était évident qu'Hortense ne comprenait plus. Un large pan de l'après-midi lui avait échappé.

Peu à peu, l'étonnement s'effaça de son visage où s'inscrivait une surprenante sérénité.

Comme le juge lui demandait à nouveau d'avouer ses fautes pour échapper au feu éternel, elle eut un sourire méprisant. Se dressant de toute sa taille, elle laissa tomber :

— Si j'ai mérité l'enfer, ma plus grande crainte viendra de la certitude que j'ai de t'y voir arriver un jour !

Elle se tut. A voir son sourire, Marie comprit qu'on ne lui arracherait plus un mot.

Le grondement de la salle apaisé, le gros homme plus cramoisi que jamais, étranglé de colère et dont les mains comme les joues lourdes tremblaient, croassa encore :

— Tu seras étranglée jusqu'à ce que mort s'ensuive, brûlée pour que tes cendres à jamais maudites soient dispersées au vent... L'exécution se fera demain, sur le tertre, hors les murs de cette cité que nous voulons préserver des maléfices.

Un silence passa, comme si tout le monde eût attendu une réponse, mais rien ne vint que le sourire rayonnant d'Hortense et son regard qu'elle promena lentement sur la cour et le public. Lorsque ce regard s'attarda sur Marie, ce fut une caresse d'une infinie douceur.

Le jour avait baissé. Dans les recoins de la salle, s'accroupissaient des ombres.

Quand les gardes entraînèrent Hortense, il y eut des cris de haine, des injures et des menaces de mort. Mais quelque chose pesait qui semblait imposer silence à beaucoup.

Ce fut alors le long écoulement des gens.

Lorsque Marie et les deux charpentiers se retrouvèrent dans la rue, le ciel de cuivre vibrait derrière les bâtisses toutes noires où s'ouvraient timidement de minuscules yeux d'or.

Marie leva la tête. Juste au-dessus d'elle, une grosse étoile jaune venait de s'allumer.

23

Sortis parmi les derniers du Palais de Justice, ils laissèrent la foule se déverser dans les rues de la cité. Jamais Marie n'avait vu pareille effervescence. Quelque chose fermentait dans ce soir aux lueurs de métal. Ceux qui avaient pu pénétrer dans la salle du tribunal étaient beaucoup moins nombreux que les autres. Et ces gens déçus avaient attendu en s'échauffant à parler d'un procès dont ils ne savaient rien. Beaucoup avaient bu plus que de raison dans les tavernes voisines quand ce n'était pas aux bonbonnes tirées des charrettes qui encombraient les carrefours. A présent, tout ce monde voulait savoir. Chacun cherchait, parmi ceux qui avaient eu la chance d'être admis au spectacle, une connaissance à entraîner devant une bouteille.

— C'est le moment de filer par les venelles les plus sombres, dit Dolois.

Comme ils s'engageaient dans une ruelle, Bisontin dit qu'il voulait aller soigner sa jument.

— Tu as raison, fit l'autre, les chevaux ont des droits sur les hommes qui profitent de leur peine.

Et quand je vois les hommes tels qu'ils se sont montrés tantôt, je me sens beaucoup plus de respect pour les bêtes.

Ils marchèrent vite, évitant la rue principale et la place du marché. Ils donnèrent de l'eau et du foin à Jacinthe. Marie eut envie de rester là. Elle se sentait plus à l'aise avec cette bête que dans la salle de l'auberge. Elle éprouvait le besoin d'être seule pour tenter de se rapprocher d'Hortense. Elle eût aimé lui offrir un sacrifice de pâtés et d'omelettes, demeurer dans la nuit, sur la paille, à genoux, et prier pour qu'un miracle sorte la malheureuse de son cachot avant que ne vienne l'en tirer le bourreau.

Marie n'avait pas encore pensé vraiment à l'exécution. Elle ne commença d'en entrevoir la réalité que lorsque Dolois demanda à son homme :

— Quand comptes-tu repartir ?

Bisontin hésita longtemps. Il se donna le temps de refermer derrière eux la porte de la remise. Il se retourna et parut dans les lueurs de la maison d'en face. Son regard était dur. Son visage fermé.

— Après, fit-il sans desserrer les lèvres.

Ce mot siffla comme la plainte d'une toute petite bête qu'on étouffe. Marie l'avait à peine entendu, et il sembla pourtant que la nuit en fut soudain bouleversée. Plus épaisse, plus froide aussi, elle montait des recoins et ruisselait des toitures invisibles.

Ils marchèrent.

Le bruit des sabots de Marie, des souliers ferrés de Bisontin et des hautes bottes de son ami occupait tout l'espace. Il devait s'entendre à trois lieues. Pourtant, à quelques pas de là, vivait la foule dans les rues éclairées par les tavernes et les échoppes. Ils l'entrevirent à plusieurs reprises au bout d'une ruelle qu'ils évitaient d'emprunter. Marie éprouva le sentiment qu'eux aussi se sentaient coupables, qu'ils fuyaient pour échapper au châtiment.

Mais Bisontin venait de dire :

— Après.

Ça ne pouvait signifier qu'une seule chose : après l'exécution.

Après l'étranglement.

Après le bûcher dont on disperserait les cendres au vent.

Marie s'aperçut qu'elle avait le corps et le front inondés d'une sueur glacée.

Est-ce que Bisontin voulait dire par là qu'ils iraient sur le tertre ? Qu'ils se mêleraient aux curieux pour regarder mourir Hortense ?

Marie n'osait rien demander, redoutant de dire une incongruité. Bisontin allait de son long pas, s'arrêtant çà et là pour les attendre, car Dolois savait ne pas s'éloigner d'elle.

Sentait-il sa peur ?

A présent, elle avait peur. Bien qu'elle s'efforçât de les chasser, les images s'imposaient. Elle imaginait un bûcher, des flammes. Le visage impassible d'Hortense y était, mais ce qu'elle ne parvenait pas à se représenter, c'était le moment où les flammes brûlaient ce corps. Elle ne voyait pas qu'un corps de femme pût se consumer comme une bûche. Se réduire en cendres.

Cette vision la tourmentait à tel point qu'elle sentait monter en elle des envies de vomir. Elle s'arrêta. Sa tête tournait. C'était un moment où Bisontin se trouvait loin devant. Dolois lui prit le bras et dit :

— Holà ! ma toute belle. Tu vas pas tourner de l'œil, non ? (Il cria.) Hé ! grand sifflet ! Ta femme qui joue les fillettes !

Bisontin revint en hâte et soutint Marie par l'autre bras. Comme s'ils eussent parlé au fond d'une barrique, elle les entendit dire que l'auberge n'était plus très loin. Un carillon sonnait auquel se superposait un roulement de cascade. Et puis Marie revint sur terre. Elle avait le visage glacé. Elle éprouva l'impression qu'un drap mouillé l'enveloppait.

— A présent, elle claque des dents, dit Dolois, mais ses yeux sont revenus. Elle doit pouvoir marcher.

— Nous aurions mieux fait de nous coucher, fit Bisontin.

— Vous coucher sans manger ? Mais, sacrebleu, c'est sans doute parce qu'elle n'a pas assez pris à midi qu'elle se sent mal ! Voilà ce que c'est que d'expédier un repas en un rien de temps !... Se nourrir, mes amis, quand on peut le faire, c'est une chose à ne jamais bâcler. C'est bien plus important que la besogne...

Il essayait de plaisanter, mais tout sonnait faux et rien ne pouvait les mettre en joie.

Ils furent vite à l'auberge où la salle commençait à se remplir. La table qu'ils avaient occupée le matin était encore vide et ils reprirent leur place sur les mêmes bancs à dossier. Marie éprouva une impression curieuse. C'était un peu comme si, déjà, elle se fût trouvée chez elle en ce lieu. En même temps, une sorte de malaise dont la raison précise lui échappait, stagnait en elle. Hortense s'était un peu immobilisée. Son image demeurait, mais statique et transparente. C'était l'Hortense sans expression, celle dont les yeux versaient des larmes sans que rien dans son visage trahît la moindre émotion.

Lorsque la grosse serveuse se présenta, Dolois

commanda tout de suite du vin blanc. Et lorsque le vin bien frais fut dans les verres, lorsqu'il eut fait claquer sa langue et remué ses lèvres pincées sur une goulée à travers laquelle il aspirait un peu d'air, il dit :

— C'est un premier point. A présent, passons aux choses sérieuses. Que dirions-nous, pour nous ouvrir l'appétit, d'une bonne terrine de lièvre ?

— Il y en a, fit la serveuse.

Le bras de Dolois se porta derrière sa taille, sa main se posa sur sa hanche et palpa les chairs grasses tandis qu'il disait :

— Et après ça, un bon petit poulet à la broche me plairait assez s'il est moins gras que toi.

— Moins gras, compagnon, fit-elle en riant, c'est certain. Mais pas forcément moins tendre.

— Essayons-le, nous verrons bien... Tu nous le serviras avec quelques pommes au lard et ta salade d'automne...

— Ecoute, dit Bisontin, c'est trop, on ne...

L'autre éleva la voix :

— Est-ce que je me permettrais de t'emmerder lorsque tu es en train de chercher par le trait le parfait équilibre d'une charpente ? Non ? Alors, mon frère, tu sais fort bien qu'il est aussi important de bien composer un repas... Voyons, où en étions-nous ?

— Salade d'automne, compagnon, fit la rondelette en s'inclinant pour laisser voir ce qui emplissait son devantier.

— C'est déjà pas mal, mais s'il y avait un peu de gibelotte de lapin, juste pour y goûter...

— Il y en aura pour vous.

— Fort bien. Après ça, tu nous donneras ton meilleur morbier.

— C'est que...

— Tais-toi, menteuse, je sais qu'il y en a. J'ai traversé ce matin le fond de la cuisine... Et si quelques tartes sont cuites...

— Tarte au commeau, mon prince.

— Parfait. Quant au vin, le rouge léger de Pupillier que j'ai goûté hier me paraît excellent pour le soir. Il goulaille agréablement et ne charge pas trop l'estomac.

Déjà la fille s'en allait, louvoyant entre les tables et les gens debout. De nombreuses mains se posaient au passage sur sa croupe et Marie se disait que pour rien au monde elle n'eût accepté d'exercer ce métier.

Comme Bisontin parlait de payer sa part, son camarade vida son verre d'un trait, passa sa manche sur ses lèvres et lança :

— Si tu veux que nous soyons brouillés à mort, reparle-moi d'une chose pareille... Je t'ai dit que j'ai de quoi, et de la besogne sur la planche pour trois fois le restant de mes jours.

Il se tut. Son regard s'assombrit et son visage prit un air de gravité qui surprenait chez cet être tout en rondeurs et en couleurs. Il regarda Marie. Et, par-dessus la table, allongeant le bras, il prit sa main dans la sienne qui était énorme, couturée et râpeuse comme celles du compagnon. Marie ne fit rien pour la retirer. Dolois respira profondément, puis, comme si ce qu'il avait à dire lui eût coûté un effort énorme, il soupira :

— Vois-tu, Marie, j'essaie de forcer la gaieté, parce qu'il n'est pas dans ma nature d'être triste... Vous devez me juger mal... Ne me croyez pas insensible. Je suis tout aussi écœuré que vous par ce procès. Je ne connaissais pas cette femme, mais votre douleur me touche et je voudrais vous aider à la porter... Je m'y prends fort mal. Ce n'est pas le vin et la mangeaille qui vous feront oublier votre peine, mais voyez-vous, on fait avec ce que l'on a... J'ai une grande gueule...

Il se tut. Il ne savait pas quoi dire et sa voix s'était mise à trembler... Ses paupières battirent très vite... Regardant Bisontin, il se reprit pour ajouter :

— Et d'avoir retrouvé cette fripouille, ce grand dépendeur d'andouilles, ce croque-mitaine, cet oiseau décharné, cette vieille guenille de charpentier que tu as pour époux, ça me saboule un petit peu l'entendement... C'est la vie... Elle est ainsi... Je partage votre peine à tous les deux, mais ça ne parvient pas à museler ma joie.

Il lâcha la main de Marie, versa à boire et, levant son verre, il dit :

— Mes amis, sans rien oublier de ce qui est en vous, je vous demande de boire avec moi à la chance que j'ai eue de vous rencontrer. Je vous demande de boire à la paix sur la Comté et à l'avènement d'une vraie justice.

Ils burent, puis, avec plus de gravité encore, l'homme ajouta :

— Je bois aussi à notre liberté.

24

Lorsqu'ils ont parlé de regagner leur grange, Dolois-Cœur-en-Joie s'est récrié. Il avait bu beaucoup et sa face était en feu. Bisontin parlait plus haut. De temps en temps, son rire d'oiseau s'en allait rouler au ras des poutres peintes du plafond, dominant les bruits de la salle. Marie se sentait le front brûlant. Il lui semblait que l'auberge et tout ce qu'il y avait dedans se mettaient à basculer, à tourner de telle sorte qu'ils allaient finir par se retrouver la tête en bas. Mais c'était un mouvement dont personne ne semblait s'apercevoir. Le vin demeurait dans les verres et les sauces ne coulaient pas des assiettes.

A présent, les voilà tous les trois dans la chambre. Dolois et Bisontin ont décroché tous les rideaux, toutes les tentures et sorti d'une armoire une énorme couette de plume. Dolois n'arrête pas de répéter :

— Moi dans un lit et une femme dans une grange !... Moi dans un lit et mon ami dans la paille ! Ça alors, ce serait plus fort que de jouer au bouchon !... Tu vas voir, jamais j'aurai été si bien. Me manquerait plus que la grosse Gertrude avec moi... Seulement, elle a son coquin. Un maître d'écurie que je connais bien...

Ils pouffent tous les deux. Marie se met à rire aussi, elle ne sait pas pourquoi. Et puis, d'un coup elle s'arrête. Elle a honte, mais son rire la secoue à l'intérieur comme une mauvaise bête.

Les hommes ont étendu toutes leurs étoffes par terre, au fond de la chambre. Marie a la tête trop lourde pour pouvoir les aider. Assise dans un fauteuil comme doivent l'être les princesses, elle les regarde. De loin en loin, cette hilarité qu'elle essaie de museler lui monte du ventre et s'en vient lui ouvrir les lèvres. C'est plus fort qu'elle... Plus fort que sa honte. Plus fort que sa douleur.

Elle se répète :

— C'est le vin... Sûr, c'est le vin...

Elle n'entend pas la moitié de ce qu'ils disent. Elle les voit parfois comme s'ils se mouvaient dans un brouillard tout habité d'étincelles. Leurs voix sont proches, puis lointaines et secouées d'échos.

Les voilà qui se couchent tous les deux par terre, sur les rideaux et qui se couvrent de la couette.

— Marie, t'as le lit pour toi toute seule... Bon Dieu, un sacré beau lit ! Allez Marie, souffle la lampe et couche-toi !

— Bonne nuit, Marie...

Elle hésite... Le rire crève une fois de plus. Elle regarde les deux formes sous la couette. Des choses troubles la remuent. Puis elle fixe l'espace qui sépare le lit de son fauteuil. Un précipice. Un abîme à franchir... Elle sent sa tête s'alourdir et ne veut pas s'endormir ici. Elle se lève. Elle souffle au passage la lampe à huile. Restent la lueur du feu et celle qui entre par la croisée... La rue est éclairée. En face, des fenêtres le sont aussi.

Marie va jusqu'au lit et se déshabille à moitié avant de se coucher.

Déjà, du fond de la chambre, montent des ronflements sonores.

Le temps coule. Ici, le silence n'existe pas. De la cour, du porche, de la rue montent sans cesse des appels, des cris, des aboiements de chien, des roulements de charrettes, des sabotées de chevaux. Des gens se querellent, d'autres laissent crever de grands rires. Les fouets claquent comme des coups de pistolet.

Tout à l'heure, Marie avait la tête alourdie de sommeil, ses paupières se fermaient malgré sa volonté ; à présent, elle est parfaitement réveillée. Après un long moment d'attente, elle s'assied et s'adosse aux deux oreillers qu'elle a posés l'un sur l'autre. Elle est presque bien. Les bruits sont bons. Ils éloignent les images dures. Une torpeur l'enveloppe à la manière d'un duvet. Elle pense aux hommes sous leur couette et certains de leurs propos lui reviennent. Dolois a demandé :

— Est-ce que tu sais ce que c'est, une couette ?

— C'est ça.

— Non, pas ça. Autre chose.

— Quoi donc ?

— T'es charpentier, et tu sais pas.

— Qu'est-ce que la charpenterie vient foutre dans la plume ?

Ils ont rigolé, puis Dolois a parlé d'une pièce maîtresse de la charpente des navires.

— Tu pars de là, a-t-il dit. Et tu montes tout le fourbi dessus.

— Comment tu sais ça, toi, gros malin ?

— Quand je suis arrivé à Saint-Malo, j'ai travaillé sur un chantier de bateaux. Ça paraît pas, mais c'est de la belle besogne, tu sais... Bien sûr, ça vaut pas une flèche de clocher. T'es en bas. Un peu enfermé... Bon Dieu, Bisontin, Saint-Malo, faut que tu viennes. Mon frère est plus là. J'ai pris de l'ouvrage à faire... Foutue belle charpente. Une église... Et pas une petite. J'ai besoin de toi, sacrebleu, tu peux pas me refuser ça !

— Dors, t'es saoul... Tu causeras demain.

Marie vient de se répéter tout leur propos. Saint-Malo, elle ne sait pas où ça se trouve, mais elle redoute que ce ne soit fort loin... Mais non... Sa crainte est ridicule, si c'est trop loin, Bisontin n'ira pas. Ce n'est pas l'ouvrage qui lui manque dans la région.

Elle demeure un moment à peu près calme, comme si sa tête se vidait lentement, puis renaît Hortense.

Hortense est là. Ils sont dans les voitures recouvertes de neige. L'échevin est mort... Non... Non, c'est Joannès qui vient de mourir. Il y a ce charretier d'Aiglepierre... Comment s'appelait-il ?...

Marie ne sait plus, mais ce qu'elle voit, c'est qu'Hortense est là. Tellement proche, tellement présente qu'elle va sans doute lui parler, la toucher.

Mais non, Hortense n'est pas ici. C'est le feu qui a ses derniers soubresauts. Le feu qui va mourir. Les deux mots se cristallisent.

Deux pierres. Deux pierres lourdes et froides dans le cœur de Marie. Tellement froides qu'elles brûlent sa poitrine. Tellement lourdes qu'il lui devient impossible de remuer.

Mourir. Feu.

Demain, Hortense va mourir et le feu dévorera son corps, son visage, ses lèvres, ses yeux.

Marie vient de porter ses mains à ses tempes. Une longue flamme lui est entrée dans la tête et l'a traversée. Elle ne souffre pas. Ce qu'elle éprouve est différent de la douleur. Ça n'a pas de nom. Ça ne ressemble à rien qu'elle connaisse.

Elle respire. L'air qui coule en elle est épais. Est-ce que la cheminée se serait mise à refouler ? L'odeur de fumée est à peine supportable.

Non, la clarté de la rue est toujours la même. Le feu est mourant. Les deux bûches qui flambaient sont devenues braise sans se défaire. Allongées l'une contre l'autre, leurs écailles rouges palpitent. Leur corps ardent respire lentement. On dirait qu'il se gonfle comme une poitrine. Un être vivant peut-il devenir semblable à une bûche ?

Souvent Bisontin répète :

— Le bois, c'est vivant. Vous voyez pas comme il travaille ? Vous n'entendez pas comme il pleure quand on le met encore vert dans le foyer ?

Hortense va-t-elle pleurer ?

Est-ce qu'ils pleuraient, tous ceux qui sont morts carbonisés sous l'écroulement des maisons incendiées par les Français ?

Parcourue de frissons, Marie tire sur elle la lourde couverture de laine qui râpe agréablement parce qu'on a mêlé du crin au tissage pour le renforcer.

Un instant, son esprit s'évade et court derrière cette idée de tissage. Le métier qu'elle avait dans la maison de sa mère dresse devant elle sa carcasse de bois lustré. Mais le métier a disparu comme tout le reste, comme la vieille bâtisse couverte de chaume qui a dû flamber aussi vite qu'une poignée de paille sèche.

Le feu s'impose de nouveau. Jamais Marie n'eût imaginé qu'il tenait une telle place en elle. Tout ce qui lui apparaît cette nuit vient du feu ou finit par y tomber.

Où est Hortense en ce moment ? Au fond de son cachot. Mais comment est-ce, un cachot ? Y a-t-il de la lumière ? Marie voit les trois torches éclairant le long couloir voûté de la tour de Vercy. Sans doute les cachots donnent-ils aussi sur un passage où doivent brûler des torches. Encore le feu.

Si Hortense le voit, elle doit penser à demain.

Marie demeure un long moment à fixer la fenêtre. Le bruit de la rue est moins intense. Il n'a plus que de rares flambées qui s'espacent.

— Est-ce qu'il pleut ? Non, c'est le vent... Peut-on tuer et brûler les gens lorsqu'il pleut ?

Parce qu'elle ne sait plus quoi faire pour échapper à ce qui la tourmente, Marie se met à répéter :

— Sainte Vierge, faites qu'il pleuve à torrents... Faites qu'il pleuve toute l'eau des cieux même si nous devons en manquer le reste de l'année.

A la fin, sa litanie la berce. Son menton pique vers sa poitrine et sa tête s'incline sur son épaule.

Le vide.

Un cri. Un hurlement terrible est sorti d'elle et l'a fait se dresser d'un coup.

Les hommes ont fait voler leur couette et bondi tous les deux.

— Qu'est-ce qu'il y a ?

— Rien, souffle Marie... Rien... Un cauchemar.

Dolois grogne et va se recoucher. Bisontin vient s'asseoir comme elle, tout contre son épaule, le dos à la boiserie du lit qui craque et grince. Son bras passe derrière la nuque de Marie et l'attire. Il dit :

— Tu as mal.

Elle souffle :

— Oui... Toi aussi.

— Je dormais... On a trop bu.

— C'est peut-être mieux. A quoi ça avance de se torturer ?

Marie ne sait toujours pas s'ils iront au tertre. Elle n'ose pas demander. Bisontin dit :

— Il faut prier... Prier pour elle.

Tous les deux, ils se mettent à marmonner. Marie égrène des mots, mais rien désormais ne pourrait effacer de sa tête la vision qui l'a tirée de son sommeil en lui arrachant ce cri de douleur.

Elle a vu des yeux qui brûlaient. Les yeux d'Hortense.

Ils brûlaient. Ou, plutôt, ils étaient dans le brasier incandescent mais refusaient de se consumer. Le reste du corps avait disparu, mais les yeux demeuraient, pareils à deux beaux fruits enveloppés de flammes.

Ils demeuraient. Ils continuaient de regarder le monde terrible des vivants.

25

Le bruit de la rue les réveilla. Des charrois s'étaient accrochés et les conducteurs s'insultaient. Bisontin alla ouvrir la fenêtre. Le bruit fut tout de suite plus intense et Dolois remua sous sa couette en criant :

— Cent dieux, que ces foutus Dolois sont donc ravageurs !...

Bisontin referma en disant :

— De l'ouvrage pour un charron, il y a un fardier dont la roue est en miettes.

— Si ces imbéciles ne voulaient pas passer à tout prix, ça n'arriverait pas. De nos jours, tout le monde est trop pressé.

Marie les entendait comme s'ils se fussent trouvés fort loin. Sa tête sonnait. Sa gorge était engluée d'un miel mêlé de vinaigre. Une envie de vomir la contraignit à s'asseoir sur le rebord du lit.

Tout de suite, le visage et la silhouette d'Hortense furent devant elle. Roides. Sans expression. D'une pâleur de cadavre, mais bien vivants pourtant.

Les hommes s'étaient tus. Bisontin venait de se laisser tomber dans l'un des fauteuils. Son ami se leva, enfila sa culotte et s'étira. Il se gratta longuement la tête, ébouriffant ses cheveux poivre et sel qu'il portait longs et frisés. Il bâilla et péta plusieurs fois.

— C'est comme si je mâchais de la sciure de sapin, fit-il. Il nous faudrait un petit rince-cochon.

— Il nous faudrait surtout de l'eau fraîche, dit Bisontin.

— Pour l'extérieur, oui, mais l'intérieur réclame du plus raide.

Il alla ouvrir la porte et hurla :

— Holà ! Est-ce qu'on peut être servi dans cette hostellerie de l'ablette frite ?

Une vieille femme arriva à qui il réclama un pichet de vin blanc bien frais et un broc d'eau. La vieille entra pour prendre le broc vide et demanda si elle devait allumer le feu.

— Quand le vin sera là, bougonna le charpentier.

— Je peux le faire, dit Marie qui avait un peu honte de se trouver ainsi en présence de cette femme.

— Encore plutôt, grogna Dolois. Tu voudrais qu'on paye pour faire soi-même le travail ?

Marie observa par la suite que ce feu allumé n'était d'aucune utilité, puisqu'ils descendirent dès qu'ils furent habillés et que le gueulard eut avalé coup sur coup deux grands gobelets de vin blanc. Bisontin et Marie se contentèrent d'eau fraîche. Le feu n'avait servi qu'à ramener dans l'esprit de Marie les visions atroces de la nuit.

Dès qu'ils furent en bas, Dolois voulut manger. Bisontin essaya de l'en dissuader, mais il les entraîna vers la table où ils reprirent leurs mêmes places. Ils touchèrent à peine à la saucisse et au lard fumé qu'il fit servir. Lui-même n'avait guère le cœur à l'aise. Sombre et renfrogné, il rabroua la grosse servante.

— Ton vin sent la futaille mal lavée, fit-il, et ta saucisse est dure comme du chien maigre.

Dans la salle déserte, traînait un relent de feu refroidi et de soupe aigre.

Ils sortirent. Un jour gris pesait. Il n'y avait dans les rues que des gens au travail, charretiers, livreurs, marchands derrière leur étal, artisans dans les échoppes aux portes grandes ouvertes.

Dolois dit :

— On devrait aller chercher ton attelage et l'amener dans la cour de l'auberge. Pour repartir, tu seras plus près de la poterne. Et je gage qu'après le... enfin, quand ce sera fini, il y aura un foutu bazar dans les rues.

Ils montèrent lentement. Leur pas traînait. Marie avait peine à marcher et, une fois de plus, elle regretta de n'avoir pas mis ses chaussures. Elle allait derrière eux, regardant tout sans rien voir vraiment parce que tout se trouvait à demi dévoré par les flammes, le visage et le corps d'Hortense... Les yeux surtout qui ne voulaient pas mourir.

Marie eut honte de penser à ses souliers alors qu'on était le jour de la mort d'Hortense. Cette idée que l'on sache à l'avance que quelqu'un allait mourir et qu'on ne puisse rien faire la dépassait. Elle s'était toujours trouvée en présence de la mort sans l'avoir vraiment vue venir. Ce matin, elle la sentait partout. Il lui sembla qu'elle montait derrière elle en direction de la tour de Vercy pour aller chercher la condamnée.

Les hommes s'arrêtèrent. Marie les rejoignit. Ils parlaient de la Vieille-Loye et elle crut comprendre que Dolois avait l'intention d'y venir avec eux. Cet homme avait été gentil pour elle, il l'amusait un peu, mais son bagou l'agaçait et l'idée de le voir là-bas ne lui fut pas agréable.

Ils attelèrent. Comme ils sortaient la voiture, le vieux domestique de la maison d'en face ouvrit la porte et leur cria :

— Je croyais que vous m'aviez laissé la bête et le char !

Il riait de toutes ses rides. Bisontin le remercia.

Ils eurent grand-peine à gagner l'auberge et furent obligés, pour éviter l'embarras des rues les plus étroites, de faire un détour par un quartier que Marie ne connaissait pas. On y apercevait un canal dans lequel baignait le pied des maisons. Par des portes ouvertes au ras de l'eau, on voyait les tanneurs battant et raclant leurs peaux. Une forte odeur de cuir montait. De longues traînées brunes coloraient les eaux où le ciel clair basculait tout marqueté par le blanc et le noir des façades que les vagues éparpillaient.

C'était un monde bien étrange et Marie se demanda comment des femmes et des hommes pouvaient vivre là. Ils longèrent également la cour du grand moulin. L'eau grondait par-dessus le barrage et les meules qui roulaient dans les profondeurs obscures étaient pareilles à des tonnerres enterrés sous l'énorme bâtisse. Même Jacinthe n'aimait pas cet univers. Bisontin dut descendre et la prendre par la bride pour passer un petit pont de pierre dominant des eaux vertes où écumait une chute qui sortait des soubassements d'une maison.

Tout cela était tellement chargé de mouvements, de couleurs, de formes et d'odeurs insolites que Marie en oublia un temps pour quelle raison ils se trouvaient en cette ville.

Elle s'étonnait aussi que Bisontin ne parût aucunement surpris. Sans doute était-il déjà venu là, mais Marie se dit qu'elle pourrait venir cent fois, jamais elle ne s'y habituerait.

Ils laissèrent la charrette dans la cour de l'hostellerie et conduisirent Jacinthe à l'écurie où étaient quelques bêtes. On devait pouvoir en loger une bonne trentaine. Un garçon d'une dizaine d'années se précipita pour attacher la jument.

— Tu lui donnes un boisseau d'avoine et à boire, ordonna Dolois. Et quand tu verras que les gens commencent à revenir du tertre, tu t'en vas l'atteler, et tu nous la tiens prête.

Il lui glissa quelques pièces et l'enfant salua très bas en promettant que tout serait fait et que Jacinthe serait étrillée.

C'est à ce moment-là que grondèrent les tambours. Bisontin, qui en avait perçu le premier les roulements lointains se raidit, leva la main pour imposer silence aux autres. Marie vit son visage se vider de son sang. Sa main tendue se mit à trembler. Son long nez se pinça curieusement et il dit :

— Déjà.

Ce mot à peine prononcé déchira le moment comme on déchire un drap. Quelque chose venait de se briser dans l'espace et le temps. Plus rien, dès cet instant ne serait semblable aux heures qui venaient de couler depuis l'aube.

Sans en avoir clairement conscience, Marie éprouva le sentiment que c'était un peu comme si une main énorme se fût abattue sur la cité pour en détruire l'ordonnance. Même si ce monde lui avait jusqu'ici paru fou, sans doute souffrait-il d'un mal qui n'était que broutille comparé à celui dont il venait d'être atteint.

L'enfant les laissa et partit comme le vent. De

toutes les portes de l'hostellerie, un flot déferla pour se précipiter vers la rue.

Marie, saisie de terreur, se signa.

Bisontin lui prit un bras et ils suivirent Dolois en s'efforçant de ne point le perdre dans la cohue.

Rue des Tanneurs, c'était la bousculade. On marchait vite. On courait en direction de la Grand-Rue.

— Faut pas se séparer, conseilla Dolois en prenant l'autre bras de Marie, sinon, on ne se retrouvera pas.

— Si jamais on se perd, dit Bisontin, on s'attend à la voiture.

La foule était si dense qu'ils ne purent marcher longtemps ainsi. Dolois dut lâcher prise. Marie se cramponnait à son homme. Deux fois ils durent s'arrêter parce qu'elle perdait un sabot. Se baissant pour le ramasser, elle fut heurtée par des gens qui couraient et perdit l'équilibre. Bisontin faillit se battre pour la protéger. Déjà Dolois avait été entraîné loin d'eux par un remous de ce torrent furieux.

Grand-Rue, l'affluence était pire encore. Des gardes à cheval tentaient d'ouvrir une route dans la cohue, mais le troupeau serré résistait. Des hurlements montaient. De grands rires aussi. Plus loin pleuvaient les coups et les injures.

A chaque fenêtre, des grappes de têtes se pressaient. Des artisans défendaient comme ils pouvaient l'entrée de leurs échoppes. Une marchande de pommes, qui n'avait pas eu le temps de rentrer son étal, criait en brandissant ses paniers vides. Déjà les fruits piétinés et écrasés rendaient glissants les pavés de la rue.

Accrochée au sarrau de Bisontin qui ne lui lâchait

pas le bras, Marie était terrorisée. Ils se collèrent le dos contre une porte et le compagnon dit :

— Ne bougeons plus. Ici, tu ne risques rien.

Ils n'eurent pas longtemps à attendre. Les tambours approchaient. Au centre de la rue, le grouillement refluait devant une deuxième vague de cavaliers armés de lances et qui frappaient du bout du manche.

Tout de suite derrière eux, venaient les tambours dont Marie ne put voir que les chapeaux rouges empanachés de blanc. Puis, c'était la charrette. Deux chevaux attelés en flèche la tiraient. Le conducteur était assis à l'avant. Derrière lui, droite, impassible, plus belle peut-être qu'elle n'avait jamais été, Hortense se tenait debout. Vêtue d'une longue robe jaunâtre qui tombait sans un pli. Ses mains liées devant elle. Presque contre son dos, deux hommes dont une cagoule rouge dissimulait le visage. Marie vit fort bien le regard d'Hortense, clair, vif, non point perdu comme parfois dans des lointains de mystère et de rêve. Par-dessus la tête du conducteur, elle semblait fixer la route, loin devant elle. Les trépidations sur les pavés n'enlevaient rien à sa dignité. Elle était vraiment le centre du moment. Toute la lumière de ce jour gris venait de son visage, de son regard, de sa chevelure défaite dont le flot blond ruisselait sur cette robe de couleur si étrange. Pas un muscle de son visage ne trahissait la moindre nervosité.

Marie n'avait plus peur ; fascinée par cette femme qui n'était déjà plus tout à fait l'Hortense qu'elle avait si bien connue.

A mesure que la charrette descendait la rue, les cris se faisaient moins aigus, le grouillement s'apaisait. Un poids semblait écraser un peu cette multitude. Quelques insultes partaient encore. Des premiers rangs, des crachats montaient mais n'atteignaient jamais le beau visage impassible.

En tout cas, ce qui ne montait plus de nulle part, c'était le rire.

A côté d'elle, Marie entendit une femme dire :

— Elle a pas l'air d'une folle, cette fille !

Un homme observa :

— Elle a pas peur.

Une vieille, juchée sur une escabelle que tenait un garçon, se signa. D'une voix grelottante mais qui portait loin, elle lança :

— Je sais pas si c'est une sorcière, mais moi, c'est comme ça que je me figure les saintes.

— Tais-toi, l'Arsule ! cria un vieil homme.

Bisontin serrait très fort le bras de Marie. Visage toujours aussi blême, ses lèvres tremblaient.

Depuis un moment, Marie s'était de nouveau enfermée dans la récitation d'une litanie. Elle répétait :

— Seigneur, ouvez-lui le paradis. Seigneur, accueillez-la en votre royaume...

Elle s'arrêta un instant. Ces mots montèrent en elle :

— Est-ce qu'il l'aime d'amour ?

Elle se sentit rougir, et, très vite, se replongea dans sa prière.

Déjà, le roulement des tambours s'estompait. Seul était encore visible du cortège un peu de la chevelure d'Hortense entre les deux cagoules rouges des bourreaux.

Les gens recommençaient à se presser. De nombreux enfants à califourchon sur les épaules des hommes dominaient ce flot à peine travaillé de courants plus rapides.

Ils se laissèrent entraîner par cette crue soudaine de toute une ville en folie.

Marie ne souffrait pas. Elle s'accrochait toujours à Bisontin. Elle s'accrochait toujours à sa prière. Une grande force la poussait à suivre ce fleuve dont Hortense était le centre. Ce fleuve qui n'entraînait pas Hortense vers sa mort, mais qu'Hortense tirait derrière pour le conduire où aboutissait sa vie.

26

Ils ont passé la poterne. Ecrasés, serrés les uns contre les autres. Suffoquant. Puis la marche a repris sur le pont du canal pour atteindre le tertre qui se trouve entre l'eau baignant le pied des remparts et celle plus large et plus vive du Doubs. Là, tout le monde peut voir. Car le lieu du supplice est au faîte d'une éminence.

Il y a un poteau. Droit sur le gris du ciel. Un morceau de poutre tout blanc, tout neuf, dressé au centre d'une petite estrade contre laquelle est appuyée une échelle.

Lorsqu'ils arrivent, la charrette est déjà au pied de l'échelle. On ne voit pas Hortense. Seules se devinent les cagoules rouges. Une forme noire aussi qui monte l'échelle. C'est un prêtre portant une croix de cuivre à hampe de bois luisant. Chaque détail touche Marie qui n'a peut-être jamais rien contemplé avec une telle intensité. Dès que le prêtre est en haut, il se retourne. Un grand silence se forme autour de l'estrade et gagne en cercles concentriques pareils à ceux qui se dessinent sur l'eau qu'on a trouée. Une seule rumeur vient encore du pont où la foule continue de déferler.

Le ciel est uniforme. Un drap gris sans le moindre pli d'un bord à l'autre du monde.

Hortense monte. Lentement, mais sans qu'on ait besoin ni de la forcer ni de la soutenir. Le prêtre lui présente la croix. Il semble qu'elle hésite, puis elle finit par y poser ses lèvres. Le prêtre lui parle, mais Marie ne peut saisir son propos. Les deux hommes rouges les ont rejoints. L'un d'eux va vers le poteau et l'autre reste à côté d'Hortense. Lorsqu'il veut lui prendre le bras, elle fait un écart et le toise d'un regard de mépris.

Un vent fait de milliers de murmures court sur les têtes.

En quatre pas, Hortense est au poteau. Elle se retourne et, d'elle-même, appuie son dos contre le bois. Le silence s'est reformé. On dirait que, jusqu'à la poterne de la cité, jusque par-delà le Doubs, par-delà les fossés et les murailles d'enceinte, le peuple et les choses retiennent leur souffle.

Hortense en profite. D'une voix qui ne tremble pas, d'une voix qui semble s'en aller chercher l'écho des quatres points cardinaux, elle crie :

— Regardez bien brûler ma robe, ils l'ont trempée dans le soufre pour que la comédie soit jouée jusqu'au bout !

Les bourreaux se sont précipités. L'un passe une chaîne autour de sa taille et l'autre une corde de chanvre à son cou.

Elle veut crier encore, mais sa voix s'étrangle. Son visage se contracte, il semble que ses veines se gonflent à sa gorge et à ses tempes, que ses yeux agrandis vont jaillir des orbites. Derrière elle, l'homme en rouge tourne un levier de bois contre le poteau.

Marie n'en peut plus. Elle ferme les yeux et

enfouit son visage contre la poitrine de Bisontin qui la serre contre lui. Elle ne sait lequel tremble si fort. Peut-être tous les deux.

Elle sent la tête de Bisontin qui tombe. Un énorme sanglot gonfle sa poitrine et crève avec un bruit de bois que l'on déchire sans pouvoir le briser.

Une rumeur passe, pareille à une onde. Marie attend encore un peu. Elle ne fait plus que répéter :

— Seigneur... Seigneur... Seigneur...

Elle ose regarder de nouveau. Hortense a la tête en avant, le menton appuyé sur son cou qui semble cassé.

C'est à peine si son corps s'est affaissé.

De nouveau le silence pèse. Sur les épaules des hommes, des enfants dominent le grouillement des adultes et président au spectacle.

Le prêtre et les hommes rouges descendent de l'échafaud.

Alors, tout va très vite. Dix aides au moins se mettent à lancer des fagots sur les planches, tout autour d'Hortense dont le corps secoué semble vivre encore.

Et les gens se sont remis à parler comme si le fait qu'elle ait cessé d'être les libérait d'un respect que peut-être elle leur avait imposé.

Il n'y a point de cris.

Se retournant, Marie voit que la foule sur le pont s'est écoulée. D'où ils se trouvent, il ne leur faudrait pas longtemps pour regagner la ville tant que personne n'y va.

Elle a envie de se précipiter. De prendre ses sabots à la main et de courir. Elle regarde son homme. Le compagnon l'a oubliée. Il a oublié tout ce qui l'entoure. La foule, la ville, les eaux et peut-être le ciel.

Son regard est fixe, On dirait que plus jamais son visage ne s'animera.

Soudain Marie est saisie par la peur. On a vu, durant cette guerre qu'ils viennent de traverser, des gens restés simples et sans voix pour avoir vu mourir les leurs.

Elle le secoue.

— Bisontin... Viens, on s'en va.

Il ne bronche pas. Elle cherche les mots qui pourraient le convaincre.

— Viens... Fallait qu'on soit là pour sa mort... A présent, c'est plus que du spectacle pour les gens.

Elle se demande comment elle a pu trouver ça. Bisontin la regarde. Jamais il n'a eu de tels yeux. Il fait :

— C'est vrai... Rester, ce serait malsain. Ce serait une injure... Viens !

Il la reprend par le bras. Ils écartent les gens qui ne les voient même pas. Il leur faut un bon moment pour gagner l'entrée du pont.

Devant eux, la ville se dresse, massive sur le gris transparent du ciel. Il n'y a personne sur le pont. Ils s'y engagent. Ils ont à peine fait quelques pas que le crépitement du feu les oblige à se retourner.

Ils s'arrêtent. Ils se serrent l'un contre l'autre. Ils ne peuvent pas ne pas regarder.

Les flammes montent de tous côtés en même temps. Elles s'élèvent en tourbillonnant, presque sans dégager de fumée tant les fagots sont secs. Le crépitement s'en va jusque contre les murs de la ville d'où l'écho le renvoie amplifié. Les flammes sont si hautes qu'elles cachent Hortense dont la robe claire n'apparaît que par instants.

Et puis, soudain, Marie sursaute. Une immense

flamme bleue vient de naître d'un coup au centre du brasier.

Un grand cri monte de la foule.

La voix terrible de Bisontin gronde :

— Le soufre... le soufre de la robe.

Plus rien. Marie ne voit plus rien qu'une lueur confuse à travers ses larmes.

Ils marchent. Un pas sonne derrière eux qui semble vouloir les rattraper.

La voix méconnaissable de Dolois-Cœur-en-Joie dit :

— Vous aussi... C'était mieux... C'est seulement pour mourir qu'elle avait besoin d'amitié... Après...

Il n'ajoute rien. Sa voix est brisée. Il va à côté d'eux, le dos voûté sous son sarrau bariolé. Et à présent, Marie est contente de le sentir là... contente, tristement.

QUATRIÈME PARTIE

LE BESOIN FOU

27

Lorsqu'ils arrivèrent à l'auberge, le petit garde d'écurie n'y était pas. Un vieil homme cassé en deux se tenait à la porte, assis sur la bouteroue de pierre, le menton sur ses mains croisées au pommeau d'un bâton aussi tordu que lui. Dolois l'appela Rasemottes et lui demanda où était l'enfant.

— Où veux-tu bien qu'il soit ?... Où étais-tu toi-même ?... Au four ou au moulin ?

D'un ton rogue, le charpentier lança :

— Et toi ? Qui t'a retenu là ?

— Sûr et certain que si je craignais pas de me faire écraser, j'y serais allé... Mais d'un autre côté, deux pièces pour rester là... Quand on ne gagne plus rien.

— Tu diras au gamin que j'ai payé pour un travail qu'il n'a pas fait, quand je repasserai, qu'il cache ses oreilles et ses fesses !

Le vieillard eut un ricanement. Déjà Bisontin sortait Jacinthe. Dolois partait à grandes enjambées vers le fond de la cour lorsque le vieux cria :

— Où vas-tu, bariolé ?

— A la cuisine.

— Y a personne. Toute la maison est vide !

— Saloperie, j'avais demandé qu'on me prépare un panier.

Le ricanement du vieux reprit.

— Le chef te connaît, fit-il. Il se garderait bien d'exciter ta grande gueule... Pousse la porte de la cave. Il doit être sur le cul d'une futaille, tout de suite à main gauche.

Dolois disparut par un escalier à rampe de fer qui plongeait derrière les voitures aux limonières dressées. Il revint bientôt portant un grand panier d'osier tout neuf.

— Il a l'air lourd, cria le vieux. C'est du plomb qu'ils t'ont foutu dedans !

— Il est lourd, vieille fripouille, mais ce plomb-là est bon à la santé.

— J'aurais bien pu oublier qu'il se trouvait là. A mon âge, faut faire un effort pour se rappeler les choses... C'est pénible... Ça donne soif.

Dolois cala son panier entre la bâche repliée et la ridelle, puis, tandis que Bisontin achevait d'atteler, il s'en fut donner la pièce au vieux qui ôta un chapeau sans forme, découvrit un crâne blanc et leva ses fesses de la borne pour se casser encore davantage.

— Pauvre Rasemottes, fit Dolois en regagnant la voiture, il est ici le souffre-douleur de tout le monde. Je suis persuadé que le gamin d'écurie et ceux de la cuisine l'ont menacé du pire pour qu'il garde la maison. Et lui, parce qu'il y a encore je ne sais quel reste d'orgueil mal placé au fond de sa vieille carcasse, il préfère dire qu'il ne peut plus se traîner... Mais aujourd'hui, pour aller vers le tertre, je suis certain que le plus bancal des culs-de-jatte a retrouvé ses jambes ou de quoi se payer un porteur !

Sa voix était pleine de rage mal contenue. On eût

dit qu'il en voulait à l'univers entier. Ne s'en voulait-il pas un peu d'être allé lui aussi assister à cette mort ?

Ils roulèrent sans encombre par les rues où ne traînaient que quelques chiens. Des poules et deux oies mangeaient les pommes écrasées.

Passant la poterne, Bisontin dit :

— Le chenapan de l'autre nuit n'est pas là pour que je lui rende son fourbi. Tant pis pour lui.

Marie avait repris sa place sur la paille. Les deux hommes étaient devant, assis côte à côte. Lorsque la voiture déboucha sur le pont, ils furent saisis à la gorge par l'odeur de bois, de soufre et de chair brûlés. Une épaisse fumée s'élevait à présent du brasier, retombant sur la marée humaine d'où montait un concert de toux et de crachements. Des enfants pleuraient. De larges mouvements semblaient se dessiner, partant du centre invisible et venant refluer sur les bords. C'était un peu comme si la plupart de ces gens eussent lutté contre le désir qui les prenait de s'en aller. Des vagues venaient se briser jusqu'au bas de la rampe donnant accès au pont, elles y laissaient l'écume des moins vaillants qui s'asseyaient parfois dans l'herbe pour cracher plus à l'aise. Mais personne ne partait. Le pont demeurait vide et Bisontin fit claquer son fouet.

Hennissant trois fois, la jument prit un beau trot allongé. Les bandages de fer se mirent à chanter sur les pavés et leur voix couvrit le bruit de la foule que l'on dominait.

Marie se retourna. Scrutant cette nuée grise qui s'étendait jusque sur les eaux du Doubs, elle y cherchait en vain une trouée qui lui permît d'en apercevoir le centre.

Que restait-il d'Hortense ? Est-ce que le poteau se dressait encore sur l'estrade ? Mais non, les planches et la poutre avaient brûlé comme les fagots. Tous les bois sont faits pour brûler.

Les yeux ?

Est-ce que les yeux peuvent se consumer ?

Lorsque le feu avait commencé de crépiter, Hortense n'avait déjà plus ses yeux. Ils s'étaient fermés.

Peut-être.

Marie ne savait plus. Elle revoyait la tête cassée en avant et les cheveux retombant. Les yeux étaient cachés, elle n'avait pas pu les voir.

La charrette franchit le pont du Doubs et commença de monter le chemin de la Bedugue. A mi-hauteur, la bête ralentit et reprit d'elle-même le pas. Le bruit des roues se fit moins fort. La terre battue aux ornières profondes avait succédé aux pavés du pont et à l'empierrage de ce début de chemin.

A présent, ils dominaient la cité, la rivière et le canal amenant l'eau aux fossés et au moulin, le tertre aussi d'où continuait à suinter la fumée. Sans qu'il y eût le moindre vent, un courant d'une extrême lenteur semblait remonter le fil des eaux et pousser cette nuée de plus en plus dense vers les murs de la ville. Déjà le pont du canal et la poterne disparaissaient. Il semblait pourtant que personne n'eût pris la direction de la cité. Ce que l'on pouvait voir encore de cette foule multicolore, semblait bouillonner sur place, tournoyant parfois, dessinant des traînées semblables à celles qui courent sur les foins mûrs lorsque le souffle de la forêt s'en vient les effrayer.

S'étant arrêtés pour laisser respirer la bête, les hommes se retournèrent. Depuis le passage de la porte, ils n'avaient pas soufflé mot. Rageur, les dents serrées sur sa colère, Bisontin grogna :

— Mais qu'est-ce qu'ils attendent encore, sacrédié !

— Ce qu'ils attendent ? Le dernier acte, pardi !... Ils attendent que le feu s'éteigne et que le bourreau disperse les cendres au vent. Ils sont là pour une bonne heure encore.

La voix de Dolois restait sourde, mais la colère aussi l'habitait. Il se tourna vers l'avant et, posant sa main épaisse sur l'épaule de son ami, il dit :

— Fais tirer, Bisontin. Nous n'avons plus rien à faire ici... Plus rien.

La voiture s'ébranla. Elle roula quelques instants, puis Dolois ajouta :

— Curieuse fête pour mon dernier jour dans ma cité... Je vais en emporter une vision bien noire... De quoi n'avoir jamais envie de la revoir... Jamais...

La route venait de plonger vers l'avant. Le chemin cacha la ville. Seule une vague nuée à peine plus sombre que le ciel traînait encore sur les lointains.

28

Ils roulèrent longtemps sans que personne soufflât mot. Le chemin était trop mauvais pour que la bête pût prendre le trot.

Dans ce jour gris, dans cette solitude de la plaine où dormaient les buissons et les arbres accroupis, la charrette minuscule cahotait pesamment. Tout paraissait immense à Marie, beaucoup plus vaste que jamais.

Elle se laissait aller au roulement incertain qui la secouait, le dos à la planche, la tête branlante, l'esprit vide de toute pensée.

Avait-elle vraiment assisté à la mort d'Hortense ? Ne venait-elle pas de s'éveiller sur cette voiture après une épouvantable cauchemar ?

Non. L'odeur était encore là. Il lui parut un moment qu'elle la ramenait avec elle. Que ses vêtements, sa peau même en resteraient imprégnés définitivement.

Lorsqu'ils étaient venus, Hortense se trouvait dans la voiture.

Ils roulèrent longtemps ainsi, et ce fut Bisontin qui rompit le silence. Ayant toussé plusieurs fois et craché, il dit :

— Tout de même... Je me demande si elle ne s'est pas un peu perdue en leur parlant comme elle a fait. Ces gens-là sont tellement bouffis d'orgueil !

— Perdue ? s'étonna l'autre. Tu veux dire qu'elle a échappé au pire !

— Ah oui ? Mais tu es fou, toi !

Il y avait de la colère dans sa réplique. Il s'était redressé et tourné vers son ami. Toujours calme, toujours de sa voix si différente de sa vraie voix d'allégresse, Dolois répondit :

— Non, je suis pas fou... Je sais ce que signifient les procès de sorcières : ce que veulent les juges, c'est briser ces femmes pour les amener à reconnaître les fautes qu'ils leur imputent... Avec elle, ils ont senti qu'ils n'y parviendraient jamais. Ils ont tout précipité. Ce sont des comédies qu'on fait toujours durer plusieurs jours.

Il marqua un temps. Parut réfléchir et dit :

— Ton amie est morte, je sais bien que rien ne peut te consoler de son départ, mais tu dois savoir que, dans son malheur, elle a eu de la chance. La chance que les juges la devinent irréductible. Plus forte qu'eux et que leurs lois... L'estrapade, Bisontin, tu sais ce que c'est ? Avec ça, ils ont fait parler des centaines de pauvres bougresses pas plus sorcières que toi et moi.

— Seigneur, dit Bisontin, s'il avait fallu voir ça !

— Je l'ai jamais vu. Tu sais aussi bien que moi qu'un compagnon s'interdit de dresser les bois de justice et condamne la torture... Je l'ai jamais vu, mais j'avais à Dole un ami jésuite. Le père Boissy... Un prêtre comme il en faudrait beaucoup. Je l'ai cherché, ces jours derniers. On m'a dit qu'il est parti en 39 soigner les pestiférés aux loges de la Béline, au-dessus de Salins. Il y a laissé sa peau. Comme bien d'autres.

— Les loges de la Béline, dit Bisontin, j'ai connu un charretier d'Aiglepierre qui y était enterreur. Je ne l'ai jamais revu non plus.

Dolois eut un ricanement :

— A moins d'un miracle, ton charretier a dû finir comme mon jésuite... Ce curé-là, il m'en avait parlé, lui, des procès de sorcellerie. Des innocentes torturées qui avouaient tout ce qu'on voulait leur faire avouer. Le juge questionne. Suffit qu'elles disent : oui. Et l'estrapade ça fait tellement mal... Les jésuites, tu sais, ils ont leur conception à eux de l'âme et de ce qu'on peut faire pour l'expédier au ciel ou en enfer. Ils n'ont jamais été favorables à ces procès.

Il parla longtemps des conceptions religieuses des jésuites en général et de celles de son ami le père Boissy. Marie écoutait sans suivre vraiment ce propos. Elle était trop pleine encore de tourments, de blessures, d'images superposées et mêlées en elle comme un mauvais brouet.

Dolois revint au procès. Pour lui, il y avait une raison politique d'éliminer Hortense. La sorcellerie n'était qu'un prétexte. Une comédie facile à monter avec une fille dont l'esprit, par moments, s'éloignait de la réalité pour se perdre en des régions où il devenait aisé de situer le démon.

— Tu comprends, dit-il, quand il s'agit d'un vrai procès de sorcellerie, ce qu'on essaie d'obtenir, c'est que l'accusée dénonce les gens qu'on la soupçonne d'avoir côtoyés au sabbat. On a vu la moitié d'un village dénoncer l'autre moitié... Saloperie !... En Comté, tout le mal est venu d'un petit juge qui voulait se donner de l'importance... Boguet... Henri

Boguet. Un qui se prétendait de Dole, alors qu'il était né je ne sais où dans le haut... Je parle de lui au passé, mais si ça se trouve, il est encore de ce monde. La vermine, ça crève pas aussi facilement que le pauvre monde ! Il a écrit un livre. Ça s'appelle quelque chose comme *le Discours exécrable des sorciers*. Boissy m'en a parlé... Une abomination, qu'il disait. Cet être-là, c'était un fanatique. Il voyait le diable partout où se trouvait quelqu'un qui ne partageait pas ses idées.

Un large pan de silence se coucha sur les terres en friche où le roulement mat du charroi dans les sables souples de la Loue s'en allait mourir. Des freux tournaient au-dessus de la voiture. Un moment, ils se querellèrent avec un épervier, puis le rapace renonça. Son vol immobile l'éloigna vers l'ouest.

— Vois-tu, reprit Dolois d'une voix plus sourde, ce que son attitude lui a épargné aussi : l'amende honorable... Sale rituel, tu sais. La torche noire entre les mains, sur le parvis de la collégiale, aller demander pardon à la Vierge, au bon Dieu, aux juges et à tous les curieux réunis... Tu l'imagines un peu ?

— Oui, je la vois très bien. Et surtout, je l'entends.

— Justement, avec une femme pareille, c'est le risque qu'ils n'ont pas voulu prendre. Sans doute avait-elle des révélations à faire sur des gens connus. Elle aurait saisi l'occasion pour parler.

Il se tut. Un peu de vent venait de se lever qui semblait tirer derrière lui les premiers voiles de la nuit. Très bas, d'une voix qui remuait de l'ombre, Bisontin dit :

— C'est bien pour ça qu'ils l'ont fait taire quand elle a voulu parler de Lacuzon.

— Les comptes ne sont pas encore réglés. A ce que j'ai cru comprendre à Dole, pas mal de Comtois ont mangé à plusieurs râteliers. D'autres se sont graissé les pattes avec les réquisitions et le pillage. La guerre, l'héroïsme, tout ça me paraît avoir bon dos. Mais tu as pu voir toi-même que les juges se bouffaient le nez entre eux à propos de ces événements.

Il eut un rire aigre. Il cracha loin sur la terre où se devinaient encore les taches plus claires des avoines folles.

— Peut-être, dit Bisontin.

— Moi, j'ai rien à dire. J'étais loin. Les absents n'ont jamais raison. Mais je me félicite d'avoir résisté à l'envie de venir me frotter un peu à cette bataille.

Bisontin raconta ce qu'il savait des expéditions menées par Hortense. Il dit aussi leur séjour au Pays de Vaud, Blondel le sauveur d'enfants, et ce qu'ils avaient enduré de misère durant la peste et la guerre.

— Moi, fit Dolois, pendant ce temps, j'ai continué d'aller. Chaque fois qu'il y avait quelque chose qui menaçait de tourner au vinaigre dans un coin, je m'éloignais. Le secret pour pas se brûler, c'est simple, mon vieux : faut se tenir loin du feu.

Ils se turent. La nuit était venue et la jument renâclait souvent. Bisontin l'arrêta et dit :

— Je vais la mener par le bridon. Nous gagnerons du temps et nous éviterons les risques.

Il descendit.

— Moi, fit son ami, je peux pas t'être utile. Si tu as besoin, tu m'appelles... Je m'en vais dormir un peu.

Il enjamba Marie qui sentit l'épaisseur de son corps bien plus qu'elle ne le vit passer. Elle l'entendit remuer la paille et son sac au cul de la voiture. Il dit :

— Ça vaut pas les tentures et la couette de l'auberge, mais au moins, ici, c'est pas ce que j'ai bu avant de me coucher qui va m'empâter le sommeil !

Marie demanda à Bisontin s'il voulait qu'elle aille devant pour reconnaître le chemin.

— Non, fit-il. Tu nous retarderais. Tu sais bien que j'ai des yeux de chat.

Recroquevillée et enveloppée dans sa cape, elle se laissait bercer. Le chemin où alternaient les longues filasses couchées, l'ivraie et des passages recouverts d'une terre d'alluvions, sablonneuse, était doux à la roue. C'est à peine si le sabot de Jacinthe s'entendait, sourd et terne comme ce ciel invisible qu'on sentait peser sur la forêt. Un vent léger s'était levé avec le crépuscule. Longtemps, une lueur de métal avait traîné sur l'horizon. A présent, c'était le noir sans aucune transparence. Le regard devinait des formes tapies, écrasées sur les terres.

Un long moment, Marie fut habitée d'un autre voyage où elle avait connu Hortense : leur départ pour le Pays de Vaud. Dolois n'avait-il pas raison, lorsqu'il avançait que l'on doit toujours se tenir loin des foyers de tourment ? Que n'étaient-ils restés en ce Pays de Vaud où ils avaient trouvé refuge. Qu'avaient-ils gagné à revenir sur leur sol de Comté ?

Marie prêta l'oreille. La forêt était proche. Sa voix venait jusqu'à eux. On sentait sur la gauche son long corps écrasant la terre.

Elle aimait cette forêt de Chaux qui était son enfance, mais n'est-il pas des lieux où le bonheur refuse de s'installer ? Quel que soit le gîte qu'on lui bâtisse, il finit toujours par se déplaire. Quelque chose le chasse plus loin ou l'attire ailleurs.

Celui qui avait tout détraqué, rompu l'équilibre de leur vie et ouvert la brèche dans la digue dressée contre le mallheur, c'était Blondel... C'est après lui qu'avait couru Hortense... Et, au fond, c'est du jour où Hortense les avait quittés que Bisontin s'était mis à parler de retour possible lorsque finirait la guerre.

Revenant ici, Blondel avait trouvé la mort, Hortense avait trouvé la mort... Avant eux, le charretier d'Aiglepierre, qui s'était refusé à les suivre, avait sans doute aussi trouvé la mort sur cette terre.

Soudain, Marie se sentit nouée d'angoisse. N'allaient-ils pas découvrir la maison incendiée et tous les leurs sous les décombres ?

Un moment, l'odeur du feu refroidi qu'elle avait si souvent respirée en relevant les ruines fut plus présente que celle des hommes et de Jacinthe.

Puis arriva la forêt.

La voix du vent changea de ton. Elle se mit à fredonner un air qui venait du fin fond des années.

Une chanson éternelle.

Marie l'écouta en retenant son souffle. Un grand mouvement se fit en elle. Son cœur reprit son rythme normal.

Elle recommença de vivre.

29

Ce qu'ils avaient vu était si horrible qu'ils décidèrent de n'en rien dire aux enfants. Bisontin en informerait Pierre le lendemain pour qu'il ne vînt pas à l'apprendre à Dole, sur un chantier. Pour la même raison, on le dirait un jour à Petit Jean, mais ni Léontine ni Claudia n'avaient à savoir. Pour elles, Hortense serait repartie comme elle était venue. Bien plus tard, on recevrait la nouvelle de sa mort sans qu'il soit nécessaire d'en révéler les circonstances. Ce n'était pas au cœur de la forêt que l'on pouvait redouter les racontars.

Et, parce que Dolois-Cœur-en-Joie détenait un grand pouvoir de rire et une belle force saine, leur retour fut une fête. Marie eut grand-peine à retenir ses larmes, mais, les ayant refoulées, après ce qu'elle avait pleuré et souffert ces deux jours, elle se laissa porter par le bonheur des autres. A plusieurs reprises, elle vit Dolois qui serrait le bras de Bisontin et lui soufflait quelques mots à l'oreille.

Le charpentier de Besançon dut vider quelques gobelets de vin avant que son visage ne s'ouvrît de nouveau.

Car il y avait le panier apporté de l'auberge. Ce panier qu'ils avaient descendu de la charrette avec un grand sac brun fermé par une grosse corde. Avec aussi une canne de compagnon pareille à celle de Bisontin.

Et c'était ce panier qui contenait la joie. Dolois l'expliqua en riant :

— Vous savez, ça n'a l'air de rien, on se dit, un panier, aussi lourd qu'il soit, il ne peut guère contenir que quelques provisions. Eh bien, vous allez voir, celui-ci contient de quoi emplir la maison à Marie !

Tous l'écoutaient en ouvrant de grands yeux. Le panier était là, comme un personnage important, au milieu de la table, recouvert d'une serviette blanche que gonflaient des formes mystérieuses.

Ils regardaient ce panier, et ils regardaient cet homme dont le visage et la voix étaient déjà source de joie. Sa large main s'était posée à plat sur la serviette, doigts écartés, pareille à une grosse bête accroupie sur sa proie. Il roulait les yeux, respirait à petits coups, fronçait le museau en grognant :

— Hum ! Hum !... Je me demande ce qu'il peut bien y avoir là-dedans... Peut-être bien tout simplement des cailloux du Doubs !

Sa main palpait, se déplaçait lentement, contournait des obstacles et s'enfonçait dans des creux.

— Qui peut deviner ce qu'il y a là ?... Toi, petite polissonne... Pardonne-moi, mais il me faut toujours plusieurs jours pour retenir le nom des gens.

— C'est Léontine, dit Claudia.

— Ah oui ! On va t'appeler Tine. C'est plus court. Alors, qu'est-ce qu'il y a là-dedans ?... Allons, dis.

Intimidée, Léontine rougit et baissa la tête tandis que Jean criait :

— Du pain de ville !

Dolois singea la colère et enfla la voix :

— Qui est-ce qui m'a foutu un compagnon qui répond sans qu'on appelle son nom ?... Sacré nom !

Tout le monde s'esclaffa. Puis Léontine retrouva sa langue pour crier :

— Il y a des pommes rouges... Je vois quelque chose de rond !

— Il y a certainement du lard, fit Claudia, je le sens.

— Toi, fit Dolois, tu n'as pas un aussi grand nez que Bisontin-nez-pointu, mais tu sais t'en servir... Ça ne m'étonnerait pas que tu aies gagné.

— Est-ce qu'on ouvre ?

— Oui ! Oui !

— On ouvre !

Léontine trépignait.

— Allez, fit Dolois, c'est toi, le nez fin qui va ouvrir.

— Elle, dit Marie, c'est Claudia.

Le charpentier retira sa main en criant :

— Allez, Claudia-fleur-de-lilas, ouvre-moi ça qu'on sache s'il va en sortir des souris, ou des pierres de la Loue, ou des bûches de la forêt !

Avec mille précautions, tandis que Petit Jean lui demandait de se hâter, Claudia retira la serviette.

Et ce fut le silence.

Un beau silence doré comme un gros fruit à partager. Un silence où montèrent bientôt des murmures incrédules. Est-ce que vraiment leurs yeux n'étaient pas en train de leur jouer un mauvais tour ? Ce qu'ils voyaient là existait donc autrement que dans les rêves ? Autrement que dans des histoires qu'on raconte ? Autrement qu'entrevu par la porte entrebâillée des boutiques ?

— Mon Dieu ! murmura Marie. Quelle folie !

— Tu veux dire quelle sagesse, répliqua Dolois dont l'œil se mouillait de contentement.

Marie pensa au pâté qu'elle avait vu emporter par la grosse serveuse et rêvé d'offrir à ceux qui étaient là dans la contemplation de ce panier.

— Et moi qui avais cuit la soupe aux choux en me disant : s'ils rentrent ce soir...

— Eh bien, ma Claudia, lança Dolois, ta soupe aux choux, on la mangera ! Ne te fais pas de souci... Nous avons de la place pour elle et pour le reste.

Et il tapait à deux mains sur son ventre qu'il poussait en avant.

— Allons, fit-il, sortez-moi ça, les femmes, il y a certainement autre chose dans le fond. Ou alors, c'est qu'on m'a roulé.

Marie laissa le plaisir à Léontine et à Claudia de vider le panier. Sur le dessus, allongé comme un seigneur, il y avait un énorme pâté en croûte doré à point et ventru. A côté de lui, étaient couchées deux belles saucisses fumées comme on sait les faire à Morteau et dans toute la vallée du haut Doubs. Dolois en prit une qu'il flaira en disant :

— Voilà qui me paraît tout indiqué pour ta prochaine soupe aux choux, ma Claudia.

Toujours sur le dessus, pour boucher les trous, sept petites terrines avec leur convercle.

— Ouvrez-moi ça, et mettez-y le nez !

Ils le firent. Tous. Et l'odeur, d'un seul coup, emplit la grande salle.

— C'est de la grive, mes enfants ! Et croyez-moi, vous vous en lécherez les quatre doigts et le pouce... Allons, regardons un peu du côté de la cave.

Il y avait là, allongées dans le fond, quatre bouteilles qu'il sortit religieusement.

— Ça, et ça et puis ça, fit-il, c'est de l'Arbois. Du vrai de vrai, d'avant 39. Il paraît qu'il a dormi dans l'obscurité d'un caveau durant toute cette foutue guerre. Du temps que je grignotais la route du côté de l'océan et que vous alliez voir le Léman, lui, bien tranquille, il nous attendait au frais. Il se disait : « Ceux-là, je les connais, ils finiront bien par venir me dire un petit bonsoir. » Eh bien, oui, monseigneur ! Nous voilà réunis et je vous jure que vous n'aurez pas perdu votre temps à attendre.

Ils l'écoutaient, un peu décontenancés par ce flot de paroles. Ils interrogaient Bisontin et Marie du regard comme pour leur demander s'ils pouvaient rire. Et parce que les yeux répondaient « oui », ils riaient.

Dolois regarda autour de lui et s'en alla coucher deux des bouteilles dans la petite encoignure, entre la porte de l'écurie et la fenêtre. Revenant à pas de loup, comme s'il eût redouté de réveiller son vin, il prit une cinquième bouteille et la présenta devant l'âtre pour qu'on en vit la transparence.

— Celle-là, fit-il, c'est pour le sieur Bisontin-nez-fin !... Nez fin et fine gueule. C'est du vieux marc... Le caviste de l'hostellerie m'a juré qu'il vient de Menétru. Alors, c'est un prince, un roi, un empereur ! Enfin, quoi, un compagnon qui mérite notre considération.

— Et toi, fit Bisontin, tu es un beau fou qui mérite qu'on l'embrasse.

Les deux hommes s'étreignirent. Puis Dolois tira encore de son panier le quart d'un morbier et un énorme morceau de lard.

Enfin, sortant une autre serviette qui enveloppait quelque chose de rectangulaire, il la posa au milieu de la table en disant :

— Ça, c'est Léontine qui le découvre.

La petite hésita.

— Ne crains rien, dit Petit Jean, ça va sûrement pas te mordre.

— Non, m'est avis, dit Dolois, que ce serait plutôt toi qui le mordrais, petite Tine !

Léontine tira la serviette et découvrit un somptueux pain d'épice.

— Moi, dit Bisontin, j'avais deviné. Ça sentait le miel comme à côté d'une ruche.

Les autres demandèrent ce que c'était, et Dolois expliqua qu'il y avait là-dedans de la farine de seigle, de la mélasse, du miel et des graines d'anis broyées. Ils contemplèrent un long moment, se penchant sur la table pour respirer l'odeur douce qui montait de ce gâteau d'un beau brun luisant et qu'on devinait moelleux à souhait.

Alors, prenant le panier, Dolois y enfouit sa face rubiconde qu'il ressortit en faisant mine de pleurnicher :

— Ça alors, c'est tout !... Eh bien ! c'est Léontine qui va être déçue, pas de pommes rouges. Pas de pain de ville... Courez vite atteler la jument que je retourne à Dole vous chercher ce qui manque !...

Ils se récrièrent et Petit Jean se pendit au bras droit du charpentier tandis que sa sœur empoignait le gauche. Ils le tirèrent devant l'âtre et l'obligèrent à s'asseoir.

— Tu vois, fit Bisontin, ici, ce sont pas les compagnons qui commandent, ce sont les apprentis et les gamines... C'est le monde à l'envers.

— Est-ce que ce sont des coutumes du Pays de Vaud ?

— Exactement, dit Petit Jean.

— Eh bien, si elles sont pour m'obliger à manger

la soupe aux choux de Claudia, ce sont de bonnes coutumes ! Mais je me demande ce que ces paresseuses attendent pour nous servir !

Il y eut un grand remue-ménage. Les trois femmes se hâtèrent de tremper la soupe et d'emplir les écuelles. Et jamais Marie n'avait vu son monde avaler si vite une soupe aussi chaude. C'est que, derrière, s'annonçait ce pâté dont la seule vue suffisait à vous faire palpiter les narines et à vous emplir la bouche de salive.

Ils mangèrent beaucoup. Ils burent deux bouteilles d'Arbois et du cidre aussi que Pierre était allé tirer au tonneau.

C'était la fête. C'était la joie.

Un grand feu clair de belle charmille flambait. Il était si beau qu'on n'avait même pas eu besoin d'allumer une chandelle.

C'était la fête. Et pourtant, de temps à autre, Marie, Bisontin et Dolois échangeaient un regard. Les autres ne remarquaient rien. Ils continuaient de rire et de parler fort, emplissant la maison de bonheur.

Quelque chose dominait leur tapage sans qu'ils s'en aperçoivent. Quelque chose de dur et de sombre planait. Une chose mal définie qui ressemblait à l'énorme nuage gris s'écrasant sur le Doubs avec les premières cendres du soir.

30

Dolois n'était pas homme à regarder travailler les autres. Comme rien ne le pressait et qu'il se sentait tout à la joie d'avoir retrouvé Bisontin, il proposa de rester quelques jours à la Vieille-Loye. Ils avaient justement une grosse charpente compliquée de lucarnes à monter pour un notable de Montbarrey, ils décidèrent que Dolois s'en irait lorsqu'elle serait achevée.

Les premiers jours, ils travaillèrent à préparer les bois, et Marie put suivre leur besogne en sortant souvent pour les regarder.

Tous les quatre — et plus particulièrement les deux compagnons — étaient comme des enfants qui redécouvrent la joie de s'amuser ensemble. Qui eût ignoré la peine que donne le travail du bois se fût sans doute figuré, à les voir et à les entendre, qu'ils s'adonnaient à un jeu passionnant.

Tout leur devenait source de rire.

Et ce n'était pas la voix de Bisontin qu'on entendait le plus. Si Dolois ne lui était aucunement supérieur dans le tracé et le montage de la charpente, du moins le dominait-il par la gueule et l'entrain. Jamais Marie n'avait entendu pareil bavard, mais battre de la langue ne lui faisait pas perdre un seul geste.

De temps en temps, depuis son four, depuis sa cuisine où elle pilait le blé dans le mortier de pierre, Marie l'entendait beugler :

— Sacré nom d'un bûcheron ! Qu'est-ce que c'est que cet agrichon de Petit Jean qui n'est pas foutu d'écouter mes balivernes et mes fariboles, mes sornettes et mes calembredaines sans lever le nez de sa besogne !... Je t'interdis de rire en travaillant, moi !

— Mais c'est toi qui l'amuse, jean-foutre ! glapissait Bisontin.

— Moi, il faut que je déconne. Mais il n'a pas à m'écouter. Il ne doit entendre que les ordres que je lui donne... Qu'est-ce que c'est que ce foutriquet, je lui dis de me passer la sauterelle, il me donne un biveau... Et d'abord, qu'est-ce qu'un biveau vient foutre sur un chantier de charpentier ? Nous ne sommes pas des tailleurs de pierre, sacrebleu !

— J'en ai des fois besoin pour reprendre...

— Tais-toi, Bisontin-la-Vertu. Je le sais bien que tu en as besoin. Que tu dois tout faire, dans ce foutu pays d'où le monde a déguerpi. Mais occupe-toi de ton équipe et moi de la mienne.

Car ils avaient formé deux équipes. Petit Jean travaillait avec Dolois, et Marie sentait bien que son fils était au comble du bonheur. De temps à autre, il se sauvait pour venir boire de l'eau à la seille. Marie disait :

— Est-ce que ça va ? J'entends souvent Dolois te crier après. Il n'a pas l'air satisfait de ton ouvrage !

— Mais non, maman, c'est pour rire... Il est formidable, tu sais. Et à nous deux, on avance plus que Pierre et Bisontin.

— Alors ! criait l'autre. Il arrive ce bouvet ? Où est-il encore passé ce garnement ? C'est pas un charpentier, c'est un courant d'air. On va l'appeler Petit-Jean-vole-au-vent !

Vingt fois par jour, il lui trouvait un nouveau nom. Le garçon riait, les autres riaient, et le travail s'accomplissait dans la joie.

Tout était jeu, pour Dolois, et tout aussi source d'enseignement. Il demandait :

— Si je te fais meu ! qu'est-ce que je te réclame ?

Bien entendu, Petit Jean ne savait que répondre.

— Meu ! c'est le bœuf, mugissait l'autre. Et le bœuf, ça te fait penser à quel outil ?

— Je sais pas, moi, la charrette ?

Le rire énorme du coureur de routes semblait emplir la clairière et déferler sur la forêt. Il disait :

— Mais mon pauvre Bisontin, qu'est-ce que tu leur apprends donc, à tes agrichons ?

— Je leur apprends à travailler en silence, répliquait Bisontin.

— Vlan ! voilà un pavé dans ma caisse à outils... J'en ai reçu d'autres... ! Eh bien, toi, garnement, tu sauras que le bouvet, on l'appelle ainsi à cause du bœuf. Il creuse les rainures l'une après l'autre, comme le bœuf de labour creuse ses sillons... Bien entendu, on peut être un bon charpentier sans savoir ça. Mais ça n'a jamais fait de mal à personne d'être un peu moins borné. Seulement, tu vois, cet animal de Bisontin, c'est un jaloux, ce qu'il sait, il le garde pour lui. S'il t'enseignait tout, il aurait peur que tu deviennes son maître et que tu le fasses travailler dur.

A travers tout cela, Marie sentait clairement que les deux compagnons éprouvaient l'un pour l'autre une grande admiration, une amitié lumineuse et solide.

Un beau temps clair avec des brumes légères le matin et le soir s'était installé sur le pays. Il semblait là pour permettre aux hommes d'aller facilement au bout de leur ouvrage.

Parfois, l'enclume du forgeron s'arrêtait de sonner, et le Piémontais venait contempler le travail. Il les rejoignait également sa journée terminée, et, avec Dolois et Bisontin, ils avaient de longues discussions dont leurs travaux constituaient le centre.

Un soir, il apporta un sac de cuir à fond plat, à grand rabat au fermoir de cuivre et à longue courroie d'épaule. Il le posa devant l'âtre, aux pieds de Dolois et demanda :

— Toi, le tout en gueule, toi qui sais toujours tout, est-ce que tu connais ça ?

L'autre se mit à rire.

— Si je connais ? Pardi ! Tu me prends pour une gavagne ! C'est une ferrière. Et une belle, encore. Une vraie ferrière pour l'outillage de forge.

Il prit le sac sur ses genoux et se mit à l'examiner en l'inclinant vers la lueur des flammes. Son visage était tout empreint de gravité. Se tournant vers Bisontin, il approcha la ferrière et dit avec émotion :

— Regarde... C'est une de compagnon. Tu vois, il a marqué son nom au fonçoir. C'était un maréchal. Il a dessiné un fer avec les trois points... Attends un peu...

Il s'agenouilla sur le rebord de pierre et son ami en fit autant.

— C'est à moitié effacé.

Bisontin se mit à épeler et finit par dire :

— Ça se voit tout de même... C'est Bordelais-la-Tête-Chaude.

— Dis donc, c'était pas un mouton, celui-là. Devait pas faire bon lui monter sur les pieds !

— Il y a une date.

Bisontin lut :

— Avril 1537 !

— Bon Dieu, ça fait plus de cent ans !

Ils retournèrent la ferrière et découvrirent d'autres inscriptions. Une liste de villes. Certains noms étaient illisibles, mais d'autres se devinaient encore :

— Avignon. Valence.

— Regarde, on dirait que c'est Tournus.

— Ça se pourrait bien.

— Et ça, est-ce que ce n'est pas Chartres ?

— Tu te rends compte !

— Je crois bien qu'il y a Vézelay aussi.

— Ce gars-là s'est payé un beau tour de France. En ce temps-là, ça devait être quelque chose !

Ils restèrent un moment à évoquer ces villes où ils avaient l'un et l'autre séjourné, où ils s'étaient parfois retrouvés.

A travers leurs propos, c'était tout un monde qui se mettait à vivre. Un monde que Marie ne connaissait pas et qui l'effrayait.

Les écoutant parler, elle comprenait que Bisontin n'était plus parmi eux. Il s'évadait de la Vieille-Loye, franchissait la forêt pour se retrouver en compagnie de Dolois-Cœur-en-Joie et de quelques autres, loin d'ici, en des villes qu'elle ne parvenait pas à imaginer mais qui lui apparaissaient comme un enfer où son homme ne pouvait que se perdre.

Les autres écoutaient, suspendus à leurs récits, fascinés par leurs évocations de contrées, de cités et de gens fabuleux. Petit Jean surtout semblait suspendu à leurs propos, déjà absent d'ici, déjà parti peut-être vers d'autres univers.

Ils parlèrent longtemps ainsi, puis, se tournant vers le forgeron, Bisontin demanda :

— Dis-moi, mâchuré d'où tiens-tu cette ferrière ?

— Elle vient du Piémont. Elle était dans la forge de mon père. Paraît que celui qui était arrivé avec ça sur son dos n'était déjà plus jeune... Mon père ne s'en souvenait pas. Mais on lui avait raconté... L'homme était venu là, du temps de mon grand-père, et il était mort au village.

— Celui-là, fit Dolois, c'était un de mon espèce. Un qui n'avait jamais pu se fixer. Pour lui, revenir au pays, ça devait plus avoir aucun sens... Son pays, c'était le monde... L'immensité du monde...

Il dit ça d'une voix sourde. Marie en sent le froid qui lui saisit les os. Elle regarde les autres. Elle fixe Bisontin qui ne la voit pas. Il ne voit sans doute plus rien de ce qui est ici, dans cette maison qu'il a bâtie pour eux.

Jamais Marie n'a cessé de trembler à l'idée qu'un jour il pourrait la quitter, mais, ce soir, c'est vraiment la peur qui l'habite. Elle sent trop ce que le domaine qui commence aux limites de la forêt pour se perdre où nul homme, peut-être, n'est jamais allé représente pour le compagnon.

Mais qu'est-ce que ce foutu maréchal avait donc besoin de venir là avec cet horrible sac à malice ! Est-ce que ça n'est pas ça, de la sorcellerie ? Faire sortir l'univers d'une vieille ferrière de cuir dont personne ne donnerait trois sous ! Et cet autre, avec tous ces noms de villes et de rivières qui n'arrêtent pas de lui trotter par la tête ! Il ne va tout de même pas les enlever, ses hommes ? Parce que Petit Jean aussi les écoute, ses balivernes. Et lui aussi a des yeux qui en disent long.

Marie se lève. Une grande colère monte en elle qu'il lui est bien pénible de museler.

Elle dit d'une voix qu'elle voudrait moins sèche :

— Est-ce que ta Piémontaise ne t'attend pas pour tremper la soupe ? Si la nôtre continue de chauffer encore longtemps, elle sera trop salée.

Ils se lèvent. Le forgeron passe sur son épaule la courroie de son sac de malheur.

— Si tu veux la vendre, dit Dolois.

L'autre fait non de la tête. Il explique :

— Si un jour mon petit veut être compagnon, je lui garde... Moi, je n'ai pas pu.

Son regard noir est tout embué et Marie a envie de lui crier que ça vaut mieux. Mais elle ne souffle mot. Elle risquerait d'en dire beaucoup trop.

31

Cette nuit-là, Marie eut grand-peine à trouver le sommeil. Toute droite dans le lit à côté du compagnon qui s'était mis à sonner de la trompe aussitôt allongé, elle se retenait pour ne pas le secouer et lui demander si vraiment il songeait à partir un jour, si cette idée ne l'empêchait pas de dormir.

Elle ne parvenait pas à admettre qu'il pût sérieusement y penser, et pourtant mille petits signes alimentaient ses craintes. Alors elle se mettait à maudire ce Dolois et cet Antonio, à maudire tout ce qui pouvait conduire son homme à rêver aux grandes routes, à maudire jusqu'à cette charpenterie dont elle sentait que, peut-être, il l'aimait plus qu'il ne pourrait jamais l'aimer elle-même.

Et pourtant, que de joies ne devaient-ils pas, les uns et les autres, à ce métier ! N'était-ce pas les connaissances de Bisontin qui les avaient tirés d'affaire durant leur séjour au Pays de Vaud ? N'était-ce pas grâce à cela que les hommes avaient si vite remonté la maison dès leur retour ici ?

Elle-même ne s'était-elle pas déjà attachée aux travaux du bois plus qu'elle ne l'avait jamais fait à ceux de la terre ou de la verrerie ?

Marie se pencha légèrement vers son homme. Il sentait fort, mais son odeur n'était pas celle de n'importe qui. A la sueur se mêlaient les parfums du bois. Il lui avait enseigné à les apprécier. Aujourd'hui, elle les aimait. A travers lui, bien sûr, mais aussi pour elle, par besoin, et parce que son frère et son fils avaient contracté ce que Bisontin appelait la maladie du faîtage. Ce n'était pas seulement le bois en soi qui les tenait, mais la passion de ce qu'ils parvenaient à dresser dans le ciel.

— Un jour, prédisait Bisontin, nous aurons à monter un clocher. Alors là, vous comprendrez. Une flèche, c'est autre chose que les couvertures que nous faisons là.

Lorsqu'il parlait ainsi, s'allumait dans l'œil de Petit Jean une flamme de désir. A ce garçon non seulement Bisontin apprenait les gestes du métier, mais encore il communiquait une espèce de fièvre que Marie ne parvenait pas à comprendre.

Et pourtant, parce qu'elle les aimait, elle avait toujours fait tout ce qui était en son pouvoir pour les aider. Souvent, elle les avait accompagnés sur des chantiers, lorsqu'il y avait à accomplir des tâches à sa portée. Elle aidait à déblayer les vieilles poutres et les pierres écroulées, elle portait les chevrons, les lattes, les tuiles. Elle gâchait le mortier lorsqu'il en fallait, car bien souvent, pour mener à terme un chantier, les charpentiers devaient se mettre un peu à la maçonnerie et procéder eux-mêmes à la couverture.

Demain, ils iraient à Montbarrey, mais Marie ne les accompagnerait pas. D'ailleurs, Pierre avait encore des bois à préparer et trois hommes suffiraient pour commencer la mise en place. Avec lui, Marie resterait. C'était son rôle de femme, d'être là. Elle se répéta cela jusqu'à se faire mal. Elle éprouvait un peu le sentiment qu'elle se punissait sans bien savoir de quoi. Ils iraient tous les trois, et sans doute ce foutu Dolois en profiterait-il pour distiller davantage de poison dans le cœur de son homme et de Petit Jean.

Marie demeura longtemps sur cette idée. Il s'y mêlait le souvenir confus de la fin du pauvre Joannès, des images paisibles du pays vaudois et d'autres, fulgurantes et douloureuses, du supplice d'Hortense.

Elle finit par s'endormir pour se réveiller fort longtemps avant l'aube et se lever sans bruit. Les autres dormaient. Du grand lit à rideau qu'occupaient Pierre et Claudia venait comme une seule respiration régulière et Marie envia leur bonheur tranquille. Des couchettes de Jean et de sa sœur, c'était un souffle à peine perceptible qui coulait. L'autre, l'empoisonneur de quiétude, le bavard intarissable, ronflait comme une souche sur la paillasse qu'il s'installait chaque soir à quelques pieds de l'âtre. Celui-là était un tel moulin à paroles, qu'il lui arrivait souvent de parler en dormant.

Passant à côté de lui ses sabots à la main, Marie éprouva un instant l'envie de lui en assener de grands coups sur le crâne. Mais ce ne fut qu'un désir fugitif, comme un sifflement de fouet qui lui eût traversé l'esprit. Aussitôt monta en elle un grand repentir. Elle murmura :

— Seigneur, pardonnez-moi. Et protégez-le. Ce n'est pas un mauvais bougre, au fond. C'est seulement un fou de liberté.

Elle se rendit à l'étable où elle commença de changer la litière. Il n'était pas encore l'heure de traire et Marie ne voulait pas déranger ses chèvres. Avec ça que l'une d'elles était déjà malade, ce n'était pas le moment de perdre le lait !

Lorsqu'elle eut achevé de sortir le fumier, le blanc de l'aube montait derrière les arbres nus. Le sol était gelé, mais le ciel promettait une belle journée claire avec juste ce qu'il fallait de vent pour chasser les vapeurs de la terre et maintenir le beau temps.

— Ils seront bien, pour leur charpente, dit Marie avec un sourire au levant.

Elle s'accusait d'avoir nourri de fort mauvaises pensées durant la nuit. N'était-elle pas un peu folle, par moments ? Est-ce que Bisontin, une seule fois, avait sérieusement envisagé de s'en aller ? Pourquoi donc les compagnons s'en vont-ils par les routes ? Apprendre le métier ? Mais Bisontin n'avait plus rien à apprendre. Trouver de la besogne ? Mais il en pleuvait. Des ouvriers et des artisans venaient de Savoie, du Piémont, du Pays de Vaud, de l'autre Bourgogne, des provinces du Nord, de la vallée du Rhône pour s'installer ici où la main-d'œuvre faisait défaut. Vraiment, il fallait que Marie eût la tête bien de travers pour redouter un départ de son homme !

Et dire qu'elle avait expédié ce pauvre Antonio parce qu'il l'avait agacée avec son vieux sac à malice. Lui qui venait de lui réparer deux bassines et un poêlon. Qui lui avait forgé des chenets de bonne hauteur et s'était appliqué à les tortiller pour qu'ils soient plus jolis. N'avait-il pas promis aussi de lui fabriquer une plus grosse manivelle pour le puits ? Marie se sentait coupable de bien des injustices et voilà que l'inondait soudain une grande envie de les aimer tous.

Lorsque les hommes se levèrent, leur soupe était servie et un panier préparé avec du lard que Dolois avait apporté, du pain, des oignons et un fromage de chèvre.

— Marie ! lança Dolois, quand je te vois, je me

dis que s'il existait au monde une autre femme comme toi, où qu'elle soit, je volerais la chercher.

— Il y en a des douzaines, fit Marie qui avait envie de rire. Et pas loin d'ici. Mais si tu en trouves une, c'est le fil à la patte, mon vieux !

L'autre s'empoigna la cheville en feignant la douleur et manqua s'étaler.

— Aïe ! aïe ! aïe ! cria-t-il. Rien que d'y penser ça me ronge jusqu'à l'os... Arrête tes bontés, Marie. Que je n'aille pas faire une sottise pareille !

Ils mangèrent leur soupe, puis, comme ils allaient sortir, Marie demanda :

— Il reste une saucisse, si je la mettais à cuire avec un morceau de lard, ce soir, on pourrait dire aux Piémontais de venir la manger avec nous.

— Fameuse idée, lança Dolois. Mais sauvons-nous, que diantre, celle-là finirait par me faire perdre le goût de la route ! Elle ferait de moi un vrai cul à l'âtre.

32

Durant tout le jour, Marie ne cessa guère d'aller et venir entre la joie et la tristesse, entre le désespoir et de grandes espérances où il lui semblait voir tout le village renaître du travail des siens.

Elle pensa beaucoup à Dolois et à ses propos insensés, mais, chaque fois, elle finissait par se dire :

— Celui-là, il peut tout se permettre. On n'arriverait pas à le détester.

Dans l'après-midi, tandis que Claudia et Léontine étaient allées fagoter un moment, Pierre vint boire à la seille. Marie mouillait de la pâte dans une terrine.

— Qu'est-ce que tu fais ? demanda son frère.

— Je leur prépare une surprise. Des crêpes... Ça fera plaisir à tout le monde.

Pierre se mit à rire.

— Entre ça et le panier de cet animal de rigolo, faudra bientôt renforcer les échelles. On va prendre du poids, nous autres !

— Mon pauvre Pierre, tu en aurais bien besoin.

Il venait de scier plusieurs pannes et la sueur ruisselait sur son front. Il s'assit à califourchon sur le banc devant son gobelet d'eau.

— Donne-toi le temps de souffler, dit Marie.

Elle le regardait tout en remuant dans sa terrine avec sa spatule de bois. Longtemps elle retint la question qu'elle avait sur les lèvres, puis, comme son frère se levait, les mots jaillirent malgré elle :

— Pierre, est-ce que tu crois que Bisontin pourrait avoir envie de reprendre la route ?

Le jeune homme parut surpris. Il réfléchit un instant avant de dire :

— Sait-on jamais ce qui peut passer par la tête d'un gaillard qui a vu tant de pays !

— Mais c'est pas possible... Il ne partirait pas !

Marie avait presque crié. Toute sa douleur venait de se réveiller en elle. Posant la terrine sur la table, elle s'approcha de son frère qui dit :

— Allons, tu vas pas te mettre martel en tête pour des bêtises.

— Des bêtises ?... Je suis certaine que toi aussi tu as déjà pensé qu'il pouvait s'en aller.

Pierre haussa les épaules. Son embarras était visible.

— Réponds-moi, ordonna Marie durement.

Il fit le pas qui les séparait, puis, levant lentement ses grosses mains brunes, il la prit par les épaules et serra fort, sans faire mal. Lentement, à voix mesurée, il dit :

— Ecoute-moi bien, Marie. Un homme comme Bisontin, ça se tient pas à la longe. S'il a dans l'idée de s'en aller, faut pas l'en empêcher. Ça empoisonnerait sa vie et la tienne en même temps.

— La mienne ? Mais il me tuerait en partant !

— Ne dis pas des sottises...

Il se tut. Hésita un moment et, lâchant les épaules de sa sœur, ajouta :

— D'ailleurs, s'il partait, il ne serait pas long à rentrer, tu peux me croire...

Il s'interrompit et fronça les sourcils. Marie tendit l'oreille. La charrette revenait déjà. Marie allait se précipiter vers la porte lorsque son frère lui prit le bras pour la retenir. D'une voix plus sèche, avec un regard plein d'amour mais aussi de fermeté, il dit très vite :

— Et n'oublie pas, Marie : si tu le retenais, tu le perdrais plus sûrement qu'en le laissant partir.

Elle ferma les yeux et respira longuement. Il lui semblait qu'elle avait un immense besoin de force et que, peut-être, l'air de la forêt allait lui en donner.

Pierre était sorti, elle le suivit. Le char chargé de vieilles poutres noircies s'arrêtait devant le chantier et les trois hommes en descendaient, les mains et le visage barbouillés.

— Comment se fait-il que vous rentriez si tôt ? demanda Pierre.

— C'est pour te surveiller, rigolo ! fit Dolois. Et je vois qu'on tombe à pic, qu'est-ce que tu foutais à la cuisine, hein ?

Ils s'avancèrent de la voiture et Bisontin expliqua qu'ils rentraient parce que la mise en place était terminée.

— Ça, lança Pierre, tu le feras croire à d'autres. Ou alors, vous avez embauché sur place.

Les deux hommes jouaient assez bien l'indignation, mais Petit Jean ne put tenir plus longtemps son sérieux.

— C'est encore une blague, fit Marie.

— Et une belle ! cria Dolois en sortant de dessous

le siège un gros sac de toile écrue qu'il tendit à Marie.

— Allez ! Prends, c'est une de ces choses qui mordent pas ! Mais faut le temps de l'accommoder.

Marie empoigna le sac qui était si lourd que son frère dut l'aider à le porter. Lorsqu'ils le posèrent sur la table, les deux compagnons entraient avec un petit fût de beau bois blond tout neuf.

— Pierre, dit le compagnon, tu avais besoin d'un tonneau. Je t'en ai trouvé un.

Pierre cogna du poing contre les duelles de châtaignier et dit :

— Je l'avais pas demandé plein.

— Ça alors, fit Dolois. On pouvait pas savoir. Mais qu'à cela ne tienne, nous saurons bien le vider !

Il y avait des rires, et Marie, qui observait Bisontin en se posant mille questions, ne put se retenir plus longtemps de participer à la joie. Elle les regarda mettre le fût en place sur deux bouts de madriers que Petit Jean apporta devant la fenêtre.

— Marie ! ordonna Bisontin, fais tremper la chantepleure.

A sa façon de parler, elle comprit qu'il n'avait pas attendu de mettre ce tonneau-là en perce pour goûter le vin. Elle le dit en couchant un robinet dans une bassine où elle versa de l'eau.

— Et alors, fit Dolois, si on t'apportait du vin piqué, tu nous engueulerais ! Faut tout de même goûter, avant d'acheter.

Petit Jean aussi avait les yeux qui pétillaient comme flambée de sarments. Marie ne dit rien. Mais une bouffée amère lui monta à la gorge du fin fond de son enfance. Elle revit son père ivre. Sa mère battue. Elle se revit dans l'angle le plus obscur de l'étable, s'accroupissant pour que l'ivrogne l'oublie.

Bisontin remarqua sans doute son regard. Il vint vers elle et dit :

— T'inquiète pas, Marie, le petit n'a bu qu'un gobelet... C'était chez le Juste Fiontat. Celui qui a les moutons et qui t'a vendu la laine... On pouvait pas refuser.

Marie fit un effort pour sourire. Elle n'allait pas gâcher ce moment qu'elle avait voulu pour effacer son humeur sombre de la veille. Elle s'approcha de la table et ouvrit le sac. Un agneau tout dépouillé s'y trouvait.

— Tu vois, dit Bisontin, c'est encore lui qui a commis une folie. Et le vin, c'est lui aussi, tu sais.

Il claqua l'épaule de son ami qui regardait Marie, inquiet de ce qu'elle allait dire. Comme elle retournait la bête, il demanda :

— Est-ce que tu crois vraiment qu'on peut inviter un forgeron juste pour de la soupe ?

Marie contemplait cette belle viande luisante, nacrée par endroits et rouge ailleurs. Jamais encore il ne lui avait été donné de palper un agneau mort. Elle demanda :

— Y a donc tant de bêtes, pour les tuer comme ça, toutes jeunettes !

— Non. Sûr que non. Mais celui-là avait eu une patte prise sous des pierres tombées d'un mur. Regarde.

Un sabot était écrasé. Bisontin le montra. Dolois dit en riant :

— Tu vois, une affaire à ne pas manquer, on n'a payé que trois pattes pour avoir tout l'animal.

Et ce fut déjà une fête que de préparer cette bête.

Pierre et Bisontin avaient regagné le chantier, tandis que Dolois et Petit Jean demeuraient avec Marie. Comme toujours, Dolois ordonnait. Celui-là, quand il était quelque part, on eût dit que le vent y entrait derrière lui ! Tout se mettait à tourbillonner et à claironner. Une véritable kermesse de lumière et de bruit éclatait soudain. La pièce elle-même où il se déplaçait en gesticulant semblait mieux éclairée, plus vaste et plus sonore.

— Alors, dit-il, le feu, Petit Jean... Ce soir, tu es marmiton. Tu vas me chercher de la belle charbonnette bien choisie. Régulière. Ni trop grosse ni trop petite... Il me faut un lit de braise qui tienne tout le temps de la cuisson... Allons, que ça saute, sacrebleu !

Le garçon quitta ses sabots pour courir plus vite. Il rayonnait. Sa seule joie suffisait à ensoleiller le cœur de Marie.

— Celui-là, fit-elle, le jour où tu partiras, il va faire sombre mine !

— Si tu n'étais pas si mère poule et si je ne redoutais pas les coups de bec, je te dirais que je l'emmène.

— Je voudrais bien voir ! Il n'a même pas onze ans !

— J'en ferais un homme.

— Et ici, que crois-tu que nous en ferons ?

Il devint sérieux. Son front se plissa et son gros nez rouge parut plus rond.

— Un homme, certainement... Mais différent... Et tous se valent s'ils sont honnêtes... Mais pour lui...

— Tais-toi donc. Et arrête-toi de lui mettre des folies dans la tête.

Petit Jean revenait avec une énorme brassée de charmille sèche.

— Voilà ! fit Dolois. C'est parfait !... Et alors, Marie, qu'est-ce que tu me donnes pour mettre dans cette bête ? Tu vois bien qu'ils ont tout enlevé ce qu'elle avait dans le ventre.

— Je ne sais pas, moi, j'ai jamais cuit d'agneau.

Dolois leva les bras au ciel.

— Seigneur ! se lamenta-t-il, quand donc les femmes qui ont charge de nous nourrir feront-elles leur tour de France ?

Marie éclata de rire.

— Manquerait plus que ça !... On pourrait le faire dix fois, aussi maboul que toi, on ne rencontrerait pas.

— Allons, ignorante, donne-moi tout ce que tu peux récolter comme épices et herbes sauvages. Le serpolet, la cive, la marjolaine, l'origan, la sauge, le fenouil, le persil, le cerfeuil, des gousses d'ail. Deux gros oignons... Je choisirai. Je ferai mon équilibre.

— Mais où veux-tu que je prenne tout ça ?

Marie se hâta de mettre sur la table ce qu'elle possédait. Ce n'était pas grand-chose, mais Dolois dit que le génie pouvait tout remplacer et qu'il avait, lui, le génie de la gueule.

— Ce qui compte, expliqua-t-il tandis que de hautes flammes bien claires montaient du foyer, ce qui compte, c'est le sens de la cuisine. Savoir d'instinct que telle chose n'ira pas avec telle autre... Donne-moi du lard... Ne jamais employer ce qui est trop fort de goût pour une viande toute de jeunesse et de finesse... Epluche-moi ces trois beaux oignons.

Il avait pris un grand couteau qu'il passa longuement sur la pierre, tâtant souvent le fil de son large pouce tout couturé et encore noir des vieilles poutres chargées au chantier.

— Toi, le gâte-sauce, va me chercher le pain.

— Le pain, s'étonne Petit Jean. Tu veux manger à présent ?

— Bien sûr que non, sacripan, c'est cet agneau qui a le ventre vide. Pas moi !

Son couteau étant affûté, il fit mine de se raser avec, puis se mit à hacher menu les oignons, le lard, le persil, quelques feuilles de salade d'hiver et deux belles pommes épluchées.

— Des pommes là-dedans, fit Marie, tu te moques de nous !

— Si tu ne trouves pas ça à ton goût, tu t'en iras manger à l'auberge... Ça n'a jamais rien vu, et voilà que ça se mêle de critiquer !

Lorsqu'il eut réduit en un tas verdâtre tout son mélange, il prit une grande terrine qu'il engagea sous le rebord de la table.

— Allez, pousse-moi ça dedans.

Il émietta là-dessus un gros chanteau de miche dont il donna la croûte à Petit Jean en disant :

— Tout ce qui tombe à côté, c'est pour le marmiton. Et à présent, Marie, fais un sacrifice. Donne-moi du lait de tes chèvres et des œufs de tes poules.

Marie, qui avait préparé sa pâte à crêpes, n'avait plus que trois œufs et le fond d'un pot de lait.

— Est-ce que ça te suffira ?

— Faudra bien, si tu n'as rien d'autre.

Marie n'avait jamais vu gâcher tant de nourriture pour un seul repas. Mais que dire à un homme qui travaillait pour Bisontin sans réclamer un sou, à un homme qui apportait en cette demeure plus de victuailles qu'elle n'en verrait sans doute jamais ? Que refuser à un être qui avait amené la joie un soir où, sans lui, ne serait entrée que la tristesse ?

Car Marie, qui en voulait souvent à Dolois de trop parler de la route, savait bien qu'il avait contribué à ce que Bisontin éprouvât moins cruellement la fin d'Hortense.

— Petit Jean-nez-au-vent, va me chercher des clous.

— Des clous ? Cette fois, il est fou !

Le charpentier éclata d'un rire énorme qui attira Pierre et Bisontin sur le seuil.

— Qu'est-ce qu'il y a ? demandèrent-ils.

— Ce garnement se figure que je vais farcir cette bête avec ces clous... Mais que non, petite buse. Seulement, comment veux-tu que je lui ferme la panse à présent qu'elle est pleine ?

Petit Jean fila et revint avec une poignée de clous qu'il posa sur le bois verni de graisse, à côté de l'agneau au ventre rebondi.

Ils étaient tous autour de la table. Même Léontine et Claudia qui venaient de rentrer de la coupe. Ils demeuraient muets, béats d'admiration devant les grosses pattes luisantes du compagnon qui refermait le ventre bourré de farce de la bête et cousait les deux lèvres en y plantant des clous qu'il passait deux fois dans la peau avec un geste souple et rapide que lui eût envié une dentellière.

— Toi, observa Bisontin, ton estomac te donnera toujours de l'imagination.

Dolois planta la broche, transperça l'animal et, se redressant de toute sa taille, il lança :

— Je l'ai dit tout à l'heure : le génie de la gueule. Et ça, croyez-moi, c'est une chose qui a toujours fait bon ventre à mes amis... et à moi aussi, pardi !

Le forgeron et son énorme femme arrivèrent bien avant que la viande ne fût cuite. Elle était sur le feu, dorée et ruisselante de graisse, tournant lentement sur la broche dont Petit Jean tenait la manivelle sous la surveillance de Dolois qui disait :

— Plus vite, ça brûle... Moins vite, nom d'un loup ! Comment veux-tu que ça cuise ?

Marie et la Piémontaise allèrent coucher le bébé sur le lit de Léontine qui demeura près de lui tant qu'il pleura.

Dans un tout petit maniveau de bel osier blond, la Piémontaise avait apporté une trentaine de choses dures et ovales, pareilles à de petits morceaux de bois poli.

— Bigre, fit Bisontin, çe sont des amandes douces. Regarde-moi ça, Dolois, est-ce que ça ne te rappelle pas la Provence ?

— Qu'est-ce que c'est ? demanda Petit Jean.

— Toi, ne lâche pas ta broche ! Sinon tu ne mangeras rien !

— C'est pour s'amuser les dents en attendant que le rôti soit cuit.

— Ça se mange ? demanda Claudia.

— Bien sûr que oui.

— Et c'est rudement bon.

— Ça m'a l'air dur comme du bois, fit Marie qui venait de toucher.

Dolois en prit une qu'il donna à Petit Jean.

— Tiens, goûte voir.

Petit Jean la mit dans sa bouche et suça un moment. Tout le monde le regardait, attendant qu'il se prononce. Les Piémontais se retenaient de rire. L'enfant finit par cracher l'amande dans sa main en disant :

— C'est une blague, ça se mange pas.

— Est-ce que tu n'as jamais mangé de noisettes ? demanda Dolois.

— Bien sûr que si, qu'est-ce que tu crois ?

— Et l'idée te vient pas que ça pourrait être pareil ? Allons, dégourdi, je m'occupe de ta broche, sors chercher un marteau.

On cassa les amandes sur la pierre de l'âtre, à petits coups mesurés, pour ne pas les écraser. Et Marie les distribua, faisant bon compte aux deux enfants qui croquaient en ouvrant de grands yeux.

Antonio et les compagnons eurent une longue discussion sur les amandes, les olives, le bois d'olivier et bien d'autres plantes du Midi.

Le maréchal disait :

— Si je retournais dans le Piémont, ou si je connaissais un roulier qui fasse des voyages là-bas, je lui ferais rapporter un rejet de figuier.

— Il crèverait de froid, dans ce pays !

— Bien exposé, moi je te dis qu'il viendrait. Et qu'il donnerait des figues.

Bisontin avait fixé la chantepleure au tonneau et tiré un pichet de vin. C'était un rouge très dur et qui montait vite au bonnet. Tout le monde parlait haut. Marie, qui n'avait bu que quelques gorgées, se sentait la tête toute retournée. Elle demanda si elle pouvait servir la soupe. Dolois planta son couteau au beau milieu de l'agneau et le retira en disant :

— Tu peux. Le temps qu'on la mange et qu'on en finisse avec la saucisse et le lard, cette bête sera cuite.

— Mon Dieu, ne put s'empêcher de remarquer Marie. Mais le lard et la saucisse attendraient bien demain, et même plus loin que ça.

— Eux peut-être, fit Dolois, mais pas moi. Je me sens à l'estomac un creux où je logerais un bœuf !

Et ils mangèrent. Tous un peu ivres. Déjà saoulés par la chaleur et toutes ces odeurs mêlées. Car la soupe sentait fort. Elle donnait les basses à ce concert de fumets. L'agneau chantait clair comme un cuivre et le piccolo de sa farce caracolait dans les hauteurs pour redescendre parfois vers les graves étonnants d'un basson. Et le vin, et les rires, et les coups de gueule, et tout le monde parlant en même temps la bouche pleine. Et la femme du forgeron qui parlait toute seule dans sa langue de soleil !

Jamais la maison n'avait vu ni entendu pareille

fête. Marie, à présent qu'elle s'était laissée aller à boire encore un peu de vin en mangeant sa saucisse, se sentait tout à fait bien. Il lui semblait que toute la clairière s'inondait d'allégresse.

Lorsque Dolois se leva, son couteau au poing pour découper le rôti odorant, ce fut comme si une grande lumière plus chaude encore et plus profondément humaine que celle de la cheminée eût soudain inondé la pièce.

Quand la lame luisante entama la peau dorée et craquante, il se fit un silence bourrelé de soupirs, de clappements de langues, de sabots frottés sur les dalles et contre les pieds de table.

— Mes enfants, déclara sentencieusement Dolois, nous vivons un grand moment. Et c'est Léontine-fleur-d'aubépine qui va dire à qui vont les morceaux... Allons, parle, à qui cette belle cuisse dorée comme les fesses de maître soleil en personne ?

La petite hésitait. Elle regarda tout le monde et dit :

— A toi.

— Mais non. C'est moi qui fais le service, je passe le dernier.

Tous se récrièrent, mais Dolois ne voulut rien entendre. Alors, avec une espèce de dévotion dans sa voix qui tremblait un peu, elle fit :

— A Bisontin.

L'œil du compagnon brilla. Marie sentit une onde de joie descendre en elle.

— Allons, mon frère par le rôti, cria Dolois, avance ton chanteau.

Bisontin tendit l'énorme tranche de miche qu'il tenait entre les mains. Et Dolois y déposa la viande comme il eût installé un prince sur un lit de coussins.

— Et l'autre cuisse ?

— A maman, dit l'enfant.

— Tu pourrais penser aux invités avant de penser à moi, fit Marie. C'est pas normal qu'on serve les femmes avant les hommes.

Elle retint son chanteau et insista pour que ce morceau-là fût donné au forgeron.

— Moi, dit-elle, je ne veux pas si gros.

— Toi, fit Dolois, tu voudrais être servie la dernière pour avoir toute la farce. Eh bien, tu seras roulée, ma princesse trop rusée ! Cette farce-là, tout le monde en aura sa part... Et ceux qui ne m'ont pas vu la préparer vont essayer de me dire ce que j'ai mis dedans.

Chacun déchirait la viande à belles dents, se léchant les doigts, rongeant le cartilage si tendre des jeunes os. Et lorsque tous eurent tendu leur chanteau de pain pour recevoir une part de cette farce dont l'odeur, à présent, dominait toutes les autres, ils se mirent à manger lentement, écrasant la pâte onctueuse entre leurs doigts pour l'examiner avant de la porter à leur bouche.

Deux ou trois fois, Petit Jean fut sur le point de parler, mais Dolois le surveillait du coin de l'œil et chaque fois il intervenait.

— Chut ! Si tu parles, tu n'auras pas de ce qui vient après.

— Il ne vient rien du tout.

— Si. Et moi je le sais. Et je te dis que tu aimes ça !

Marie n'avait pas résisté au désir de mettre Dolois dans la confidence. Et il lui était doux de partager avec ce grand bavard un petit secret.

Ils finirent par tout deviner, sauf les pommes. Et ce fut un grand étonnement lorsque Marie attesta que le charpentier avait bien écrasé des pommes épluchées avec le reste.

— Même que j'ai mangé les pelures, fit Petit Jean.

— Celui-là, observa Dolois, c'est tout juste s'il ne mange pas les copeaux quand il rabote !

La viande terminée, Marie ordonna :

— A présent, chacun garde son gobelet. Et on met les bancs devant la cheminée. C'est le moment de la surprise.

Tandis qu'ils s'installaient, Dolois vint l'aider à poser devant le feu deux trépieds de fer sous lesquels il tira des braises rouges. Marie décrocha deux grandes poêles à frire, puis, alors que tous les yeux la suivaient, elle alla ouvrir la maie d'où elle sortit sa terrine.

— Des crêpes ! Des crêpes !

Comme elle sentait battre fort son cœur gonflé de joie ! Comme elle était heureuse, Marie, de leur donner un moment de bonheur !

Tandis que cuisaient les deux premières crêpes, Bisontin vint derrière elle, il lui posa les mains sur les épaules et se penchant à son oreille, il dit :

— Marie Bon Pain... C'est plus que vrai ce soir, Marie-gâteau !

Cette fois, le premier servi fut Dolois. Il roula sa crêpe entre ses gros doigts, l'enfourna en deux fois dans son immense bouche, puis, ayant mâché, soufflé la buée, grimacé, claqué de la langue et vidé son vin, il se leva, embrassa Marie et clama :

— Tu es la plus forte. Je vais te dire : même dans la Bretagne où on mange que ça, j'ai jamais goûté d'aussi bonnes crêpes.

Ils crièrent tous :

— Vive Marie Bon Pain !

Et le silence s'étant refermé avec juste le crachotement de la pâte dans les poêles noires, Antonio dit :

— Tu connais bien la Bretagne, toi ?

— Oui, ça fait quatre années qu'elle me nourrit. Il se battit le ventre comme on bat un tambour, et ajouta :

— Tu vois qu'elle m'a pas mal engraissé.

Dolois se mit à leur parler des ports, de l'océan, des îles du pays nantais, des charpentiers de marine.

Longtemps, tandis que les autres mangeaient les crêpes à mesure que Marie et Claudia les cuisaient, il évoqua la vie en ces pays qui semblaient être à l'autre bout du monde. Il parla de Brest. De la grande misère de cette bourgade d'une centaine de feux. Il y avait travaillé à son arrivée.

— Quatorze dans une chambre grande comme la moitié de cette pièce, que nous étions, dit-il. Les poulieurs, les cordiers arrivaient péniblement à se faire dans les trente sous par jour en besognant de l'aube à la nuit tombée. Nous autres, les manœuvres, c'est à peine si on se faisait dans les dix-huit à vingt sous. C'est un pays pauvre. A perte de vue tu as l'océan d'un côté et de l'autre une terre où ça ne pousse pas plus que dans le creux de ma main. Faut arracher la bruyère pour semer du sarrasin qui a bien du mal à s'accrocher... Le vent salé bouffe tout ce que tu essaies de cultiver... Malheur ! A six ans, tu as des gamins qui sont déjà de bons calfateurs. Mais j'aime mieux te dire que le fouet du surveillant ne chôme guère.

Marie écoutait, le cœur serré. Elle était agacée de voir les autres béats d'admiration à l'évocation de toutes ces misères. Presque durement, elle lança :

— Et c'est dans cet enfer que tu voudrais entraîner mon garçon ?... J'aimerais mieux te cogner dessus pour t'en empêcher et finir ma vie dans un cul-de-basse-fosse !

Ils semblèrent tous grandement étonnés de cette fureur soudaine. Même Dolois resta un instant décontenancé, puis, avec un large sourire, il dit :

— Bien sûr que non, ma bonne Marie. Où je voudrais l'emmener, c'est à Saint-Malo... Là, c'est autre chose. L'argent est...

Elle l'interrompit :

— Ah oui ! Eh bien, ça ne m'intéresse pas, cette autre chose ! Qu'est-ce que tu veux que ça me fasse, des gens qui sont je ne sais où, dans un pays de sauvages où rien ne pousse. Moi, je me trouve très bien ici... C'est ma terre, et j'y suis à l'aise... Ma peine m'est payée... Je ne vais pas demander à une autre terre de me nourrir. Je l'ai fait un temps, tu vois, je suis revenue. Chacun chez soi...

Le forgeron se souleva sur le banc et demanda :

— Est-ce que tu dis ça pour moi, Marie ?

Elle eut un geste de dénégation.

— Bien sûr que non, voyons... Tu le sais bien. Je suis assez heureuse d'entendre ton marteau... Mais ce grand gueulard est venu ici pour monter la tête aux autres. Voilà... C'est tout ce qu'il veut. Les tourneboule pour qu'ils partent avec lui !

Elle se rendait compte qu'elle était injuste. Pourtant, elle se sentait trop avancée pour revenir en arrière...

Elle sortit sa crêpe sur sa spatule et demanda :

— C'est à qui ?

— A moi, cria Dolois en riant et en avançant la main.

— Tu triches, cria Petit Jean.

— Il triche, dit Léontine, c'est à toi, maman.

Marie alla chercher loin au fond de son cœur un sourire. Elle tendit la crêpe à Dolois en disant :

— Si c'est à moi, je lui passe mon tour, tant qu'il aura ça sur la langue, il ne dira pas de bêtises.

— Merci, Marie, tu es la meilleure. Je vais t'emmener en Bretagne et tu leur apprendras à faire les crêpes.

Elle le menaça de sa longue spatule.

— Tu n'en auras plus, mauvais sujet !

Il y eut encore bien des rires, ce soir-là, dans la maison de la Vieille-Loye, mais Marie sentait que son propos avait laissé entre elle et Dolois comme une ombre. Sans doute étaient-ils seuls à la percevoir, seuls avec Bisontin, peut-être, mais elle était là, entre eux, pareille à ces flaques de boue qui demeurent sur les chemins de la forêt longtemps après l'orage.

Dolois parlait moins haut. De temps à autre, il levait les yeux vers Marie, puis se tournait en direction de Bisontin dont le regard semblait vouloir exprimer on ne savait quel tourment.

Marie s'en aperçut. Son cœur se serra. Quelque chose alors se défit dans la soirée. Le Piémontais se leva, sa grosse femme l'imita. Ils remercièrent longuement. Lui avec des mots, elle avec des gestes et de petits gloussements d'aise. Ils reprirent leur bébé et partirent dans la nuit où le halo de leur lanterne regardait tomber les premières gouttes d'une averse glacée.

33

Dans le mitan de la nuit, Marie fut réveillée par Bisontin. Elle s'était endormie, la tête dans ses bras, sur le bord de la table. Elle se dressa et éprouva une violente douleur à la nuque et le long du dos.

— Qu'est-ce que tu fais là ?

Elle le regarda dans la faible lueur qui montait encore du foyer où un rondin de foyard achevait de se consumer.

— Rien, fit-elle. Je me suis endormie. J'ai même pas couvert le feu.

— Tu n'es pas restée debout uniquement pour couvrir le feu, dit-il. Tu ne voulais pas venir au lit ?

— Tais-toi, tu vas réveiller les autres. Retourne te coucher.

Il se dirigea vers l'écurie. Marie le regarda sortir. La tête lourde, elle alla puiser un gobelet d'eau à la seille et le but d'un trait. Puis, sans bien savoir pourquoi, elle alluma la lampe à huile et gagna l'écurie.

Bisontin n'était pas loin. Lorsqu'il eut achevé de se soulager, elle dit :

— Toi, tu as bien dormi.

— Oui, et j'ai encore sommeil. Allons, viens te coucher.

Elle resta devant la porte qu'elle avait repoussée derrière elle. Elle fit non de la tête en levant sa lampe qu'elle accrocha contre un montant de la claie qui séparait les chèvres de la jument. Elle hésita, puis finit par dire :

— J'aimerais bien savoir la vérité.

Bisontin était embarrassé.

— La vérité de quoi ? grogna-t-il... On causera demain... En pleine nuit, à l'écurie... A quoi ça ressemble ?

Marie se sentait habitée d'un grand calme. Le sommeil l'avait quittée complètement. Elle avait soif de vérité. Comme ça. Comme on peut avoir soif d'eau claire ou de soupe chaude.

— Demain, fit-elle, il y aura les autres. Nous ne sommes jamais tranquilles pour parler.

— Qu'est-ce que tu veux que je te dise ? Que j'ai des envies de route ? Que ça m'a toujours travaillé ? Que par moments, cette vie me pèse ? C'est ça que tu veux entendre ?

Elle sourit. Bisontin ne la fixait pas comme il avait coutume de le faire. Elle dit :

— Tu n'as pas tes yeux d'avant. Tu me regardes pas comme d'habitude... Tu sais très bien que tu peux pas cacher les choses.

— Je vois pas pourquoi je te les cacherais, fit-il avec humeur. Simplement, je trouve que c'est pas l'heure pour parler de ça. J'avais l'intention de te l'annoncer demain, mais puisque tu tiens à le savoir tout de suite, eh bien, oui ! Je vais m'en aller avec Dolois... Mais, tu sais, c'est pas la peine de l'engueuler. Demain ou un peu plus tard, je serais parti.

Marie s'étonnait de n'éprouver aucune douleur. Simplement, les larmes s'étaient mises à couler de ses yeux. Elle murmura :

— Sans moi... Bien entendu.

— Ma pauvre Marie, mais tu n'y penses pas ! Tu sais pas ce que c'est, un voyage de compagnon.

— Je sais pas, en effet... Mais j'imagine. Ça doit pas être triste.

— Ce n'est pas facile tous les jours, tu sais... Et puis, les enfants, la maison... Tout...

Marie eut un ricanement.

— Ne t'inquiète pas, souffla-t-elle, je dis ça comme ça, mais je te demande pas de m'emmener. Je suis pas folle, moi. J'ai assez de ma terre, de ma maison, de tout ce que j'aime !

Il s'approcha et la prit par les épaules pour plonger son regard dans le sien. Elle baissa la tête et murmura d'une voix qui passa à peine ses lèvres :

— Tu ne sais même plus me prendre dans tes bras.

Il la serra contre lui et l'embrassa dans le cou. Ils demeurèrent ainsi un moment. Le silence était épais, fait du seul bruit régulier d'une pluie tranquille sur les ancelles de la toiture.

Ce silence d'eau, puis, presque aussi naturel au cœur de cette nuit, un sanglot de Marie.

Et un autre encore.

— Non, dit Bisontin, ne pleure pas... Je t'en prie, ne pleure pas.

— Est-ce que tu es vraiment décidé ? fit-elle d'une voix qui se brisait.

— Mais oui, Marie. Je ne te ferais pas pleurer pour rien. Tu sais bien.

— Mais pourquoi ? Pourquoi ?... On n'est pas bien ici ? Est-ce qu'il y a des choses que je devrais faire et que je fais pas ?

— Tais-toi donc. Tu sais bien que tu fais tout.

— Alors ? Est-ce qu'on n'a pas assez peiné pour bâtir ? Mais qu'est-ce que tu veux donc trouver de plus, dans ces foutus pays du diable ?

— Tu sais, on peut gagner gros...

Elle sentit un peu de colère lui gonfler le cœur.

— Ah, non ! lança-t-elle. Pas ça... Je veux pas que tu me racontes des menteries. Pas toi... Je sais très bien que c'est pas pour ça que tu t'en vas.

Coule encore un long morceau de nuit d'eau. La jument remue, sa chaîne cliquette.

Bisontin a un profond soupir. Lâchant Marie, il s'écarte en disant, comme un enfant pris en faute :

— C'est vrai, Marie... C'est pas pour ça... Et je serais même pas foutu de te dire pourquoi.

— C'est à cause des sornettes de ce gognand !

— Non, Marie... C'est en moi... Là... Profond... Depuis toujours.

Il semble que chaque mot qu'il s'arrache de la poitrine lui cause une douleur.

Marie a pitié. Elle souffle :

— Mon pauvre Bisontin, je te plains de tout mon cœur... De tout mon cœur.

Très bas, comme s'il souffrait de le dire, il lui demande pardon. Marie s'éloigne de lui, alors qu'il voudrait de nouveau la prendre dans ses bras.

— Non, fait-elle... Laisse-moi... Je n'ai rien à te pardonner... Rien... J'ai mal... C'est tout... Laisse-moi avec mon mal.

Elle éprouve une douleur profonde, continue, lancinante. Exactement comme si on lui écrasait lentement le cœur. Une poignée énorme et dure est en sa poitrine et serre, serre à la faire hurler.

Elle tire la porte et entre dans la salle. La dernière bûche s'est arrêtée de flamber. Son corps de braise palpite, martelé de gouttes qui tombent par la cheminée et tchitent en dégageant de minuscules flocons de vapeur. D'ici, on entend le bourneau pleurer dans l'auge de pierre que les hommes ont tirée depuis l'ancienne verrerie. Un instant, ils sont présents à l'esprit de Marie, en plein effort avec leurs pressons et leurs rouleaux de bois.

Dans son coin, Dolois ronfle.

— Avec ce qu'il a bu ! pense tout haut Marie.

La lueur du quinquet approche et la porte de l'écurie se referme.

— Viens te coucher, fait Bisontin.

Il souffle sa lampe et la pose sur la table avant de se diriger à tâtons vers le lit. Marie le suit. Elle le laisse monter et gagner sa place contre le mur, puis elle monte à son tour. Tout près du bord, adossée au bois froid, elle tourne légèrement la tête de manière à regarder mourir le brasier rougeoyant.

L'esprit vide de toute pensée précise et le cœur bourrelé de douleur, incapable de dormir, Marie demeure les yeux grands ouverts à guetter les premières lueurs d'une aube qu'elle aimerait ne jamais voir venir.

34

L'aube vint, pourtant. Lente et froide. Regrettant la nuit. La retenant dans chaque recoin. La pleurant de toutes ses gouttières.

Marie la vit plaquer aux vitres son regard gris et froid. Personne ne se levait. Dolois venait de remuer sur sa paillasse. Son coude avait dû heurter le plancher. Un grognement de bête fatiguée. Il s'était recouché.

— Avec ce qu'ils ont bu ! pensa Marie... Et moi aussi, j'en ai bu, de cette cochonnerie qui fait mal à la tête.

Un instant traversée par l'envie d'aller ouvrir la chantepleure pour que le reste du vin se répande sur le sol, elle se dit que cet animal serait bien capable d'en acheter un autre tonneau.

— Le fût est beau... C'est vrai qu'on en avait besoin d'un.

S'il n'y avait pas eu les chèvres à traire, Marie eût attendu qu'un autre fît mine de se lever. Elle était presque bien, dans sa propre chaleur. Sa douleur était là, mais elle avait fini par s'engourdir un peu comme une blessure se referme lorsqu'on reste immobile.

Elle se leva sans bruit. Une idée folle la traversa :

— Si seulement ce vin avait rendu Bisontin assez malade pour qu'il ne puisse pas partir !

Elle s'en fut à l'écurie et sa pensée la rejoignit. Il pleuvait toujours. Ils allaient sans doute regagner leur chantier de Montbarrey pour continuer de monter cette charpente. Quand on travaille sous la pluie, avec des bois trempés, un accident est vite arrivé. Bien qu'elle essayât honnêtement de repousser cette idée, la vision la poursuivit. Elle voyait Bisontin avec une jambe déboîtée. Quelque chose comme ce qui était arrivé un jour à l'oncle Paul quand ils étaient encore à Santans. Son genou avait enflé et son pied était devenu lourd. Ça l'avait tenu au lit près d'un mois. Par la suite, il avait pu reprendre son métier de bûcheron, mais sa jambe était restée raide. Les longues marches lui étaient impossibles.

— Seigneur ! Mais à quoi je pense ? Pardonnez-moi. Protégez-le. Ayez-le toujours en votre sainte garde où qu'il soit et quoi qu'il fasse.

Elle essaya de traire en ne pensant qu'à ses bêtes, au lait qu'elles donnaient, à ce que les claies portaient encore de fromage. Malgré ses efforts, elle voyait le compagnon obligé de renoncer à la route. Il ne pouvait plus monter sur les toits, mais Pierre et Petit Jean le faisaient à sa place. Lui, il commandait. Il donnait les directives. Il traçait. Il préparait les bois. Il n'était pas malheureux.

Pas malheureux, lui, avec une patte raide !

Marie se serait battue.

Lorsqu'ils se levèrent, la pluie était toujours là, régulière et appliquée.

Comme Bisontin avait ouvert la porte pour mieux scruter le ciel, Marie vint à côté de lui et observa :

— On dirait que ça blanchit un peu. Sur le coup

de midi, ça pourrait se dégager. Vous devriez attendre.

— Que non ! fit-il. Le travail commande.

— Si l'un de vous se fait du mal, vous serez bien avancés.

Il se tourna vers elle. Avec un demi-sourire, il hocha la tête et dit :

— Si je pouvais me casser une patte, ça ferait ton affaire : je serais cloué ici.

— Bisontin, fit-elle, ne dis pas des choses pareilles. Ce n'est pas la peine d'appeler le malheur, il vient assez vite tout seul.

Les hommes prirent le chemin de Montbarrey. Vers le milieu du jour, la pluie cessa, chassée par un petit vent d'est qui commença de balayer le ciel, Marie sortit plusieurs fois sur le seuil pour l'observer. Il allait son train méthodique. Il avait commencé par déchirer les grisailles ; à présent, il déblayait les lambeaux à petits coups têtus. Il s'acharnait. On le sentait volontaire et décidé à mener sa tâche jusqu'au bout.

— Tu regardes si on va pouvoir se mettre à la lessive ? fit Claudia.

— Oui...

— Avec ce vent-là, on peut faire tremper. Ça va tenir plusieurs jours.

Marie approuva. Un large pan d'un bleu transparent et tendre comme les eaux des printemps calmes se tenait déjà au levant. Il dépassait de beaucoup la forêt. Ce soir, tout serait dégagé, même les petits copeaux blonds que des bourrasques venaient de varloper et qui traînaient derrière les nuées.

— Tu peux sortir les cendres, dit Marie. Je vais chercher le linge. Léontine, tu vas venir m'aider.

Et le travail l'empoigna.

Après la lessive d'avant l'hiver, ce furent les châtaignes qu'il fallut trier et étendre. Les noix à casser, puis des heures et des heures à manœuvrer le lourd pilon de noyer pour les broyer dans le mortier de pierre et en tirer l'huile. Et puis ce fut le pain, la pâte à pétrir, le four à chauffer. Et puis le maïs à défaire. L'écurie à nettoyer. La paille à étendre. Le foin à descendre.

Tout devait être achevé avant que les vrais froids ne viennent s'installer sur la forêt, écrasant la maison de leur grand corps sonore.

Tout se fit sans rien ôter à Marie de sa tristesse et de son angoisse, sans rien lui enlever non plus de l'espérance qu'elle nourrissait de voir Bisontin renoncer à sa folie.

Ils n'avaient plus jamais reparlé de départ en sa présence, mais elle sentait, elle savait d'instinct que tout se préparait. A mesure que cheminaient les journées et les nuits, la certitude de Marie s'appesantissait. Un bloc durcissait en elle que chaque minute renforçait comme les eaux porteuses de pierre grossissent goutte à goutte les cierges froids du fond des grottes.

Et puis, un soir, les hommes rentrèrent plus tôt que d'habitude. Marie comprit que le chantier de Montbarrey était achevé. Comme Bisontin se dirigeait vers l'appentis aux outils, elle sortit et demanda :

— Où vas-tu ?

— Préparer mes affaires.

— Tu peux bien me donner un petit moment.

Il hésite. Il sourit. Elle le regarde intensément et murmure :

— Viens.

Elle lui prend la main et l'entraîne. Il se laisse conduire. Ils s'éloignent de la maison en direction du levant. Ils tournent le dos à la lumière. Le sol monte en pente douce vers la forêt. Ici, où qu'on aille, c'est toujours en direction de la forêt puisqu'elle enveloppe la Vieille-Loye.

Le sentier se coule entre les broussailles. Tout cela était cultivé, avant la guerre. La friche a gagné. Seules les chèvres de Marie ont commencé à rogner les ronces et les framboisiers sauvages. La sente, ce sont leurs petits sabots et les pas des femmes qui l'ont tracée pour aller à cet endroit où poussent les fraisiers, où toute la lisière n'est qu'une haie touffue de noisetiers qui ont beaucoup donné cette année.

Sans un mot, Marie devant et Bisontin sur ses talons, ils montent entre les broussailles qui ne permettent pas que l'on marche de front.

En haut, contre le pied des premiers noisetiers, un gros chêne tordu est couché qu'ils n'ont pas encore eu le temps de venir chercher. C'est là que vient Marie. C'est là qu'elle a voulu amener le compagnon. Elle dit :

— Assieds-toi.

Docile, il s'assied sur l'écorce râpeuse où il pose ses mains. Marie s'assied à côté de lui, tout près. Il hésite un peu, puis il lève son bras droit et le pose sur les épaules de Marie.

Devant eux, ils ont la vaste clairière. La friche, les ruines, la forge qui fume en silence, leur maison qui fume autant que la forge. Contre la maison, le chantier où trois formes se meuvent. Des coups sourds : les hommes empilent des poutres.

Une autre forme remue sur la gauche, derrière la demeure des Piémontais. C'est la grosse Julietta qui défriche. Elle se fait de la terre. Marie dit :

— Ça lui donnera un jardin bien reposé. Il y aura de l'herbe, mais en sarclant souvent...

Elle se tait. Le vent vient toujours de l'est. Bisontin ne souffle mot. Marie reprend :

— Cet hiver, je vais en gagner un peu, moi aussi, en tirant sur la droite. C'est plus sain. Il y a moins de mousse que vers le bas, où j'ai commencé.

— Peut-être, mais les épines sont plus drues.

— C'est la preuve que les fonds sont riches.

— T'es pas obligée de te crever. Tu en as déjà grand. C'est bien beau de le faire, mais après, faut l'entretenir et arroser. Si tu as un été sec, charrier les seilles, c'est pas rien.

— Je sais. A cinq ans, je le faisais déjà.

Elle parle de son enfance. Elle n'a pas eu de chance avec un père ivrogne. Elle le répète à Bisontin pour la centième fois. Ensuite, l'homme qu'elle aimait, le père de ses enfants est mort à cause de la guerre. Ils ont tout perdu. Tout.

Elle se tait. Elle vient d'essuyer une larme. Elle s'était juré de ne pas pleurer. Ne pas se plaindre. Ne rien demander. Et voilà qu'elle s'entend dire :

— Et puis, je t'ai rencontré. Tu m'as redonné goût à la vie... Découvrir l'amour... Je savais pas... Je savais rien. On a travaillé. Je t'ai aidé comme j'ai pu. De toutes mes forces.

— Je sais. Sans toi, je n'aurais peut-être jamais rien fait de bon.

— Tu aurais fait autant... C'est pas ce que je veux dire... Je veux dire : je croyais qu'on avait bâti du vrai. Du solide... La guerre est finie. On en a peut-être terminé avec la misère. Je me disais : on va vieillir là, tranquilles. Avec les enfants.

— Tu n'es pas vieille, Marie. Et moi non plus, je me sens pas vieux.

— Toi, peut-être, mais moi...

Un gros sanglot la secoue. Le bras de Bisontin la serre plus fort et sa main gauche vient prendre les mains de Marie au creux de sa robe brune. Elle souffle :

— Regarde, comme c'est beau.

Le soleil vient de plonger derrière les arbres. Il incendie la forêt où le vent joue avec la cendre bleutée des ombres. Marie reçoit la lumière à travers le voile de ses larmes. Elle murmure :

— Qu'est-ce que tu verras de plus, là-bas ?

— Rien... Pourtant...

Il n'achève pas. Marie pense que c'est mieux ainsi. Elle murmure d'une voix à peine perceptible :

— J'attendrai.

Elle reprend le sentier. En bas, deux fenêtres sont éclairées : sa cuisine et la maison de forge où les Piémontais doivent cuire leur soupe. Ils sont trois. Ils resteront. Ils se sont installés pour rester. Marie les imagine dans leur bonheur tranquille.

Sans bruit, elle se remet à pleurer.

CINQUIÈME PARTIE

UN LONG SILENCE

35

Ils sont partis.

L'aube était blême. Une seule nuée de plomb où se soulevaient quelques écailles à peine plus claires écrasait le monde. A l'est, ciselé par la forêt nue et frileuse, un long stylet d'acier séparait ce ciel épais de la terre endormie. Devant les premiers arbres, à l'endroit où s'incurve le chemin de charroi, les deux serpents immobiles et froids des ornières luisaient.

Ce n'est point par là qu'ils s'en sont allés. Ils ont tourné le dos au jour. Ils ont pris le chemin de l'ouest comme s'ils partaient à la poursuite de la nuit.

Ils n'ont même pas dit par où ils comptaient passer. Pierre, qui devait aller à Dole avec le Piémontais pour y chercher du fer, leur a proposé de les mener jusque-là, ils ont refusé.

Ils avaient tous les deux leur grand sac, un autre plus petit avec quelques outils, leur longue canne enrubannée, une gourde à la ceinture, leurs gros souliers lacés de cuir, leur pèlerine brune et leur grand chapeau. Tous les deux pareils. Tous les deux avec une espèce de joie sourde qu'ils dissimulaient mais que Marie a bien senti brasiller en eux.

Ils sont partis du côté de la nuit et Marie les a très vite perdus de vue. Elle éprouvait encore autour de ses épaules le poids du bras de Bisontin et l'humidité de sa bouche sur ses lèvres, que déjà ils avaient disparu. Mangés par l'ombre du ciel avant même que ne les écrase le poids de la forêt.

Ils sont partis. Ça fait de cela vingt-neuf jours et c'est Noël.

Vingt-neuf jours dont pas un n'a passé sans que Marie verse des larmes. Elle ne pense plus : ils sont partis. Elle pense : il est parti. L'autre, le tout en gueule, le tout en argent, le tout en volume, elle ne l'évoque plus que pour le détester et souvent, lorsqu'elle est seule à sa besogne, elle grogne :

— Maudit Dolois ! Mais qu'est-ce qu'il est venu foutre là, celui-là ?

Elle revoit parfois Hortense aussi. Sa fin douloureuse. Elle prie pour le repos de son âme, mais il lui arrive de se laisser aller à d'autres pensées. Est-ce que cette fille n'était pas, finalement, un peu sorcière ? N'était-elle pas amoureuse de Bisontin ? N'ayant pu l'éloigner de Marie durant son vivant, elle a délégué ses pouvoirs à cet être moitié charpentier moitié démon pour qu'il entraîne le compagnon vers une terre de perdition.

Car Marie ne doute pas un instant que cette Bretagne ne soit un lieu où, fatalement, un être de droiture comme Bisontin se perdra corps et âme.

Certains soirs, montant au chêne coupé où elle l'a entraîné la veille de son départ, assise durant des heures, restant là jusqu'à nuit close, elle tente vainement d'imaginer ces contrées du couchant dont ils ont si souvent parlé.

Là-bas, il y a l'océan. Une étendue d'eau des milliers de fois plus vaste que le Léman. Qu'est-ce que ça signifie, des milliers de fois plus vaste ? Marie se souvient de ces journées durant lesquelles ils n'apercevaient pas un instant l'autre rive du lac. Il arrivait alors que Bisontin leur dise :

— Vous voyez, la mer, c'est toujours comme ça. Même quand il n'y a pas de brume, on voit que de l'eau. A perte de vue. Jamais les continents qui sont de l'autre côté.

Dolois l'a dit : le Nouveau Monde, c'est là-bas, de l'autre côté de cette mer. Par-delà toute cette eau. Un continent invisible, en quelque sorte !

Celui-là, elle le maudit cent fois le jour, et pourtant, parce qu'il est fort et généreux, elle se sent rassurée de le savoir à côté de son homme. Pierre lui répète souvent :

— Si Bisontin avait dans l'idée de partir, un jour où l'autre il serait parti.

Un matin, alors que les deux compagnons se trouvaient seuls sur le chantier de la Vieille-Loye, elle les a entendus qui s'entretenaient du voyage. Des mots de Dolois se sont gravés dans sa mémoire. Il ne passe guère de journée ou de nuit sans qu'elle les répète :

— Il y a des moments où tu peux pas résister au besoin de partir. Tu sauterais n'importe quel obstacle. Tu foutrais par terre des murailles énormes, pour passer. Il y a des jours où tout ce qui t'empêche de t'en aller ressemble à une prison. Moi, j'appelle ça le besoin fou !

Marie tourne et retourne le dernier mot dans sa tête. Est-ce que vraiment Bisontin est fou ? Y a-t-il en lui d'autres besoins que celui de voir des pays nouveaux et de bâtir des charpentes plus audacieuses ?

Il a dit qu'il reviendrait. Marie s'accroche à cet

espoir. Elle le tient au chaud en son cœur. Il luit au fond de sa poitrine tel un petit foyer que le moindre souffle ranime, fait palpiter, mais que la première bourrasque risque d'écraser.

Il a dit aussi :

— Sur la route, on rencontre toujours des gens qui la font en sens inverse. Je vous donnerai des nouvelles. Si les messagers ne peuvent venir ici, ils les laisseront à Dole, chez le rasseur de la rue de ronde. Quand il viendra scier dans la forêt, il les apportera. Quand Pierre ira à Dole, il passera chez lui.

Et Marie attend. De temps en temps, elle demande à Pierre :

— Est-ce que tu ne devais pas aller à Dole ?

Pierre comprend. Il dit :

— Si, si. Je dois y aller. Mais il faut que je finisse ça et ça.

Il invente un prétexte. Il attelle la jument et s'en va seul ou avec Petit Jean.

Dès que la voiture a disparu, Marie se reproche sa faiblesse. Elle se figure toujours qu'un accident arrivera. Se jure de ne plus jamais demander à Pierre s'il doit aller à la ville. C'est lui faire perdre son temps et le pauvre a assez de mal à mener sa tâche. D'ailleurs, que peut-elle attendre de bon de cette cité ? N'est-ce pas d'entre ses murailles que lui est venu le malheur ?

Ce soir, c'est Noël. Le 24 décembre que Marie a toujours appelé Noël parce que c'est au cours de cette nuit-là que Jésus est venu sur cette terre pour sauver le monde. Et la mère de Jésus s'appelait Marie, elle aussi. C'est à elle que Marie pense depuis l'aube.

Une vilaine journée toute de filasses grisailleuses se traîne lentement d'un bord à l'autre du ciel.

Marie est sortie vingt fois, cinquante fois, tant et si bien que Claudia finit par lui demander ce qu'elle a.

— Rien, fait Marie... J'ai cru entendre un bruit de voiture.

— Qui veux-tu que ce soit ? Pierre est au bois avec Petit Jean et ils n'ont pas pris d'attelage.

On les entend de la porte. Ils abattent. Les cognées claquent. Quand un gros arbre se couche, ça fait un bruit très lointain de tonnerre. Il y a un silence, et les haches reprennent leur besogne sur un autre rythme, sur un autre ton pour l'ébranchage.

Cette fois, pour éviter de faire entrer le froid humide dans la salle, Marie est sortie par l'écurie. Elle a envie d'aller rejoindre les hommes, mais elle n'ose pas s'éloigner de la maison. C'est stupide, elle est persuadée que Bisontin va revenir. Il ne peut pas les laisser vivre la Noël sans lui. Ce n'est pas possible. Et s'il revient, Marie veut être la première à lui sauter au cou.

Parce qu'elle croit à ce retour depuis plusieurs jours, ce matin, elle a mis sa robe neuve. Léontine lui a demandé pourquoi. Elle a menti :

— J'ai mouillé l'autre en allant tirer de l'eau au puits.

Elle a dû tremper le bas de sa robe en cachette dans la seille pour l'étendre sur le banc devant l'âtre.

Toute la journée, elle a tendu l'oreille. Elle a imaginé ce retour de bien des manières. Au fond, celui qui lui plaît le plus — elle en est tout étonnée —, c'est lorsqu'elle le voit revenir avec Dolois. Ils ont leurs sacs, mais, en plus, ils en portent d'autres qui sont bourrés de cadeaux, de victuailles, de vins. Marie leur dit :

— Tout de même, vous auriez pu prévenir. Nous avons promis d'aller veiller chez les Piémontais.

— Et alors, clame Dolois, avec ce qu'on a apporté, on ne craint pas de s'inviter. Ils ne nous foutront pas à la porte !

Depuis ce matin, elle a ouvert au moins quatre fois le coffret que Bisontin lui a fabriqué. Elle y regarde ce qui lui vient du compagnon. Il y a une petite vierge en prière qu'il lui a taillée dans un morceau de buis. Depuis qu'elle la possède, il ne passe guère de jour que Marie ne la serre dans sa main, comme si un fluide secret devait passer en elle et se mettre à lui couler dans le sang. Du contact de ce bois patiné et lustré, elle espère la force de vivre.

Tout de suite après le départ du compagnon, elle a un peu boudé ce petit coffre, mais, très vite, elle y est revenue. Elle contemple un couteau dont la lame est brisée, un bout de chaîne en argent, un rabot miniature que Bisontin conserve de son enfance. Des papiers sur lesquels il a écrit des choses dont Marie ignore la signification et qu'elle n'ose pas donner à lire à son frère ou à son garçon. Elle regarde aussi des dessins que Bisontin a faits. L'un représente la maison de Morges et l'autre celle de Reverolle. Un autre encore trace les contours d'une cité. Peut-être bien Dole, ou Besançon. C'est marqué, mais cela non plus, Marie ne sait pas le lire.

La nuit s'avance. Les cognées se sont tues. Le vent lui-même qui n'était pas très vigoureux s'est fatigué. Il dort quelque part entre ciel et terre. De ne plus l'entendre, la forêt soupire d'aise. Elle fait craquer ses plus vieux bois dans un beau silence tout à elle.

Un long silence

Marie a imploré cent fois la Vierge pour qu'elle réalise son miracle à Noël. A présent, elle n'ose plus. La Vierge ne l'a pas entendue.

Des pas avancent sur le chemin de la coupe. Dans le reste de jour qui traîne encore sur la friche sans couleur, Marie distingue à peine deux ombres. Pierre et Petit Jean arrivent en parlant. Ils rient.

Alors, rassemblant toutes ses forces pour ne pas fondre en larmes, Marie regagne la salle où danse un grand feu.

36

Ils mangèrent en silence leur soupe de raves. Un poids était sur eux et Marie se rendait compte que c'était vers elle que se levaient des regards interrogateurs. Elle eût aimé trouver des mots à dire pour que naisse entre eux un peu de gaieté, mais on n'allume pas la belle humeur comme un feu de bois sec. Tout le monde ne détient pas le secret du rire comme le détenaient les deux compagnons.

Où étaient-ils ce soir ? Où donc passeraient-ils cette veillée de Noël ?

Marie se mit à imaginer un de ces bouges infects comme elle en avait entrevus à Dole, une de ces maisons de débauche où se tiennent des femmes de mauvaise vie. Les compagnons n'allaient-ils pas se laisser aller à quelque beuverie ? Elle voyait fort bien Dolois, mais éprouvait beaucoup de mal à imaginer Bisontin en ces lieux.

Depuis quelque temps, Marie souffrait d'une douleur aiguë qui lui tenait le ventre, tout en bas, légèrement sur la gauche. Ça n'avait été, dans les premiers jours, qu'une espèce de colique assez localisée.

Puis le mal avait gagné en intensité. Les élancements s'étaient faits plus fréquents. Ils avaient poussé leur lame beaucoup plus profond jusqu'à toucher les reins.

Alors, Marie avait pris peur. Un jour que Pierre se rendait à Chaussin avec la voiture, elle lui avait dit de la laisser à Parcey, prétextant qu'elle voulait demander au meunier combien il lui prendrait pour lui moudre du grain. Elle savait que vivait là une nommée Tuyonnaire qui détenait le don de guérir.

La Tuyonnaire était une grande vieille osseuse et bourrue. Elle avait planté son œil d'acier dans le regard noir de Marie pour lui dire :

— Toi tu souffres du bas-ventre. Ça se voit gros comme l'église de Dole. Et ça t'est venu d'un coup... Attends voir, laisse-moi réfléchir. Tu sais que tu m'épuises, toi... Voyons voir, est-ce que ton époux ne t'aurait pas trompée juste avant que ça te prenne ?

Marie avait fait non de la tête, puis, timidement, elle avait dit :

— Il est parti loin... Pour son travail...

La guérisseuse avait eu un mauvais rire tout en aigreur comme son haleine.

— Mon petit, tu ne peux faire qu'une chose, c'est ce qui l'empêchera de te tromper. Tu souffres chaque fois qu'il te trompe. Et la douleur ouvre une plaie à l'intérieur de ton ventre. Ça finira par faire une tumeur maligne qui te rongera les entrailles. Tu vas couper du sorbier, tu sais, l'arbre aux oiseaux ?

— Je sais. Y en a dans la clairière.

— Forcément. Tout le monde te racontera que le chêne était l'arbre des Anciens, ces gens-là se trompent. C'est le sorbier qui détient le pouvoir d'écarter les maléfices. Quand tu souffriras, tu prendras la branche dans tes deux mains. Et si tu peux aller dehors, essaie de trouver l'entrée d'une tassenière... Une de blaireau, c'est ce qui fait le mieux... Tu te mets les deux pieds dessus. Et tu demandes que ta douleur s'arrête.

Marie l'avait fait souvent. Elle s'était rendue sur l'entrée d'un trou où elle avait vu se couler un blaireau alors qu'elle était occupée à étrepigner. Là, elle avait serré fort entre ses mains la branche de sorbier, et demandé au bon Dieu de la délivrer de son mal. Ce qu'elle n'avait jamais pu se résoudre à réclamer, c'est que Bisontin fût châtié s'il la trompait. La vieille lui avait pourtant recommandé de le faire, mais, chaque fois qu'elle en avait eu envie, Marie s'était arrêtée, comme clouée sur place, au moment de prononcer les mots que la guérisseuse lui avait enseignés.

Et la douleur demeurait. Lorsqu'elle naissait au milieu de la nuit, Marie s'adossait à la tête du lit, elle ramenait ses genoux le plus près possible de son menton et, tenant sa branche de sorbier, elle demeurait immobile, fixant le foyer rougeoyant ou la fenêtre que vernissait l'éclat métallique de la lune. Elle écoutait miauler le vent, elle entendait craquer l'ossature de cette demeure encore neuve, de cette charpente que le compagnon avait voulue forte et saine, capable de défier les siècles.

Etait-ce vraiment pour des charpentes que Bisontin les avait quittés ? Ce qu'ils représentaient à eux tous ne constituait donc pas la plus belle des charpentes ? Un homme pouvait-il préférer le bois et son outillage à une femme, à des enfants, source d'allégresse ?

Elle avait tellement rêvé leur vieillesse en cet univers clos et secret de la clairière, qu'il lui semblait qu'avec le départ de Bisontin, tout un monde s'était écroulé.

Ce soir, parce que durant des jours et des jours elle s'était forgé, ancré dans la tête l'idée de son retour qui serait le plus merveilleux miracle de Noël, ce soir, Marie se sentait vide. Un grand trou noir venait de se creuser en elle au moment où tombait le crépuscule

Lorsque Pierre se leva en disant qu'il était l'heure d'aller veiller, Marie eut envie de prétexter son mal de ventre pour se coucher et demeurer seule. Mais deux choses la retinrent : la crainte de jeter une ombre sur cette soirée et la peur qu'à évoquer son mal elle ne le réveillât. Alors, se forçant à rire, elle lança :

— En route, et n'oubliez pas le vin et le gâteau !

Car elle avait cuit au four le jour même. La maison était encore tout imprégnée de l'odeur du pain chaud dont la croûte craquait au ras du plafond, sur les rayons où se trouvaient alignées les miches. Marie avait prélevé sur sa fournée un bon morceau de pâte qu'elle avait pétri un peu plus que le reste en y ajoutant deux œufs et du lait. Elle l'avait étendue avec le rouleau de noyer que Bisontin lui avait tourné. Au milieu, elle avait aligné des quartiers de pommes arrosés d'un peu de miel. Puis, ayant replié la pâte, elle avait mis à cuire ce chausson à la gueule du four, devant le pain, pour pouvoir le surveiller. Léontine avait suivi chacun de ses gestes et dit :

— Mon Dieu, comme il est gros, maman !

Et Marie d'observer :

— Il faudra bien tout ça.

C'est qu'à ce moment-là, elle espérait encore son retour. C'est pour lui qu'elle avait fait au four une veille de Noël, alors qu'il restait au moins une semaine de pain. Il aimait tant pénétrer dans la maison et respirer la bonne odeur chaude. Marie avait imaginé l'instant. Son grand nez flairant en direction de la planche à pain. Elle les avait même vus tous les deux. Elle avait entendu leur rire, leurs exclamations. Ils avaient ouvert leurs sacs regorgeant de surprises.

La journée s'était écoulée sans rien apporter. A la place de cette belle espérance de lumière s'était installé un bloc d'ombre humide et froide. Marie le portait en elle. Il lui fallait beaucoup de force pour le dominer et faire en sorte que les autres puissent la croire heureuse.

— N'oubliez pas le vin et le gâteau.

Ces mots, elle se les arracha du ventre pour les lancer en travers de sa détresse. Pierre la regarda. Il eut un sourire où elle lut :

— Marie... Je sais... Je comprends tout. Mais tu as raison. Il faut venir.

Claudia et les petits regardaient la belle croûte dorée où le couteau de Marie avait tracé des traits qui se croisaient. Marie pensa :

— S'il s'était trouvé là, il m'aurait dessiné quelque chose de plus joli sur ma pâte.

Car c'était le compagnon qui lui avait enseigné qu'en décorant son chausson, elle le rendait plus appétissant encore. Il était ainsi. Tout lui venait au bout des doigts. Il faisait partie de ces gens qui savent semer le rire et le sourire partout où ils passent.

Et pourtant, les derniers temps, Bisontin montrait moins d'entrain. Pierre aussi l'avait remarqué et même les enfants qui lui reprochaient parfois de ne plus les amuser autant qu'avant. Etait-ce déjà son envie de nouveauté qui le taraudait ?

Ce fut Pierre qui se chargea des deux bouteilles de

vin qu'il avait rapportées tout exprès de chez un vigneron de Champvent. Petit Jean prit sur ses bras la planche avec l'énorme chausson que recouvrait un beau torchon blanc.

— Ne le laisse pas tomber, dit sa sœur, sinon je te tape du sabot sur le nez !

Marie portait la lanterne dont le halo tremblotant n'éclairait guère qu'à ses pieds.

— Tu n'as qu'à me suivre, dit-elle. Et regarde bien où tu marches.

L'obscurité était opaque. Marie fouilla les hauteurs dans l'espoir de découvrir l'étoile de Noël. Le ciel était invisible. Le vent aigre venait du couchant. Il sentait mauvais les sueurs de la terre. C'était un de ces vents qui portent en même temps l'humidité et le froid. Il fouillait de ses mains moites sous les vêtements qu'il gonflait ou vous plaquait au corps.

Le trajet n'était pas long pour gagner la maison de forge et Antonio n'avait pas accroché son volet. La lueur qui dansait derrière les vitres était chaude. Elle trouait la nuit d'un éclat ami qui donnait envie d'entrer et de se laisser aller au bonheur.

Lorsqu'ils arrivèrent, le nourrisson ne dormait pas. Il était dans son berceau dont la grosse tirait le fil depuis le coin de l'âtre. Léontine se précipita et dit :

— C'est l'Enfant-Jésus... C'est l'Enfant-Jésus !

La Piémontaise lui donna la cordelette qu'elle se mit à tirer doucement et régulièrement.

Lorsque le chausson doré fut sur la table, le forgeron et sa femme poussèrent de telles exclamations que l'enfant se mit à pleurer et que sa mère dut le prendre. Marie pensa au petit de Claudia qui était mort au Pays de Vaud. Comme si elle eût deviné sa pensée et attendu cette nuit de nativité pour l'annoncer, Claudia dit :

— Vous savez, je crois bien que moi aussi je vais avoir un petit.

Même Pierre ne le savait pas et son regard se mit à briller intensément. Léontine battait des mains et sautait sur place. Ils embrassèrent tous Claudia et Pierre. Le Piémontais versa du vin et dit qu'il fallait boire à cette naissance. La grosse sortit de son placard de petites boulettes de seigle cuites à la poêle et qui sentaient fort l'huile de choux. Le feu ronronnait de joie devant le contrecœur de fonte où se démenaient des vouivres noires.

— C'est Noël ! cria Antonio.

— Vive Noël ! crièrent les autres.

Marie cria aussi. Une belle joie d'or et de flamme était là, mais Marie dut se détourner de cette lumière pour essuyer ses larmes. Même parmi eux, elle se sentait seule.

37

Durant le courant de janvier, le rasseur de la rue de ronde vint installer une équipe à la Vieille-Loye. Ses hommes abattaient tout un lot de gros chênes et de hêtres dont leurs bœufs tiraient les fûts jusque dans la clairière où quatre scieurs de long les débitaient. Deux fardiers, attelés de quatre chevaux chacun, emmenaient le bois à Dole. Le rasseur avait dit :

— S'il y a des messages, au moins, ils ne traîneront pas chez moi.

Mais Marie avait cessé d'attendre. Une lueur d'espérance veillait en elle, infiniment pâle et frêle.

Claudia attendait un petit. On en parlait chaque jour. Pierre, surtout. Et Marie sentait bien que son frère faisait tout pour qu'elle s'accrochât à cet espoir de vie qui palpitait dans le ventre de sa femme. Marie le sentait, elle lui demandait :

— Tu crois qu'il ne reviendra plus, hein ? Tu le crois vraiment. C'est pour ça que tu veux tant que je me mette à aimer ce gosse... Est-ce qu'il t'a confié un secret que tu me cacherais ?

Pierre riait :

— Marie, si c'était un secret, bien entendu que je le garderais pour moi, mais je te jure qu'il ne m'a rien dit du tout. Pas plus qu'à toi.

Un soir qu'elle lui parlait ainsi en cachette des autres, Pierre la prit par les épaules et la regarda bien en face. Ils étaient à l'étable dont la porte s'ouvrait sur le couchant. Un beau soleil pourpre entrait qui donnait aux visages quelque chose de sauvage et de dur. Pierre parla d'une voix qu'il voulait douce, mais qui, pourtant, témoignait d'un peu d'agacement.

— Ecoute-moi. Tu penses trop à lui. On dirait que pour toi, tes petits n'existent plus. Qu'il n'y a que lui sur la terre... Je sais que tu as mal, mais c'est pas en t'enroulant autour de ton mal comme une bête blessée que tu vas t'en sortir...

Il lâcha ses épaules et reprit la fourche qu'il avait piquée dans le fourrage. Jacinthe tirait sur sa chaîne et tournait le col pour réclamer, Pierre lui donna son foin, la flatta de la main sur le flanc et la croupe, puis, reposant sa fourche, il se tourna vers sa sœur et dit encore :

— Moi, tu vois, je suis persuadé qu'il va revenir. Je te dirais aussi bien le contraire si je le pensais. Mais je crois qu'il faut que tu vives comme s'il était parti pour toujours.

Il hésita, se racla la gorge et cracha dans le fumier, puis, d'une voix mal assurée, il ajouta :

— Comme s'il était mort...

— Pierre ! lança-t-elle, ne dis pas une chose pareille !

Elle avait laissé jaillir d'elle beaucoup plus de colère qu'elle ne le souhaitait. Son frère demeura calme. Comme toujours, il se donna le temps de préparer ses mots avant de répondre :

— Tu sais, je souhaite pas plus que toi la mort de Bisontin. Moi aussi son départ m'a peiné... Je voudrais pas que tu voies le mal dans ce que je vais te dire, mais souvent, je me répète que s'il avait eu un accident, par exemple, tu aurais pris sa mort beaucoup mieux que son départ.

— Tais-toi donc. Mais s'il mourait... s'il mourait...

Elle ne trouvait pas ses mots. Peut-être n'avait-elle rien à dire. Pierre la devança :

— S'il mourait, tu vivrais pour les petits, pour nous et certainement mieux qu'en ce moment.

Elle eut envie de lui parler de sa douleur de ventre, mais que pourrait-il ? A quoi servirait de l'inquiéter ? N'avait-il pas lui aussi sa bonne part de soucis ?

Pierre la contemplait de son bon regard tout chaud d'affection. Il souffrait de la voir ainsi. Se reprenant un peu, elle dit :

— Je vais essayer... Mais c'est dur, tu sais.

Elle empoigna la petite seille contenant la traite de ses chèvres.

— Je sais pas si celle-là nous donnera un jour du lait pour le foin qu'elle mange, mais elle m'inquiète.

— Faudra la faire porter, dit Pierre, ça s'arrangera. Et avec l'herbe de printemps, peut-être qu'elle se retrouvera.

— C'est pas pour demain.

— Ça viendra vite, va. Toi, tu vois que le noir de la vie.

Ils allèrent jusqu'à la porte. Ils passèrent le seuil, et comme Pierre refermait, Marie se retourna et fit, d'une voix cassée :

— Pierre, il y a des fois, je me dis qu'il pourrait être mort, on ne le saurait même pas.

— Tais-toi donc !

Elle ne voulait pas rendre la vie plus pénible à son frère ; mais cette idée de la mort de Bisontin survenant à l'autre bord de la terre lui était extrêmement pénible. Elle avait souvent pensé à sa propre fin, mais jamais avec autant d'angoisse que depuis qu'elle était harcelée par sa douleur du ventre. La mort lui était toujours apparue comme assez lointaine. Depuis qu'elle vivait avec Bisontin, elle s'était souvent dit qu'elle mourrait avant lui, qu'ils seraient vieux tous les deux, et que cet homme qui l'aimait serait à côté d'elle lorsqu'elle aurait à faire le grand saut. Sa présence l'aiderait. Il tiendrait sa main et prendrait à son compte une part de sa peur. Elle aurait une mort calme. Bisontin serait là, Pierre serait là et les enfants aussi. A présent, il lui semblait que sans le compagnon, la présence des autres n'était plus rien. Elle les aimait pourtant, mais ils avaient leur vie. Ils avaient leur vie qui, de moins en moins, se trouverait liée à la sienne.

Pour le moment, ils parlaient beaucoup de Bisontin. A tout propos, elle entendait Petit Jean qui disait à son oncle :

— Tu crois que Bisontin ferait comme ça ?

Pierre répondait :

— Oui, oui, nous en avons déjà parlé ensemble.

Ou bien :

— Quand il viendra, on lui montrera. Et s'il n'est pas content, on lui dira de retourner d'où il sort.

Le soir, lorsqu'ils se retrouvaient devant l'âtre, il arrivait aussi que le garçon demande :

— La charpente qu'il est allé faire avec Dolois, qu'est-ce que c'est ? Ça dure longtemps. C'est sûrement plus gros que tout ce qu'on monte ici.

— Naturellement, disait Pierre. C'est grand et

terriblement compliqué. Sinon les gens n'auraient pas appelé deux compagnons pareils !

Pour Léontine, le temps était long. Elle demandait souvent à sa mère :

— Maman, quand est-ce qu'ils vont revenir ?

— Je sais pas, faisait Marie en s'efforçant de sourire. Bientôt... Bientôt...

— Est-ce que Bisontin sera là quand le bébé de Claudia arrivera ?

— J'espère bien...

A plusieurs reprises, la petite demanda :

— Pourquoi tu as toujours les yeux rouges, maman ; tu as pleuré ?

Non seulement en partant Bisontin avait emporté la joie de cette demeure, mais il semblait aussi qu'il eût rompu autre chose. Marie s'interrogeait souvent là-dessus. Elle n'arrivait jamais au bout de sa pensée. Ce soir-là, il lui sembla pourtant que son idée se précisait. Est-ce que ce n'était pas le lien qui les unissait vraiment que le départ du charpentier avait, sinon rompu, tout au moins distendu ?

Marie eut devant elle un fagot qui se défait parce qu'on a tiré quelques brins. Sans qu'elle pût se faire une idée très précise de tout cela, sans que rien de bien défini lui donnât de raison de s'inquiéter, elle se disait que, les épreuves qui les avait soudés étant loin derrière eux, le clan uni si solidement risquait de se désagréger.

Fallait-il donc la peste, la famine ou la guerre pour que des êtres comme Bisontin demeurent tout près de ceux qu'ils aiment ? Avaient-ils besoin de souffrir pour aimer et accepter l'amour ?

Une fois de plus, Marie sentit monter en elle le regret d'être revenue. Son pays qu'elle avait si amèrement pleuré allait-il désormais lui peser ? Finirait-elle par le détester ?

Pour éviter d'en arriver là, elle allait de plus en plus fréquemment au chêne couché attendre la nuit. Elle se laissait pénétrer par le feu du crépuscule. Souvent la plainte de la bise était le seul bruit avec le croassement de longs vols de corbeaux qui traversaient l'immensité du ciel. Contemplant ce qui était vraiment sa terre : une clairière au milieu de la forêt épaisse, Marie se répétait les paroles de son frère :

— Aujourd'hui ou plus tard, s'il avait dans l'idée de partir, il serait parti. Et personne n'y peut rien. On ne retient pas le vent.

38

Vers la fin du mois de janvier, il poudra un peu de neige sur une terre gorgée d'eau. Le gel suivit et les hommes durent renoncer à la charpenterie pour deux bonnes semaines. C'était un manque à gagner important, mais Marie, égoïstement, était heureuse de les sentir là, tout près, occupés à aider le forgeron les trois premiers jours, puis à abattre dans la forêt.

Ce fut dans cette période qu'arrivèrent des hommes envoyés pour reconstruire la verrerie. Tandis qu'ils commençaient de bâtir une baraque pour se loger, ils couchèrent dans la grange. Ils étaient quatre maçons, assez jeunes et pleins d'entrain. Ce fut pour tout le monde une raison de se réjouir un peu, et il y eut quelques soirs où Marie se laissa gagner par la joie.

Le quatrième jour, vinrent deux cavaliers dont on vit tout de suite qu'ils étaient d'importants personnages. Ils demandèrent à parler au charpentier. Pierre se présenta et l'un des hommes demanda :

— C'est toi qui es compagnon ?

— Non, dit Pierre, c'est Bisontin, mais il est absent pour quelque temps.

— Quand doit-il revenir ?

Marie écoutait en observant par l'entrebâillement de la porte. Elle fut traversée par l'envie de crier qu'il ne reviendrait jamais. Ce fut comme un éclair extrêmement douloureux. Et, dès qu'il se fut éteint, la pensée contraire arriva et Marie eût aimé ouvrir grand sa porte en lançant :

— Ne vous faites pas de souci, il ne saurait tarder. Il vous la fera, votre charpente de la verrerie !

L'homme demandait à Pierre :

— Et toi, tu es charpentier ?

— Oui. Bien sûr.

— Tu as une équipe de combien ?

— J'ai mon neveu avec moi. Et quand j'ai une grosse pièce à lever, le forgeron me donne la main.

Les deux notables lancèrent un regard rapide à Petit Jean qui lochait des solives à côté du chantier, puis ils s'en furent en disant :

— Ce n'est pas assez. C'est une grosse charpente, il faut que ça se fasse rapidement.

Lorsque Pierre fit demi-tour pour regagner son travail, Marie poussa doucement la porte. Son frère avait le visage sombre.

Le soir, il ne souffla mot de sa rencontre avec ces inconnus et Marie se garda d'en parler. Pierre faisait l'impossible pour que tout aille bien. Il voulait que Petit Jean devienne un vrai charpentier. Il acceptait des chantiers qu'il avait bien du mal à mener avec la seule aide d'un enfant de onze ans, mais jamais il ne se plaignait. Jamais il ne montrait de mauvaise humeur.

Marie se garda de parler, mais elle se promit de tout tenter pour l'aider le plus possible.

Dès que les hommes purent reprendre le chemin de Montbarrey où ils remontaient une toiture défoncée, un matin qu'ils étaient partis à pied, Marie décida d'atteler et d'aller en forêt pour commencer à rentrer le bois de chauffage qu'ils avaient fabriqué la semaine précédente.

Elle vint à bout de quatre voyages dans sa journée. Son ventre la fit un peu souffrir, mais elle serra les dents sur sa douleur et, à la fin, il lui sembla que l'effort endormait quelque peu le mal.

Lorsque les hommes revinrent, elles achevait de décharger la dernière voiture. La nuit n'était pas loin et un vent du nord assez froid grinçait à l'angle de la maison. Ruisselante de sueur, les cheveux collant à son front et à ses tempes, Marie ne le sentait pas.

— Tu es folle, dit Pierre, tu vas te tuer.

— Laisse-moi faire, les bûches que je ne peux pas lever, tu les chargeras à la fin.

Les hommes aussi étaient exténués et la force semblait manquer à Pierre pour argumenter.

Le lendemain, Pierre et Petit Jean avaient des chevrons à prendre. Ils achevaient leur chargement, lorsque vint un homme vêtu à peu près comme Bisontin mais qui ne portait aucun jonc d'or à l'oreille. C'était un charpentier, mais pas un compagnon.

Il montait un grand cheval maigre qu'il laissa libre d'aller boire aux seilles près du puits. Il s'avança du chantier et demanda à Pierre :

— C'est toi le charpentier ?

— Oui... Mais je vois que tu l'es aussi.

— Exactement, fit l'autre. Je suis maître Rongeron. Je suis établi à Senans. J'aimerais qu'on cause un moment.

Il regardait la porte de la maison. De la fenêtre, Marie observait. L'homme était de taille moyenne, un peu gros du ventre, mais solide. Il avait un visage dur. Pierre hésita, puis dit :

— Allons. Pas trop longtemps, j'ai de la besogne qui attend.

L'autre se mit à rire en répliquant :

— Et si ça se trouve, je vais encore t'en donner.

Ils entrèrent. Marie s'était retirée de la fenêtre.

— C'est Marie, dit Pierre. Ma sœur. Son homme, c'est...

L'autre l'interrompit :

— C'est Bisontin-la-Vertu. Je le connais. Je vous connais tous. Toi, ton nom, c'est Mercier. Et toi, la Marie, tu étais mariée avec Bourdelier Joannès, de la verrerie. Tout ça, je le sais. J'ai toujours travaillé sur la région. Je connais le monde.

Il marqua une courte pause, ôta son chapeau qu'il posa sur la table et découvrit un crâne blanc totalement chauve. Le brun du visage s'arrêtait net au milieu du front. Là, commençait la peau d'une pâleur presque maladive. Il fit des yeux le tour de la pièce et demanda :

— Tu n'aurais pas un coup de remontant ? Une eau-de-vie quelconque !

— Non, fit Pierre, mais nous avons du cidre.

— Donne toujours... Du solide, il en faut, dans une maison. Si tu as des coliques, comment tu les soignes sans une goutte de raide ?... Je suis pour revenir, je t'en apporterai. Et du fameux.

Marie était allée tirer un pot de cidre. Elle lui en versa un godet qu'il vida d'un long trait. Puis il souffla fort et dit en regardant Marie.

— Toi, tu étais en ménage avec Bisontin, et il est parti.

— Il va revenir, lança Marie qui avait reçu cette réplique comme une flèche.

L'autre leva la main et fit une curieuse grimace en disant :

— Ça, c'est ses oignons ! Pour l'heure, il est pas là et c'est toi, Mercier, qui mène la charpenterie. Moi, j'ai du travail quatre fois comme mon équipe peut en faire. C'est te dire que les autres ne m'enlèvent pas le pain. Seulement, il y a des règles de métier, et j'en connais qui te regardent pas d'un bon œil.

Le visage de Pierre s'était durci. Marie savait qu'il pouvait demeurer longtemps sans réagir, mais que, d'un coup, il risquait d'exploser et de briser le pot à cidre sur le crâne blanc de l'autre. Elle s'approcha de son frère et se tint debout légèrement en retrait, à un pas de lui, prête à intervenir. Elle voyait ses épaules se soulever et les muscles de ses avant-bras posés sur la table tressaillir sous la peau hâlée.

— Voyez-vous, dit Rongeron, sans une maîtrise, on n'a pas le droit de travailler à son compte. Remarquez bien, avec ce qu'il y a d'ouvrage, ça ne fait tort à personne. Un Bisontin, il n'y en a pas un qui serait jamais allé lui demander quoi que ce soit.

Il hésita. Son regard allait de Pierre à Marie. Il n'était pas mauvais. Il n'avait pas le visage d'un fourbe. Comme il gardait le silence, ce fut Pierre qui dit :

— Mais moi, le rien du tout, on peut m'empêcher de gagner mon pain.

— Je te répète que moi, ça me gêne pas, mais d'autres pourraient...

D'une voix de métal que sa sœur lui avait rarement entendue, Pierre lança :

— Et c'est tout ce que tu avais à nous dire ?

Déjà il s'inclinait pour enjamber le banc. Marie

lui posa la main sur l'épaule et dit en contenant sa colère :

— Attends une minute, Pierre... Attends.

Il vida sa poitrine de l'air qu'elle contenait. Marie en fut soulagée. Elle savait que c'était un moyen de chasser la mauvaise humeur.

— Alors, fit-il, parle.

— Je te sens tout prêt à t'emporter, fit doucement l'homme de Senans. Tu as tort... Une maîtrise, ça s'achète très cher, tu sais. Faut se mettre à la place de ceux qui la payent...

— Je n'ai pas d'argent, dit Pierre.

— Je sais, mais on peut s'arranger.

Rongeron expliqua qu'on lui avait proposé de faire la charpente de la verrerie. Il venait se rendre compte. Il n'avait pas donné son accord. Il voulait voir et savoir si Pierre était intéressé à travailler pour lui. Il dit :

— Tu comprends, tu es sur place. Si tu as besoin d'un homme, je te l'envoie.

Pierre leva la tête de côté et regarda sa sœur. Marie ne savait que dire. Elle observait cet homme, elle observait aussi Petit Jean qui se tenait au bout de la table, droit et fier, comme un vrai charpentier. Derrière la porte de l'étable, on entendait Claudia et Léontine qui riaient en s'occupant des bêtes.

Il y eut un silence assez long, puis l'homme de Senans se versa un gobelet de cidre. Il le but lentement, mais sans se reprendre. Lorsqu'il eut terminé, il passa le dos de sa main sur les lèvres épaisses, puis il dit :

— Je vais aller voir. Tu n'es pas obligé de me répondre tout de suite. J'ai un autre chantier à mesurer à Parcey. Toi, tu seras à Montbarrey, sur la toiture du vieux Sillaveau que tu as commencée. C'est mon chemin pour rentrer à Senans. Je m'arrêterai. Tu me donneras ta réponse.

Il se leva. Pierre l'imita. Son front était plissé. Marie crut lire dans son regard une interrogation. Elle ne put que hausser les épaules comme pour lui dire de faire ce qu'il croyait bon.

A l'instant où l'homme allait sortir, Pierre demanda :

— Et je serais payé comment ?

L'autre n'eut pas à réfléchir. Il dit :

— Comme un compagnon, si tu fais le même travail.

— Et mon neveu ?

L'homme regarda Petit Jean qui baissa les yeux et rougit un peu.

— On verra, dit-il, mais tu sais, je n'ai pas pour habitude de mal payer le monde. Tu peux te renseigner.

Il sortit et Pierre derrière lui, puis Petit Jean. Marie demeura sur place, pivotant seulement pour les suivre des yeux. Elle entendit encore l'homme qui proposait à Pierre de lui acheter du bois, puis il appela son cheval.

A l'intérieur de Marie, quelque chose venait de crever qu'elle avait su contenir durant tout le temps que cet homme de Senans était resté là. Sa vision se brouilla. De grosses larmes coulèrent tandis qu'elle murmurait :

— Mon Dieu, s'il était là... Mon Dieu, s'il était là...

39

Après le départ de Rongeron, ils avaient parlé. Pierre connaissait assez les règles de la maîtrise pour savoir que les maîtres établis détenaient le pouvoir de l'empêcher de travailler. Il avait un moment songé à mettre le peu d'argent qu'ils possédaient dans l'achat d'un autre cheval et d'un fardier. Il reprendrait son métier de charretier-forestier. Mais il y avait Petit Jean. La charpente, c'est tout de même autre chose ! Marie avait été touchée qu'il pensât surtout à son fils. Pierre avait dit :

— Lui, il peut être compagnon un jour. Et il peut espérer s'acheter une maîtrise.

— Et toi ? avait demandé Marie.

Pierre avait eu un sourire triste et plein de bonté.

— Moi, je ne connais pas assez le trait... Et puis, emprunter pour ça... A mon âge, je trouverai jamais un prêteur.

— Le plus sage serait d'accepter l'offre de l'homme de Senans.

— Il n'a pas l'air d'un mauvais bougre. Je crois qu'on aurait pu tomber plus mal.

C'était sans doute la vérité. Marie en était convaincue, mais elle avait tout de même senti se nouer en elle un bloc de colère sourde. Quelque chose d'où se mettait à couler une eau qui l'envahissait peu à peu. Elle avait dit, les dents serrées, sans haine, mais avec une espèce de rage d'amour :

— S'il était là... S'il était là...

Elle avait regardé s'éloigner la charrette chargée de poutres et de chevrons. Pierre menait la jument par la bride, Petit Jean suivait derrière, portant le panier où était leur pain et leur fromage.

Toute la journée, Marie avait ressassé sa rancœur. Il lui semblait que le monde entier leur en voulait. Que jamais le bonheur ne leur serait donné.

Et le soir, Pierre avait annoncé simplement :

— C'est fait. J'ai dit d'accord. On verra bien. Si ça va pas, je reprendrai le forestage et le charroi.

Le lendemain, comme Pierre n'avait aucun besoin de la voiture, Marie attela et retourna au bois. Née de cette source qui s'était ouverte et l'emplissait à la fois de haine et d'amour, il y avait en elle, ce matin-là, une envie hargneuse de travail. Comme si elle se fût sentie responsable du mal qui tombait sur les siens, elle nourrissait un besoin de se faire payer sa faute. Elle voulait mener le plus possible d'ouvrage pour compenser le manque à gagner qu'il y aurait pour Pierre, contraint de s'échiner au service d'un maître.

Le jour était clair. Il avait gelé durant la nuit. Les restes de neige accrochés à l'ombre des souches et des arbres craquaient sous le pas. Le soleil n'était pas encore sorti de derrière la forêt. Quelques étoiles à peine visibles s'égrenaient dans un ciel limpide.

Marie tenait le bridon et allait d'un long pas. Elle respirait, à s'en saouler, l'air glacé. Ce matin, tout l'amour qu'elle éprouvait pour Bisontin semblait s'être cristallisé. Elle le sentait. C'était là comme une pierre pétillante de soleil et de froid. Elle aimait cet homme à en perdre le souffle, mais, en même temps, elle le détestait. Il les avait aidés. Ils s'étaient tout donné mutuellement, et puis, à présent, c'était le vide. Il les abandonnait. Avec sa douleur au ventre et aux reins, elle allait devoir travailler un peu plus. Confiant à Claudia et à Léontine le soin de la maison, de l'étable et du jardin, elle se mettrait à charroyer le bois, à nettoyer les coupes. Elle se souvenait de sa mère, usée et cassée en deux à trente ans qui n'avait jamais cessé d'exécuter des travaux d'homme.

Depuis qu'elle était avec Bisontin, Marie avait espéré autre chose. Non point une vie oisive. Elle savait bien qu'ils ne seraient jamais riches. La paresse, ça ne s'apprend pas. Simplement, elle avait entrevu une existence plus aisée, avec un peu moins d'incertitude pour leur avenir. Ils avaient tous peiné beaucoup, aidé les autres sans ménager leurs forces. A Morges comme à Reverolle, ils avaient sauvé des dizaines d'enfants martyrs de la guerre. De retour ici, relevé les ruines et rebâti. Regagné le jardin et un bout de champ sur la friche des années mortes.

Leur amour faisait reculer ce qu'avait accumulé ici la fureur des hommes.

Regardant le balancement du gros nez gris de Jacinthe, Marie se souvint soudain du soir où les hommes avaient mis en place le soufflet de la forge.

Ces instants-là s'étaient gravés en sa mémoire avec une précision parfaite. Elle en retrouvait chaque trait. Le moindre détail prenait une importance considérable. Elle entendait le compagnon recommander à Petit Jean de bien observer.

— Il faut te souvenir, pour raconter, plus tard.

Ensuite, il avait parlé des enfants nés ici qui raconteraient à leurs petits-enfants de quelle manière le village s'était relevé de ses cendres.

Bisontin possédait le don de voir plus loin que les choses. C'était sans doute de cela qu'il s'entretenait si souvent avec Hortense. Ce soir-là, alors que seule la lueur du foyer où rougissaient les fers éclairait la forge et les gestes des hommes, il avait fait comprendre aux autres ce que représentait ce premier ferrage.

— C'est le signe que la vie est possible sous les toitures que nous avons remontées. C'est la preuve que le bonheur peut s'y installer. Ça veut dire aussi que nous ne sommes plus seuls. Nous avons été les premiers, et c'est important.

Marie revoyait Pierre tenant le pied dans la grosse courroie passée derrière son dos. Elle revoyait le Piémontais sortant les fers incandescents de dessous les braises. Petit Jean tirant sur la chaîne de l'énorme soufflet dont les clous de laiton tout neufs luisaient. Les coups de marteau. Les gerbes d'étincelles. La lueur du feu sur le flanc de la jument. Les rondins de bouleau flambant clair par-delà le brasier pour donner la lumière.

Les premiers... Oui. Et à présent, arrivaient ceux qui reconstruiraient la verrerie où Joannès avait attrapé la mort. Et ceux-là voulaient empêcher Pierre de gagner leur vie comme il l'entendait. Bisontin parti, tout ce qu'il leur avait fait édifier se mettait à trembler sur ses fondations.

Soudain, elle fut frappée par une vision qui l'obligea à s'arrêter. Jacinthe s'arrêta aussi.

— Non, gronda Marie. Jamais... Jamais... J'aimerais mieux le voir s'en aller lui aussi et qu'il me laisse seule.

Elle venait d'imaginer Pierre contraint de reprendre le charroi et Petit Jean obligé de travailler à la verrerie.

— Jamais, répéta-t-elle... Jamais.

Toute la journée, elle besogna en puisant des forces dans cette espèce de colère douloureuse qui couvait en elle.

Et puis encore le lendemain.

Et quatre jours ainsi tandis que Pierre et Petit Jean achevaient leur chantier de Montbarrey, tandis que les maçons montaient les murs de la verrerie.

— Du bois, avaient dit les deux personnages importants lorsqu'ils étaient venus inspecter le chantier, si vous en avez à vendre, on vous l'achètera. Vous savez bien qu'il en faut beaucoup pour une verrerie.

Le soir, Pierre avait précisé :

— Tu te souviens, avec Joannès, on leur vendait à part le branchage de hêtre. Tu sais bien, ils prélèvent la potasse qu'il y a dans les cendres. Faut le faire. Ils payeront plus cher.

Marie s'est souvenue, et, ce matin, elle est partie avec sa bête et sa voiture par la sommière du bas qui tire droit sur la hêtraie où ils ont abattu cet hiver. Ils ont sorti les fûts bien droit pour en tirer des faîtières mais ils n'ont pas eu le temps de débiter le branchage. Tout est resté en aglons et Marie s'est mis en tête de commencer à fabriquer. Elle a dans la voiture une bonne hache et sa serpe avec une pierre à aiguiser. Elle va attaquer le bois, puis, lorsqu'elle en aura une voiture, elle chargera et descendra. Le trajet la reposera de l'autre besogne.

Sa colère est toute neuve en elle, luisante de poil comme un animal prêt à bondir. Une colère presque gaie. Celui qui va payer, c'est ce bois. C'est sur lui qu'elle va passer sa rage.

Parvenue à la coupe, elle dételle Jacinthe et l'attache au cul de la voiture où elle lui défait une botte de foin. Elle passe doucement la pierre sur le tranchant de sa hache puis sur celui plus long de la serpe. Pour le moment, c'est surtout la serpe qui va servir. Ce qu'il faut, c'est sortir tout ce qui peut donner du bois de moule et être vendu. Les fagots, on les fera plus tard. Il en reste un énorme tas derrière l'écurie. Marie commence donc à dégager le branchage. Elle tape. La serpe claque clair. Les coups sont précis, au ras de l'écorce, toujours bien dans le sens du fil. Les entrailles sont propres. Tout avance. Tout est facile. Le hêtre est un bois qui se taille facilement. Il est sans surprises. Beaucoup plus amical que le chêne ou la charmille.

Marie est heureuse d'être venue là. Sa colère s'éclaire. Elle devient un fruit encore acide mais qui ne réclame qu'un rayon de soleil pour s'adoucir.

Certes, Bisontin est toujours là. Celui de Senans aussi. Et le compagnon Dolois. Et les beaux messieurs de la verrerie.

Tous là pour lui porter tort. Pour l'obliger à s'esquinter. Mais ils vont voir ce qu'elle peut faire !

Bisontin est parti en laissant le branchage des hêtres dans la coupe ; d'ici à un mois, la forêt sera propre comme la main. Ils veulent du bois de chauffe pour la verrerie ? Ils en auront. Qu'ils sortent seulement leur bourse pour le payer !

Marie va son chemin de bûcheronnage. Un jour, lorsqu'ils étaient dans les monts du Pays de Vaud où devait venir les rejoindre Blondel, elle s'était mise à ébrancher comme aujourd'hui, et Bisontin l'avait baptisée la Marie-bûcheron. Qu'il y vienne donc voir aujourd'hui. Mais il ne risque pas de venir.

Un bon tas est derrière elle. Marie s'arrête un instant. Elle va couper de longueur ce qui ne réclame pas la scie. Elle plante sa serpe dans une souche et empoigne sa hache. Un billot est couché là qui sera un plot idéal. Tenant la hache de la main droite, l'avant-bras un peu cassé le long du manche, elle empoigne son bois de l'autre main. Elle calcule bien sa longueur et vlan ! en biseau, elle taille franc.

Les morceaux s'entassent. Quand un bout trop gros ne se coupe pas du premier coup, la lame y reste fichée. Marie lève alors les deux bras et cogne une deuxième fois. Il ne reste ainsi que quelques branches vraiment trop grosses dont seule la scie pourra venir à bout.

A l'heure de midi, Marie a chargé une bonne charrette. Elle attelle sa jument et laisse ses outils sur son billot. Elle descend, elle décharge tandis que Claudia met chauffer un reste de soupe.

— Tu as l'air contente, maman, observe Léontine.

— Oui. J'ai bien travaillé.

— Je voudrais aller avec toi.

— Non. C'est trop dur pour toi. Tu ne pourrais même pas charger la voiture. Et Claudia a de quoi t'occuper.

Claudia dit :

— Elle peut aller. Ça lui fera du bien.

Mais il y a en Marie quelque chose de farouche. Durement, elle lance :

— Non. Elle m'embarrasserait.

Il n'a fallu que cela pour ternir sa joie et Claudia, timidement, dit :

— Parce que tu as mal, on dirait que tu deviens méchante avec nous.

Claudia a raison. Marie le sait, mais elle ne répond pas. Elle avale sa soupe brûlante avec un demi-chanteau de pain, puis elle repart. La bête qui est en elle est plus vive, plus fougueuse que jamais.

— Allons, Jacinthe, plus vite !

Elle ne marche plus à côté de la jument, elle s'est assise sur la voiture et fait claquer le fouet. Jacinthe, surprise, allonge le pas.

Aussitôt au bois, Marie dételle et se remet à cogner. Elle veut aller vite. Gagner du temps. Faire de l'argent pour que l'absence de Bisontin soit moins lourde à porter.

Le tas de bûches coupées est déjà gros devant le plot. Au lieu de charger un peu pour dégager, Marie le repousse avec la branche qu'elle va coucher sur le billot. Dans sa hâte, elle ne voit pas que l'extrémité reste prise sous le tas et que l'endroit où elle va frapper de sa lame ne porte pas sur le plot. Le bois est gras. La hache monte haut et le bras cingle fort pour donner un bon élan. Le fer se plante, mais la branche coupée à demi tourne sur elle-même entraînant l'outil.

Une douleur terrible part du poignet pour monter jusqu'à l'épaule. Marie pousse un cri qui paraît énorme dans le silence de la forêt immobile.

A présent, c'est une atroce brûlure qui habite son bras et s'en va jusque derrière sa nuque... La nuque surtout est chaude. On dirait qu'un liquide de feu coule à l'intérieur de son dos.

Marie retrouve son souffle. Sa vision est trouble et sa tête tourne un peu. Elle va s'adosser à la voiture. La jument la regarde, surprise par son cri.

Marie essaie de sourire. Elle souffle :

— C'est rien... Mauvaise portée... J'aurais dû dégager.

Elle veut le faire. Elle avance. Elle remue les

bras... Non, le droit refuse. Il est comme mort. Il reste là, contre son corps. Pareil au bras de pierre d'une statue.

Marie essaie encore, mais une aiguille s'enfonce dans sa nuque et lui arrache des larmes.

40

Comme elle ne pouvait pas atteler d'une seule main et ne voulait pas laisser la jument seule au bois, Marie l'avait détachée. Tout au long du chemin de retour, la bête la suivit, s'arrêtant seulement de loin en loin pour arracher au talus une bouchée d'herbe jaune. Sans se retourner, Marie appelait :

— Jacinthe !... Viens, ma belle... Viens !

Sa voix tremblante ne portait pas loin, mais la bête docile la rejoignait.

Quatre fois, Marie dut faire halte et s'asseoir. Le souffle lui manquait. La sueur ruisselait de son front, piquait ses yeux. Comme si la douleur en appelait une autre, son mal de ventre et de reins s'était réveillé. Pour s'asseoir, elle devait chercher une souche ou une roche à bonne hauteur, car son bras ne pouvait lui être d'aucun secours pour se relever. Au contraire, il était pareil à un long corps raide, étranger à son propre corps, mais rattaché à lui par la brûlure de son épaule et de sa nuque qui augmentait sans cesse.

Quand Marie faisait halte, la jument la dépassait de quelques pas, puis, s'arrêtant à son tour, se retournait, la regardait et revenait jusqu'à elle.

— Ma pauvre Jacinthe, soupirait Marie, qu'est-ce qu'on va devenir, dis ? Qu'est-ce qu'on va devenir ?

Un moment, elle songea au Bobillot coincé sous son char renversé et qui était resté tout raide comme une bûche. Son bras allait-il demeurer ainsi ?

Cette éventualité l'effrayait. Elle lutta de toutes ses forces pour la repousser. Ce n'était pas possible, elle ne pouvait pas devenir infirme. Elle avait bien trop d'ouvrage et déjà pas assez de ses deux bras.

Lorsque Marie arriva, Claudia et Léontine se précipitèrent.

— Seigneur ! Mais tu es toute pâle...

— C'est la voiture qui a versé ?

— Non, fit Marie... Mon bras... Ne me touchez pas !

Claudia voulait courir chercher Pierre, mais Marie s'y opposa. Elle était allée au bois pour faire gagner du temps à son frère, elle n'allait pas lui en prendre pour un bras démis.

— Mais qu'est-ce qu'on peut te faire ?

La pauvre Claudia s'affolait, parlait de monter chercher la voiture.

— Laisse tout ça, dit Marie au bord de la colère. Un accident suffit !

— Tu penses que je serais pas capable d'atteler et de ramener le char ?

— Non. Tu verserais. Ce chemin est plein d'affouillements. Les eaux ont tout raviné.

Claudia se tut. Marie eut conscience de l'avoir rudoyée et blessée, mais elle s'enferma dans le silence.

S'étant assise sur le banc devant l'âtre, le dos à la table, elle se laissa aller autour de ses deux douleurs, le regard rivé au tas de braises et de cendres entre les hâtiers tout neufs que le Piémontais lui avait forgés pour le premier de l'an.

Léontine était venue s'asseoir à côté d'elle, du côté

gauche. Tendrement, elle posa sa petite main sur la cuisse de sa mère et murmura :

— T'as mal, ma petite maman... T'as mal.

Marie attira l'enfant contre elle et lui caressa la tête en murmurant :

— C'est rien... C'est rien, va... Ça guérira.

Elles restèrent un moment ainsi, puis Marie, qui frissonnait dans ses vêtements trempés de sueur, dit :

— Remets donc du bois au feu... Même ça, j'aurais du mal à en venir à bout !

L'enfant posa quelques brindilles sur la braise, puis deux bonnes bûches comme on lui avait appris à le faire. Ensuite, embouchant le diable, elle gonfla les joues et se mit à souffler. Des étincelles volaient avec de la cendre grise. La petite insista jusqu'à ce que naisse une flamme qui grandit très vite, passant sa langue souple entre les rondins. Alors, l'enfant revint s'asseoir à côté de Marie et dit :

— Si j'avais été avec toi, peut-être que ce serait pas arrivé.

— Peut-être, mon petit... Tu es gentille, tu sais. Mais reste sans bouger. Si tu secoues le banc, ça me fait mal.

Comme la petite était incapable de demeurer parfaitement immobile, après quelques minutes, Marie éleva la voix et dit :

— Va aider Claudia à l'étable... Tu remues trop.

Aussitôt que l'enfant fut sortie, Marie regretta de l'avoir renvoyée. Elle se sentait devenir dure. Il lui semblait que quelque chose pleurait en elle.

Elle se mit à regarder autour d'elle. Chaque objet lui rappelait son ouvrage, évoquait des gestes précis qu'elle devait accomplir constamment. Des gestes indispensables à sa vie, à la vie des siens. Comment pourrait-elle se pencher sur la maie pour pétrir son pain ? Comment tourner les miches d'une seule main ? Et les soulever pour les porter près du four ? Comment chauffer le four ? Avec le gros râble qui se trouvait contre les pierres noires, ne lui fallait-il pas ses deux mains pour tirer la braise ? Qui donc pourrait manier le lourd fourgon de fer ?

Son regard s'attarda longtemps sur la petite seille de bois qu'elle utilisait pour le lait. Ses yeux allèrent ensuite vers sa main droite à demi fermée qui pendait là, contre le banc, inerte, crispée, morte. Une fois de plus, elle voulut remuer les doigts, serrer le poing, faire comme pour traire ses bêtes. Rien. Simplement une accentuation de la douleur de sa nuque.

Claudia et la petite revinrent.

— Tu vas être obligée de traire, dit Marie. Et toi, Léontine, il faudrait que tu rentres du bois. Et aussi éplucher des raves.

— Nous y arriverons, dit Claudia. Ne te fais pas de souci.

Marie eut envie de dire à Claudia d'aller plus vite, elle se retint. Cette fille était pleine de bonne volonté, mais d'une lenteur exaspérante. Marie se répéta :

— Qu'est-ce qu'on va devenir ? Qu'est-ce qu'on va faire ?

Elle imagina Claudia avec un bébé. Elle se vit avec son bras raide et ce petit être dont il faudrait s'occuper. Et ce qui avait été une grande espérance devint un cauchemar.

Le premier enfant de Claudia n'avait vécu que quelques jours. Secrètement, Marie s'était consolée de sa mort en se disant qu'il était d'un soudard d'on ne savait trop quelle patrie sauvage. Elle voulait pour Pierre un petit qui fût vraiment de lui. Allait-elle souhaiter que celui-ci ne vînt pas parce qu'elle redouterait qu'on eût à nourrir une bouche de plus dans des conditions trop pénibles ?

Marie se sentait habitée de pensées contradictoires qui la tourmentaient sans cesse. Pour leur échapper, elle se leva et s'en fut à l'étable.

— Je t'ai déjà dit quand tu entres dans l'étable, dis : Vous sauvent Dieu et sainte Brigitte, sinon les bêtes regimbent et te renversent la seille. Et le lait est perdu.

— Elle est calée dans la paille.

— Pas assez. Tu verras... Fais comme je te dis.

Claudia eut un profond soupir. Marie sortit. Elle voulut, de sa main valide, aider Léontine à descendre les fagots, mais l'effort lui arracha un gémissement.

— Si je peux même pas me servir de l'autre main, grogna-t-elle.

Comme la petite n'était pas assez forte pour transporter un fagot, elle grimpait sur la pile, le faisait basculer, redescendait, tranchait le lien d'osier d'un coup de serpe et emportait le bois à petites brassées. Marie l'observa un moment. Elle accomplissait sa corvée en souriant, comme un jeu.

Lorsqu'elle eut fini, Marie rentra avec elle, referma la porte au froid du crépuscule qui s'appesantissait sur la clairière. Elle reprit sa place devant l'âtre, recroquevillée sur son mal, le cœur tout plein d'une eau plus amère que des larmes.

41

C'était comme si le mauvais sort eût recouvert la forêt. Pour Marie, il ne restait que cette angoisse, cette incertitude, cet avenir dont pouvait naître aussi bien la joie que la peine. A vrai dire, redoutant une déception, elle se défendait de trop espérer.

Pierre l'avait conduite chez la guérisseuse de Parcey, puis à Dole où un vrai médecin l'avait beaucoup fait souffrir en lui tordant le bras dans tous les sens. Il s'était ensuivi une enflure du poignet, du coude et de l'épaule. Le médecin leur avait remis un onguent qui sentait fort et chauffait la peau autant que le feu. Chaque soir, Claudia frictionnait doucement Marie. La douleur s'apaisait un peu, mais le bras restait raide. Marie prenait alors la potion que le même médecin lui avait vendue pour son ventre. C'était un liquide verdâtre à goût de fiel et qui donnait des nausées sans rien modifier à la maladie. Mais le docteur avait prédit que ce serait long, exactement comme l'avait fait la femme de Parcey pour ces autres misères qui n'en finissaient plus. De tisane en pommade, Marie allait une sombre vie sans véritable espoir de voir jamais le terme de ses maux.

Ayant subi tout cela, Marie devait encore avoir recours à Claudia pour l'aider à se dévêtir.

Elle s'allongeait dans son lit, silencieuse et secrète. A présent, elle gardait pour elle la crainte de ne plus jamais revoir Bisontin aussi bien que son désir qu'il reparaisse un jour au détour de la forêt.

Les nuits étaient interminables. De longues veilles entrecoupées de chutes brutales dans des gouffres de sommeil. En ces régions obscures, se démenaient presque toujours les monstres qui peuplent les mauvais rêves.

Marie priait beaucoup. Elle pleurait souvent en silence, pour que nul ne pût l'entendre.

Certains jours, sans que rien ne parût différent de la veille, Marie se levait le matin avec la conviction que Bisontin allait arriver. Elle souriait. Elle avait envie de se démener, de travailler, de rendre les autres heureux.

Le gros de la besogne accompli, elle ordonnait à Claudia :

— Viens avec moi, tu vas me tuer un lapin.

— Un lapin ? Comme ça ? En plein milieu de la semaine ? Et quelle fête il se fait donc ?

— Rien... Tu verras... Viens avec moi, j'ai envie de manger du lapin... Tiens, attrape le gros mâle gris, il dévore et ne grossit plus.

Parfois, au dernier moment, elle arrêtait le geste de Claudia en disant :

— Et puis non ! Tu as raison... Un autre jour... Nous verrons.

La bête déjà captive que la jeune femme tenait par les pattes de derrière, et qu'elle lançait sur la paille, bondissait d'aise dans le petit coin d'écurie où on avait ménagé un enclos de dalles dressées. Elle retrouvait sa liberté et son droit aux cabrioles parmi les autres.

Deux fois, pourtant, Marie laissa Claudia piquer son couteau pointu dans la peau du cou et recueillir le sang tout chaud dans une petite terrine. Sans qu'elle se l'avouât jamais vraiment, elle espérait de ces gestes ce que l'on peut attendre de certains sacrifices. Préparant de la viande pour fêter le retour de Bisontin, Marie souhaitait secrètement que cette offrande de sang à des dieux sans visage et sans nom précipite ce retour. Qu'elle l'assure. Qu'elle fasse qu'il soit définitif.

La bête tuée, il fallait la dépouiller, puis la vider. Et c'était encore Claudia qui accomplissait ces tâches sous le regard critique de Marie qui s'efforçait à la patience.

Parfois, il lui arrivait de s'énerver pour des riens. Parce que sa main morte la gênait, parce que la gauche n'avait pas encore acquis la même habileté, parce que Léontine et Claudia ne savaient pas prendre les choses comme elle les prenait.

Elle regrettait chaque fois ses emportements. Sortait en grognant :

— Marie Bon Pain... C'est fini. Je suis plus Marie Bon Pain... Je ne serai plus jamais Marie Bon Pain, je le sais. Je deviens Marie Poison... Marie Gentiane... Marie Chicotin... Je deviens Marie Misère !

Si l'une des filles tentait de la retenir, elle s'en débarrassait d'un mot rêche et partait sur un chemin de coupe. Souvent, sans même s'en rendre compte, c'était le sentier qui conduit au chêne couché qu'elle empruntait.

Le trajet la calmait un peu. La marche sur ce terrain inégal semé de turots et traversé de racines réveillait sa douleur de ventre et l'obligeait à s'arrêter. Les halliers avaient recouvert les souches. Marie restait debout, attendant que s'apaisent les élancements et que revienne son souffle.

C'est dans un de ces moments-là que, cherchant quelque chose où s'appuyer, il lui vint à l'idée de prendre un bâton. C'était commode. Et puis, quand les chaleurs viendraient, si elle rencontrait une vipère, ça pourrait lui être utile. Elle se cherchait des raisons de tenir cette canne, car elle voyait là le signe de la vieillesse et voulait y échapper.

Elle refusait de se sentir vieille. Mis à part ce bras inerte et ce ventre où sans doute un mauvais mal couvait, son corps n'était tout de même pas celui d'une vieille. Elle ne pensait pas à Bisontin que pour l'affection et ce qu'il leur avait donné de sécurité. Elle le voyait aussi en femme qui a encore besoin d'un homme.

Mais un homme, ça ne pouvait être que lui.

Il y avait bien en elle l'ombre un peu froide des deux dernières années où l'ardeur de Bisontin ne s'était guère manifestée, mais elle s'efforçait de l'oublier. Ce qui la travaillait, c'était le temps où il la prenait presque chaque nuit. Où elle sentait passer en elle cet élan de vie qu'il portait dans son grand corps sec et noueux. Il y avait parfois, dans les étreintes du compagnon, quelque chose de bestial qu'elle n'avait pas connu avec Joannès, dévoré par un mal qui le privait de sa force.

Non, pour Marie, il n'y avait jamais eu, il n'y aurait jamais d'autre homme que Bisontin.

Le chef des maçons qui remontaient la tuilerie devait avoir l'âge du compagnon, il était souvent venu lui rendre service. Il avait dit de ces mots que prononcent les hommes lorsqu'ils se sentent du goût pour une femme. Marie avait fait semblant de ne pas entendre. Elle n'avait aucun effort à accomplir pour refuser les avances des autres. Aimant Bisontin de tout son être, elle ne parvenait même pas à imaginer qu'un autre pût poser la main sur elle.

Parfois, elle se disait que Bisontin avait connu bien des femmes avant de la rencontrer. Lorsque Pierre le taquinait sur sa vie d'aventures, il répliquait :

— Comme les marins qui ont une fille dans chaque port, les compagnons en trouvent une à chaque étape de la route.

En trouvait-il encore aujourd'hui ? N'avait-il pris de l'âge que pour Marie ?

Parfois aussi, Marie se demandait si ce n'était pas parce qu'elle avait elle-même vieilli trop vite que son homme était parti au loin à la recherche d'autres amours.

Déjà, lorsqu'ils vivaient à Morges et que leurs rapports étaient encore pleins de chaleur, est-ce que Bisontin ne pensait pas à ses aventures de périples ? Ne rêvait-il pas d'en renouer le fil interrompu par la guerre ?

Marie cherchait des signes. A certaines heures, tout lui paraissait crier que jamais ce fou d'espace ne l'avait aimée comme elle avait eu la naïveté de le croire. Et c'était une pensée qui la rongeait, provoquant en elle d'atroces déchirures. Alors, durant tout ce temps, il l'avait en quelque sorte trahie. Dès le début, il portait en lui la conviction que leur union n'était que provisoire. Il avait accepté, par affection, par sens du dévouement, peut-être également par crainte de la solitude, de traverser cet exil avec Marie et les siens. Parce qu'il entretenait en lui une source naturelle de joie, il avait ensoleillé leur existence. Et Marie s'était laissé prendre par le miel de ce bonheur au goût d'éternité.

A présent, tout était rompu. Tout s'était brisé parce qu'elle n'avait pas su se montrer assez femme pour s'attacher cet être pour qui les plaisirs du lit avaient énormément d'importance.

Elle s'était donnée.

Donnée pleinement. De tout son être, de tout son cœur. Mais sans doute, pour Bisontin, ce n'était pas suffisant.

A ce point de sa réflexion, la pauvre Marie butait toujours contre l'inconnu. Ignorant tout de ce qui n'était pas sa vie ici, son travail, sa misère, elle cherchait vainement à imaginer ce que pouvaient être les rencontres d'un homme avec ces femmes qui ont appris ce qu'il faut faire pour se l'attacher autrement qu'en l'aimant à en mourir. Des images naissaient en elle, mais, aussitôt, effrayée d'avoir osé de telles pensées, elle les repoussait.

A d'autres moments, le visage d'Hortense occupait tout l'espace autour d'elle. Allant de la jalousie à la compassion puis au remords. Ayant empêché le compagnon d'aider Hortense à se sauver, peut-être avait-elle provoqué l'arrestation et la mort de celle qui lui avait donné tant de preuves d'amitié. N'était-ce pas la mort de la jeune fille autant que la rencontre de Dolois-Cœur-en-Joie qui avait provoqué le départ de son homme ? N'était-ce pas la punition que lui infligeait le ciel ?

Marie n'en finissait plus de se torturer. Et, invariablement, elle en arrivait à se dire que si Bisontin venait à rencontrer la mort en chemin, c'est elle qui serait la vraie responsable.

Marie s'était trompée. Elle avait cru que son amour était suffisant pour lui dicter les gestes et les mots du bonheur. En fait, mille petits riens envahissaient sa mémoire pour lui crier qu'elle n'avait rien donné à son homme de ce qu'il espérait.

Et ce qui se passait en elle dans ces moments-là,

était bien plus douloureux que les larmes versées aux heures où elle se sentait trahie, bafouée, humiliée par celui qui l'avait abandonnée.

Lorsqu'elle montait au chêne couché, elle y restait toujours longtemps. Même quand le froid était vif, il y avait là quelque chose de presque douillet qui la retenait. Les ronces grimpant dans d'énormes bouquets de sureau formaient voûte au-dessus du vieil arbre mort. Le vent s'y montrait moins violent qu'ailleurs. On l'entendait faire les cent coups dans la forêt, se vautrer comme un enragé sur la clairière, mais là, il ne poussait que de petits jurons, presque des grognements affectueux.

S'il pleuvait, Marie allait un peu plus loin. Dans une ancienne coupe, des charbonniers avaient bâti jadis une baraque couverte de laîche et de fougère. Les feuilles mortes pourries sur cette toiture composaient, avec les tiges, un humus où les herbes et la mousse avaient poussé. Ainsi protégée, la cabane demeurait à peu près intacte. Sur cette couverture épaisse et souple, l'averse chantait en sourdine, tristement, mais sans courroux. De grosses gouttes clapotaient devant l'entrée. Marie était parvenue à pousser un plot en face de l'ouverture. De là, elle voyait tout un espace de futaie que le taillis n'avait pas envahi. Elle pensait souvent à la forêt vaudoise où ils avaient habité une cabane de bois. Que devenait cette demeure ? Est-ce que d'autres bûcherons y vivaient heureux ?

La jeune femme revoyait également les baraques où elle avait rencontré Bisontin, où ils avaient enterré le pauvre Joannès. N'était-ce pas ce jour-là que s'était noué son malheur ? Car enfin, à quoi lui servait d'avoir connu un grand amour s'il ne lui en restait que cette immense douleur ? N'eût-il pas mieux valu qu'elle continue son existence du temps de la verrerie ? Le compagnon lui avait inondé le cœur d'une lumière exceptionnelle, mais c'était pour la plonger dans une nuit d'autant plus noire que lui restait en mémoire la clarté de ce qui demeurerait pour elle, jusqu'à sa mort, l'unique soleil vraiment capable d'éclairer le monde.

Lorsque Marie rentrait mouillée ou transie, Claudia disait :

— Tu ne devrais pas, tu sais. Tu attraperas la mort.

— C'est bien ce que je pourrais attraper de meilleur.

Parlant ainsi, elle savait qu'elle contristait Claudia, mais une force sur laquelle elle n'avait plus aucun pouvoir l'obligeait à le faire.

Cependant, tout au fond d'elle-même, elle ne souhaitait pas la mort. Ses douleurs au ventre l'effrayaient, qu'elle continuait à soigner avec la potion que Pierre achetait à Dole, avec des herbes que la guérisseuse lui avait données, avec une patte de corbeau desséchée que la grosse Piémontaise lui avait cousue à l'intérieur de sa jupe en cachette des autres.

Marie voulait vivre. Pour elle, pour les siens, même s'il lui arrivait de les rudoyer quelque peu. Pour Bisontin aussi dont elle ne pouvait admettre qu'il ne reviendrait pas.

42

Avec les travaux de la verrerie, il arrivait souvent des voitures. Les propriétaires venaient inspecter le chantier ; les charretiers amenaient des matériaux ; Rougeron passait pour voir où en était la charpente.

Commencée depuis le début de juillet, elle avançait. Elle serait achevée dans quelques jours et Pierre n'avait eu besoin d'aide que pour monter les faîtières et les plus lourdes pannes. Pour dresser les arbalétriers, c'était le forgeron qui lui avait prêté main-forte. Rougeron se disait satisfait. Il promettait de confier à Pierre d'autres chantiers et de mettre un apprenti sous ses ordres. Cet homme, un peu bourru par moments, n'était pas mauvais. Il témoignait de l'affection à Petit Jean et lui donnait souvent une pièce. Bien entendu, il prenait son bénéfice, et Pierre devait travailler double pour gagner à peu près ce qu'il eût gagné à son compte.

Toutes ces allées et venues occupaient Marie dont le cœur se mettait à cogner chaque fois que sonnait le sabot d'un cheval, que roulaient sourdement ces fardiers énormes, tirés par quatre bêtes, qui ébranlaient le sol. On eût dit parfois, lorsqu'ils sortaient des troncs gerbés par trois, que la forêt se mettait à grogner comme une louve dérangée dans son sommeil.

Le cœur de Marie cognait, car demeurait en elle l'espoir qu'un jour, un de ces charretiers apporterait un message de Bisontin. Même si elle priait pour qu'il revînt, il lui arrivait souvent de dire :

— Bonne Sainte Vierge, faites que je reçoive de lui un simple message. Le signe qu'il est vivant et ne m'a pas oubliée... Même s'il ne revient pas, faites qu'il ne lui soit rien arrivé et qu'un message me rassure.

La charpente terminée, les fours de brique montés, les cuves remplies d'eau, les verriers arrivèrent. Cinq hommes et cinq enfants. On leur avait construit une baraque derrière l'atelier.

De loin, Marie regarda s'allumer les foyers et monter vers le ciel la fumée tantôt blanche, tantôt grise, tantôt noire.

Lorsque le véritable travail de verrerie commença, elle s'approcha, appuyée sur son bâton, et demeura dissimulée derrière de jeunes frênes. Elle revit les gestes qu'elle avait si souvent vu répéter par Joannès et les autres. Les longues cannes retirant de l'ouvreau la boule de lumière qui allait se gonfler pour devenir bouteille. Elle revit les joues distendues des hommes, les enfants empoignant les cannes et les emportant sur l'épaule jusqu'aux bassins où claquaient parfois les verres qui se brisaient.

— Mon Dieu, fit-elle, dans mon malheur, j'ai encore la chance que ni mon frère ni mon fils ne soient contraints de mener cette besogne d'enfer.

Elle revint quelquefois. Il y avait là tout un pan de son passé qui, d'un même mouvement, lui procurait joie et douleur.

A présent, le charroi des matériaux de la verrerie constituait l'essentiel du trafic. C'était de lui que Marie pouvait espérer le message qu'elle continuait d'attendre.

Regrettant que la fenêtre de la cuisine ne donnât point du côté où le chemin d'accès débouchait de la forêt, elle allait souvent s'asseoir sur un tronc de saule couché contre le mur de l'écurie. Le soleil y venait dès le milieu du jour, et il lui semblait parfois que sa chaleur ramenait un soupçon de vie dans son bras perdu.

De sa main gauche, elle était arrivée à exécuter quelques travaux. Elle écossait fort bien les haricots secs, elle écrasait le blé au mortier, mais c'était une besogne qui la retenait dans la maison car il fallait que Léontine fût près d'elle pour l'aider à retirer la farine. Elle sortait les cendres. Portait l'eau. Arrachait l'herbe du jardin et commençait assez bien à tenir une serpe pour dégager les épines et les ronces.

Ainsi, sans que rien des maux dont elle souffrait se fût arrangé, Marie parvenait à se rendre utile et trouvait un peu moins longues les journées. Cependant, souvent elle soupirait :

— Sainte Vierge, laissez-moi mes blessures et mes maladies, mais rendez-moi Bisontin... Ce mal-là est bien plus terrible que les autres.

Un soir que le soleil commençait à descendre, alors qu'elle écossait des fèves derrière la maison, elle éprouva le sentiment que la Vierge venait de l'exaucer.

A l'avant d'une charrette chargée de sable dont elle connaissait le conducteur, il y avait un autre homme.

Marie crut que sa poitrine allait éclater. Oubliant les fèves dans le creux de son tablier, elle se dressa. Son geste brusque réveilla la douleur de son ventre. Mais qu'importait à présent cette douleur ?

— Bisontin !... Bisontin !...

Son cri se noua dans sa gorge. Ce n'est pas tellement

Bisontin qu'elle appelait, mais Claudia, Léontine, de l'autre côté de la maison. Pierre et Petit Jean qui se trouvaient à quatre lieues de là sur un chantier. Les verriers. Le forgeron qui battait le fer. Les bûcherons au fond de la forêt. Les potiers d'Etrepigney. Rougeron qui devait être à Senans. Les gens de la plaine comme ceux de Dole. La Comté entière et le Pays de Vaud. C'était à tout ce qui vivait sur cette terre qu'elle eût aimé crier :

— C'est Bisontin ! Il est là ! Il revient !

Elle fit quelques pas en courant. Soudain, elle se sentait plus alerte. Sa canne était restée contre le tronc du saule. Elle se figura qu'elle était guérie tant l'allégresse qui la soulevait était forte. Elle eut un élan pour lever ses deux bras, mais le droit resta le long de son corps et la lame qui se planta en haut de son dos lui fit pousser un gémissement.

Elle s'arrêta.

— Venez ! cria-t-elle.

Les filles l'entendirent, qui accoururent. Et lorsque le compagnon sauta de voiture pour s'en venir vers elles, ce fut Léontine qui, la première, se jeta à son cou. Il la souleva de terre, la serrant contre lui jusqu'à ce que Claudia les rejoigne.

Marie ne voyait plus rien. Ses yeux venaient de se troubler. Une fois de plus, les larmes ruisselaient de cette source qui avait crevé en elle, mais ce n'étaient plus des larmes de peine.

Trois formes s'avançaient. Elle reconnut le pas ferré entre les deux sabotis. La grande ombre de Bisontin fut bientôt devant elle et ses longs bras se refermèrent derrière ses épaules.

— Attention... Attention... Tu me fais mal.

Elle eût aimé ne rien dire. Le laisser la serrer contre

lui, mais la douleur fut plus forte que son désir d'amour. Il s'écarta et dit :

— Quoi ? Tu as mal ?

Ah, sa voix !... Sa voix dans le cœur douloureux de Marie !

Ce fut Léontine qui répondit :

— Elle a mal à son bras... Regarde, il est tout mort. Elle s'est fait ça au bois.

— Ne pleure pas Marie. Ne pleure pas.

Maladroitement, lui serrant l'autre épaule, il l'embrassait sur les joues. C'était bon, ce visage raboteux tout dévoré de barbe. Et pourtant, c'était loin de ce qu'elle avait si souvent rêvé !

Marie essuya ses larmes. S'étant reprise, elle put enfin contempler Bisontin. Sa main valide palpait son bras, ses épaules, son cou, elle caressait son visage. Il souriait, mais il semblait que, tout au fond de ses yeux, quelque chose démentît ce sourire.

— Mon Dieu, répétait Marie... Mon Dieu... Si longtemps... Si longtemps...

Ils marchèrent jusqu'à la maison. Au passage, Léontine prit le bâton et dit :

— Maman, tu oublies ta canne.

— Et tu as renversé les fèves, fit Claudia.

— Ramassez-les, dit Marie.

— On reviendra... On veut le voir.

— Je n'imaginais pas que la verrerie fonctionnait, dit Bisontin. Ils ont fait vite pour la remonter.

— Tu sais, cria Léontine, c'est Pierre et Petit Jean qui ont fait la charpente. Il y a Rougeron qui vient...

— Laisse-le, dit Marie. Il a bien le temps d'apprendre tout ça.

— Surtout que je le sais déjà, fit le compagnon. Le charretier qui m'a amené de Parcey m'a tout expliqué.

Ils entrèrent dans la cuisine. Dieu qu'elle paraissait soudain petite avec ce grand gaillard au beau milieu ! Claudia fronça le front, fit un effort et dit :

— C'est dommage qu'il soit trop tard pour tuer un lapin.

— Surtout pas, dit Bisontin, j'ai apporté un gros gigot de mouton. On va le mettre à la broche. Et vous verrez que ça vaut bien un lapin.

Il lança un petit sac jaune sur la table. Un sac que Marie ne connaissait pas. Elle demanda :

— C'est tout ce que tu as ? Et tes outils ? Et ton grand sac gris ?

Bisontin sembla gêné par ces questions. Il se pencha pour fouiller dans le sac, en sortit un linge blanc taché de sang où était le gigot, puis, comme Marie insistait, il dit :

— Je t'expliquerai... Pas à présent.

D'un seul coup, comme si elle eût été frappée par la foudre, Marie sut de manière certaine qu'il repartirait. Ce qu'il avait de mystérieux au fond de l'œil, sa voix, sa manière de l'embrasser, son comportement lorsqu'elle l'avait palpé et caressé, tout s'éclairait soudain.

Contenant mal un élan de hargne, Marie cria :

— Léontine, je t'ai dit de ramasser les fèves ! Va. Et tu iras chercher de l'ail pour le gigot... Claudia, il est l'heure de la traite.

— Pas encore...

— Je te dis d'y aller. Obéis !

Surprises, Léontine et Claudia se regardèrent un instant. Bisontin baissait la tête. D'une voix soudain radoucie, Marie reprit :

— Allons, mes petites, soyez gentilles, faites ce que je vous demande... Faut que je parle avec Bisontin.

Elles sortirent à regret. Marie alla pousser la porte

du bout de son bâton, comme elle avait pris l'habitude de le faire, puis elle se retourna. Elle allait parler, Bisontin la devança et demanda :

— Mais qu'est-ce que tu as donc, à ce bras. Comment c'est arrivé ? Il y a longtemps que tu as ça ?

Marie ébaucha un pauvre sourire. Elle eût aimé être dure, mais elle ne put même pas prononcer un mot.

Enorme, plus gonflé que jamais, son chagrin creva : noueux et rocailleux comme les orages d'automne, lorsqu'ils broient la forêt entre leurs mains de feu.

43

Marie ne pleure plus. Elle s'est raidie contre son chagrin, l'a dominé.

Comme on fait avec les serpents que l'on écrase, de quelques coups de sabot elle lui a martelé la tête.

Est-il mort ? Non. Ces bêtes-là ont la vie dure. Elles font semblant. Dorment, prêtes à se redresser.

Gauche, empêtré de ses membres comme jamais, Bisontin se tient debout en face d'elle. Une ombre du compagnon. Un être différent qui n'ose même pas s'asseoir. Il est là comme Marie était dans la cuisine des bourgeois de Dole. Elle se revoit en même temps qu'elle le voit. Envie de rire.

Envie de lui demander s'il ne se sent déjà plus chez lui dans cette maison. Cette maison qu'il a dessinée, pensée, construite de ses mains. Ses belles mains d'homme. Habiles. Nerveuses. Douces à la peau.

Marie a pourtant laissé en place dans cette pièce tout ce qui lui appartient. Ce qui est lui et qu'elle contemple cent fois par jour, cherche des yeux la nuit, au cours de ses insomnies, lorsque le froid de la lune entre par la fenêtre et fait reculer la lueur du feu.

Elle a envie de lui dire :

— Tu sais, je ne ferme plus le volet, le soir. Sans lumière quand le feu est endormi, les nuits sont trop longues.

Elle a tout laissé. Les mortaises, les tenons, les emboîtements de toutes sortes, les racines travaillées au couteau, polies au verre, luisantes comme des cuivres et qu'elle caresse parfois du bout des doigts comme on caresse les saints porte-bonheur. Tout ça se trouve chevillé au mur. Sur une tablette, sont deux grosses coquilles roses que Dolois-Cœur-en-Joie avait données à son ami pour lui rappeler la mer que l'on entend gronder à l'intérieur.

Est-ce possible que, déjà, il ne se sente plus chez lui, ici ?

Bisontin n'a pas encore annoncé son intention de repartir, mais Marie sait. Avec certitude, elle sait dans son cœur. Des rochers sont tombés dans sa poitrine. Douloureusement. Blocs glacés, ils se sont incrustés.

Marie a pleuré longtemps avec le bras du compagnon derrière ses épaules, léger, attentif à ne pas faire mal. La tête contre cette poitrine où elle a si souvent écouté les battements du cœur et le ronronnement du souffle.

Son chagrin tari, elle s'est durcie. Ecartée de lui à force de volonté, d'orgueil.

Ils se regardent.

Un silence compact les sépare.

Le feu est mourant. On ne l'a pas encore réveillé pour le soir. Quelques yeux rouges guettent sous des paupières grises.

Même le feu est silence. Immobilité.

Dans le regard du compagnon, une immense tristesse. Un désarroi. L'effroi de ceux qui tremblent avant la bataille.

Marie sourit faiblement. Lentement, très lentement,

sa tête fait non, non. Ses lèvres s'entrouvrent à peine pour laisser filtrer l'ombre transparente de trois mots :

— Mon pauvre Bisontin...

Il soupire et se redresse à demi. On dirait qu'il est plus petit qu'autrefois. Ses épaules se sont alourdies. Son dos s'est voûté. Son œil est sans éclat. Comme il s'approche et lève les bras, Marie recule. Sa main gauche part en avant pour le repousser. Sa voix est une arme brandie :

— Non ! Me touche pas. M'approche pas. Dis ce que tu as à dire... C'est tout !

Cet homme si impétueux semble écrasé par une charge énorme. Une lueur de pitié à peine perceptible monte au cœur de Marie. Elle attend, puis, comme il ne se décide pas, d'un ton moins acerbe, elle fait :

— Allons, qu'est-ce que tu as à me dire ? Parle... Je te croyais plus de courage... Va donc, je sais déjà... J'ai deviné... J'ai lu dans tes yeux.

Elle pourrait parler longtemps ainsi. Son propos la soulage. Sa poitrine est un abcès qui se vide.

Le compagnon se tourne vers la fenêtre. Fait un pas, hésite, revient et pose sa longue main aux veines noueuses sur le plateau de la table. Son corps s'incline. Le côté de sa cuisse s'appuie à la tranche du bois, sa fesse s'engage à demi. Il s'assied. Un seul pied dans le vide. Moins embarrassé de son corps, il dit :

— C'est vrai, faut que je reparte.

Elle en avait la certitude, mais à présent qu'il le dit, c'est le choc. Un poids énorme qui tombe d'un coup. Marie résiste. Elle renfonce son cri dans sa gorge. Parvient à demander dans un souffle :

— Pour longtemps ?

Il baisse les yeux. Sa jambe se balance trois fois puis s'arrête. Son regard va puiser du courage on ne sait où, sur la terre battue, dans la pénombre des recoins. Sous la maie. On croirait qu'il poursuit une mouche affolée se heurtant à tous les obstacles. Il relève la tête. Il a trouvé ce qu'il cherchait : le courage de faire mal. D'un ton ferme, il dit :

— Pour toujours, sans doute.

Les mots tombent sur Marie comme la foudre sur les plus grands arbres de la forêt, ceux qui, se haussant pour dominer les autres, lèvent la tête par-dessus le troupeau et narguent l'orage.

Marie pourtant n'a nargué personne. Simplement, elle était fière d'être à lui. Certaine de sa force. Il était tellement à elle ! A elle seule !

Même Hortense qu'il admirait un peu trop...

Soudain, Marie n'est plus Marie. Ne se contrôle plus. Dérisoire objet dans la terrible poigne de sa détresse, elle se sent jetée en avant. Précipitée contre cette poitrine qu'elle va perdre. Qu'elle a déjà perdue. Elle crie :

— Non... Non ! C'est pas possible !... C'est pas fini ! Dis-moi que ça peut pas être fini ! Dis-moi...

Toutes les souffrances qui habitent son corps se sont éveillées en même temps, mais que sont-elles à côté de la plaie ouverte dans son cœur ?

La mort lui serait plus douce que cette trahison.

Ses larmes jaillissent. Ses sanglots sont les plaintes d'une bête torturée et qui ne comprend pas.

— Marie... Mon petit... Faut que je t'explique...

Tout est clair. Etonnamment lumineux. Il la laisse pour s'en aller Dieu sait où... Pour reprendre cette liberté dont il parlait tant... Il s'en va tout seul...

Un nouvel éclair. Marie est fouaillée.

Seul ? Est-ce qu'il part seul ?

Alors la pauvre Marie infirme, la Marie Bon Pain de la Vieille-Loye rivée à sa terre, ligotée aux siens par mille liens qu'elle ne trouverait jamais la force de trancher, cette Marie tout en amour déçu et en douleurs mêlées se surprend à lancer :

— Qu'est-ce qui t'empêche de m'emmener avec toi ?

Il a une espèce de petit ricanement gêné. Un pâle écho de ce grand rire cascadant que Marie aimait tant. Il bredouille...

— Tu n'y penses pas... Toute cette route...

— Il y a des voitures. Puisque tu vas gagner tant d'argent...

— Je ne l'ai pas encore.

— C'est au bras que j'ai mal. Pas aux jambes. Je peux marcher aussi bien que toi.

Il voudrait disparaître sous terre. Ça se voit trois fois gros comme son nez sur son visage où chaque ride crie l'embarras. Marie n'éprouve plus aucun doute. Sa dernière lueur d'espoir s'est éteinte. Comme Bisontin essaie d'expliquer qu'il ne sait même pas exactement où il ira traîner sa caisse à outils, Marie se laisse de nouveau dominer par sa rage. Elle empoigne le vêtement du compagnon de ses doigts qui se crispent. Ses ongles s'accrochent à la toile raide. Elle lève sur lui son visage ruisselant. Saisit son regard. Le prend. Le serre comme si ses yeux pouvaient mordre.

Les mots sont des coutres de métal qui labourent sa poitrine.

— Tu pars avec une autre, hein ?... Avec une femme ? Dis-le... Dis-le !

Elle essaie de secouer Bisontin de sa main unique, mais sa pauvre force n'est plus rien. C'est elle qui va et vient comme malmenée par la tempête. Elle répète :

— Dis-le... Dis-le...

Les paupières du compagnon se ferment. Sa tête fait oui imperceptiblement.

Marie suffoque... Elle parvient à aspirer un long trait. Dans sa poitrine, un brasier ardent réclame de l'air. Elle voit danser la fenêtre, se sent vaciller sur ses jambes. Va tomber.

Non. Il ne faut pas lui donner ce spectacle.

Un temps interminable. Le monde renversé retrouve son équilibre. Marie sa pesanteur.

Le compagnon souffle :

— Marie...

Elle se sent griffée par cette voix où il essaie encore de mettre de la tendresse. Elle lâche son vêtement et le repousse de la main. C'est elle qui recule, et ce geste lui redonne de l'énergie.

A présent, ce n'est plus son amour détruit qui la torture le plus cruellement, c'est son orgueil blessé. Plus qu'abandonnée, elle se sent rejetée, méprisée, trahie.

Injustice. Le mot est une montagne sur quoi elle s'appuie pour se redresser. Pour fixer Bisontin bien droit et lui lancer d'une voix qui vibre comme la corde d'un arc :

— Une jeune, bien sûr. Belle. Pas usée comme moi par une vie de travail et d'épreuves... Tu peux parler, va ! J'aime mieux savoir... Allons, dis-moi quel âge elle a ?

— Un peu plus de vingt ans.

Un ricanement. Un long hochement de tête. Toujours aussi écorchée, Marie se sent traversée par un sentiment nouveau. L'envie de se moquer s'y mêle à la peur qu'elle éprouve pour lui. Raillant à peine, d'une voix que soutient la colère, elle répète :

— Mon pauvre Bisontin, tu es perdu... Foutu ! Foutu !

Il reste muet. Interdit. Marie se sent soudain plus forte. Pour la première fois, elle le domine.

Marie se donne le temps de le contempler tout contrit. Penaud comme un enfant fautif.

Moqueuse, elle demande :

— Où t'en vas-tu, avec cette créature ?

— Au Nouveau Monde.

Cette fois, Marie explose. Le rire, les larmes, la rage, la colère, tout la saisit. Elle se sent agriffée, retournée, pétrie par cent forces contraires. Se jeter à son cou, l'injurier, le supplier, lui cracher au visage, se blottir contre lui, le gifler, se traîner à ses pieds, le griffer, l'embrasser.

Que faut-il donc faire pour le garder ?

Secouée de sanglots nerveux qui ne lui laissent plus la possibilité de respirer, Marie suffoque. Elle va étouffer.

Il vient vers elle. La prend doucement et l'oblige à s'asseoir sur le banc à côté de lui. Il se met du côté de son bras valide. Elle ne peut même pas lever sa main droite pour la poser sur lui.

Toute la fureur de Marie vient de fondre d'un coup. Elle se colle contre le flanc de Bisontin. Cherche à entrer en lui.

— Tu peux pas, gémit-elle. Tu vas pas me laisser. Regarde ce que je suis... Regarde, Bisontin... Un chien malade, tu l'aiderais. Tu le sauverais. Et moi, tu voudrais me laisser avec mon mal ! Avec toute cette misère ?

Il ne dit rien. Il l'écoute. Il ne va pas pouvoir résister. Rester de pierre.

Elle dit encore :

— J'ai tant aidé pour sauver les enfants que Blondel amenait... J'ai tant peiné... Et toi, tu as tant donné aussi ! Tu te dévouais pour des inconnus, et moi, tu vas me laisser !

— Marie, ce n'est pas pareil.

La plaie se rouvre. Elle répète :

— Un chien, tu le sauverais. Ou tu l'achèverais.

Elle s'écarte soudain pour le regarder. Il ne fuit pas son regard, mais il n'a plus ses beaux yeux où l'on pouvait lire si aisément. Marie demande :

— C'est pour ça que tu es revenu ? Pour me torturer ?... Pour m'achever ! Me faire crever en m'arrachant le cœur !

Bisontin esquisse un pauvre sourire.

— Marie, c'était facile de t'écrire une lettre. Ou de partir sans rien dire. J'ai pas pu. Il y a trop de choses entre nous. Je te respecte trop. Je voulais te le dire en face.

Marie est soulevée par un rire qu'elle ne contrôle pas. Pas plus qu'elle ne contrôle les mots qui jaillissent comme des traits :

— La justice ! La franchise ! La droiture ! Le courage ! La volonté ! Le travail ! Tu n'avais que ça à la bouche pour les enfants. Et même pour Pierre.

Les vannes sont ouvertes, le flot des reproches coule et rien ne saurait l'endiguer.

— Tu nous as toujours donné l'exemple de la force. Tout le monde t'admirait. Tout le monde aurait aimé être comme Bisontin-la-Vertu... Pierre a même changé de métier pour te ressembler.

Elle se lève pour s'éloigner de lui. Il reste sur le banc. Il ne cherche même pas à l'interrompre.

— Pauvre Pierre ! Sais-tu ce qu'il fait ? Il s'esquinte pour les autres. Pas de maîtrise, pas le droit de travailler à son compte. Et pas d'argent pour payer la maîtrise... Tu le savais, ça, quand tu es parti. Tu t'es bien gardé d'en parler !

Il se soulève légèrement. Il va répondre mais Marie ne lui en laisse pas loisir.

— Oui, je sais, si je t'avais pas rencontré, j'aurais bien été obligée de m'en tirer sans toi. Mais je t'ai rien demandé, moi ! Tu m'as prise. Comme tu prenais les autres, probablement. Et puis tu m'as dit que tu m'aimais. Et moi je t'ai donné tout mon amour. Tout ce que j'avais de meilleur... Quand tu m'as connue, j'étais belle. J'étais jeune... A présent, fini. Une infirme. Un torchon qu'on jette... Voilà ce que je suis. Tu m'as usée et je n'ai plus qu'à crever dans mon coin... Toi, tu en as trouvé une autre. Une traînée...

— Marie !

Elle crie comme jamais elle n'a crié :

— Tais-toi ! Tu sais que c'est vrai... Une roulure ! Une fille de rien. Elle te tirera des sous tant qu'elle pourra. Te laissera tomber un jour pour un plus riche que toi... Je t'ai tout donné, moi... Tout... Tout... Des filles qui prennent l'homme des autres, qu'est-ce que ça peut être, dis ?... Tout... Je t'ai tout donné.

Elle s'interrompt. A court de mots. A bout de souffle. A bout de colère aussi.

Le silence se coagule autour d'eux. Bisontin toussote. Calmement, il dit :

— La douleur te rend injuste. Tu ne sais rien d'elle...

— Ah non ! Me parle pas de cette fille ! Que ça soit n'importe quoi, je m'en fous... Tu as trouvé une créature qui te fait bander, cours vite la rejoindre. Et laisse-moi tranquille !

— Non, Marie, pas toi... Parle pas comme ça.

— Quoi, tu as peur des mots, à présent ? C'est pas vrai peut-être ? C'est pas pour ça que tu l'as prise, c'est pas par le ventre que vous vous tenez ?

Il y a un tel désarroi dans les yeux du charpentier que Marie s'apaise un instant.

— Y a autre chose, Marie... Le besoin de partir...

Secouée d'un grand rire, elle lance :

— Non, te moque pas de moi. La route. Les compagnons, la liberté, à d'autres !

D'un coup, elle est frappée par une chose à laquelle elle n'avait pas pensé. Fronçant les sourcils, la voix et le regard durs, elle demande :

— Dis donc, est-ce que tu vas toujours te faire appeler Bisontin-la-Vertu ? Est-ce que tu oseras encore ? Est-ce que tu pourras entendre ce nom sans bondir, sans avoir le poil hérissé ?

Le compagnon va répondre, mais le roulement de la charrette l'en empêche. Il dresse entre eux deux une barrière de bois sec.

— Tiens, lance Marie, tu vas pouvoir leur annoncer la nouvelle !

— A quoi bon...

— Ferait beau voir !

— Marie, pourquoi...

— Est-ce que tu voudrais que ce soit moi qui leur dise, par hasard ?

La porte s'ouvre, Petit Jean se précipite. Il est contre Bisontin qui s'incline. Ils s'embrassent longuement. L'enfant crie :

— On a fait la verrerie, tu sais. On est aussi forts que toi.

Ils sanglotent tous les deux.

— Bisontin... Bisontin...

— Mon Petit Jean... Mon petit...

Lorsqu'ils se séparent, Pierre s'avance. Une étreinte d'hommes. Grave et solide. Puis Pierre remarque :

— Vous êtes à borgnon, ici.

Le jour s'est retiré sans qu'ils s'en aperçoivent. Ne

traînent plus dans la pièce que quelques lueurs pâles. C'était assez pour eux. Assez pour ce qu'ils avaient à se dire. Assez pour montrer à Marie un homme méconnaissable.

— Où sont les autres ? demande Pierre.

Marie pense que Claudia et Léontine sont à l'écurie. Petit Jean vient de jeter des aiguilles de pin et des brindilles sur les braises qu'il remue. Tout de suite, une flamme monte, des étincelles crépitent. Marie est allée à la porte de l'écurie. Elle l'ouvre. Les deux visages apparaissent dans la lueur du feu tout neuf. Bouleversés. Les yeux pleins de larmes.

— Mais qu'est-ce que vous avez ? demande Pierre.

Cassante, aiguillonnée de colère, plus forte du léger espoir que fait naître la présence de Petit Jean et l'émoi qu'elle a lu sur le visage du compagnon, Marie se retourne et lance :

— Alors, dis ce que tu as à dire ! Elles ont entendu, tu sais. Voudrais-tu que ce soient elles qui parlent ?

Le feu, qui s'est tenu un instant tapi sous les rondins que vient de lui donner Petit Jean, s'élance d'un bond et lèche les vouivres grimaçantes. Le compagnon dit :

— Je vais partir pour le Nouveau Monde.

Avec un rire grinçant, Marie ajoute :

— Il va partir avec une gueuse... Une traînée de vingt ans qui a ses deux bras pour l'agripper... Il va nous laisser...

Un sanglot grogne au fond de sa gorge et vient manger le dernier mot sur ses lèvres.

Lourdement, Marie se laisse tomber sur le banc de l'âtre. Sur ce banc où elle a tant pleuré de douleur et d'espoir.

44

Bisontin demeura deux jours à la Vieille-Loye. Pour Marie, deux journées interminables et terriblement courtes.

Le meilleur vent qu'on ait jamais senti avait poli le ciel. Chaque heure y mettait une couleur nouvelle, un éclat différent. De l'or pâle du matin au cuivre roux des soirs éclatants, toutes les sonorités d'émail passaient d'un bord à l'autre de la terre.

La forêt aussi mettait tout en œuvre pour se faire séduisante. Elle enveloppait la clairière d'une soie frémissante et peuplée d'oiseaux. Jamais ni les halliers, ni le taillis, ni la futaie n'avaient pépié et sifflé de cette manière. Jamais les lumières et les ombres n'avaient porté autant de vie. Autant d'amours heureuses. Chaque buisson célébrait une naissance, chaque touffe d'herbe abritait une idylle.

Dès le premier soir, Pierre avait pris Marie à part pour lui dire :

— Ne t'accroche pas. S'il reste, faut que ça vienne de lui... Tu le retiendrais, ce serait invivable.

— Je sais. Je veux pas de sa pitié. Je veux pas qu'il reste par devoir.

Répondant ainsi, elle avait pensé :

— Et si c'était la Vieille-Loye qui le retienne ? La forêt, le ciel. Sa maison ! Petit Jean et Léontine...

A table, ils avaient surtout parlé de travail. Entre hommes. A propos de la maîtrise, le compagnon avait dit :

— J'ai besoin de ce que j'ai gagné pour partir, mais je vous ferai apporter des sous dès que je pourrai. La maîtrise, vous allez l'acheter.

Pierre avait souri en disant :

— Voyons, Bisontin, tu sais très bien que c'est pas uniquement une question de sous...

Et Marie l'avait interrompu pour trancher :

— De toute façon, maîtrise ou pas, je veux pas de ton argent. Donne-le à l'autre. Elle saura qu'en faire !

Elle avait appuyé sur les mots. Planté son regard au fond de lui. Un regard qui ajoutait :

— De toi, je veux plus rien. Si tu ne peux pas me donner ce qu'attend mon cœur, je veux rien !

Bisontin avait dormi sur la paillasse, comme Dolois lorsqu'il était là. Marie s'était dit :

— Un visiteur... Un compagnon de passage qui demande le gîte et le couvert. Un qu'on n'ose pas mettre avec les bêtes.

Durant deux longues nuits, elle l'avait senti tout près d'elle... Chaque fois qu'elle s'était assoupie pour quelques secondes, ç'avait été pour se réveiller brusquement avec la sensation qu'il se levait, qu'il s'approchait du lit. Il était là. Il allait avancer sa longue main qui savait si bien se faire légère sur la peau. Il allait lui parler doucement. Venir s'allonger près d'elle et lui expliquer que tout cela n'était qu'un mauvais rêve. Ce n'était pas possible qu'il ne se reprenne pas. Qu'il ne se rende pas compte de sa folie. De sa cruauté. De ce qu'il y avait de monstrueux à laisser une femme meurtrie, malade, pas même capable de s'habiller seule.

Il approchait. Elle le voyait traverser la zone de lumière où entrait la lune. Il allait sans bruit pour ne pas réveiller les autres.

Deux nuits, elle l'avait senti là. Retenant son propre souffle, elle avait guetté le sien.

Deux nuits à trembler, mais dont elle eût aimé qu'elles ne s'achèvent jamais. Car s'il n'était pas contre elle, ici, dans leur maison, il restait encore un peu à elle. Beaucoup plus à elle qu'à l'autre. La traînée de taverne qui lui avait tendu le piège de ses vingt ans.

Marie écoutait.

Il ronflait, comme toujours.

Elle priait :

— Seigneur, faites qu'il échappe à cette créature de l'enfer. Tirez-le vers le bon chemin. Ecartez-le du péché où il va se perdre. Faites qu'il redevienne l'homme qu'il était. Seigneur, je vous en prie, rendez-le-moi.

Le compagnon continuait de ronfler.

Rien ne lui ôtait le sommeil. Sa conscience le laissait en repos. Il avait beau jeu de dire qu'il était torturé, désespéré à l'idée de laisser Marie dans cet état ! Qu'est-ce que ça pouvait lui faire, qu'elle fût solide ou infirme, puisqu'il foutait le camp avec une fille qu'il prétendait aimer !

Nouveau Monde ! Mais qu'est-ce que ça voulait dire ? Qu'était-ce donc que ce continent perdu où il espérait faire fortune ? Comme s'il était un homme d'argent ! Mensonge !

— Là-bas, il n'y a pas de compagnons. Il va y avoir à monter des charpentes d'églises, des clochers, des flèches de cathédrale... J'ai besoin de voir autre chose... De marcher.

Il cachait sa passion derrière son travail. Quelle honte ! Etait-ce possible que les besoins du bas-ventre fassent d'un homme pareil un pauvre bougre en proie à une roulure ?

Car ce ne pouvait être qu'une roulure. Jamais une honnête fille n'accepterait qu'un homme abandonne tout pour la suivre.

Le Nouveau Monde avait bon dos ! Savait-elle seulement, celle-là, que Bisontin, avant elle, avant Marie, en avait connu cent autres ? Marie eût aimé qu'elle fût là pour lui crier la vérité. Pour lui cracher son mépris et sa haine au visage.

Elle la détestait sans la connaître. Elle la maudissait. Elle en voulait à Bisontin d'avoir fait entrer la haine en son cœur.

Finirait-elle par le haïr lui aussi ?

Le haïr. Peut-être. Mais durant qu'il dormait si profondément, Marie s'était levée sans bruit, elle avait pris le gilet de cuir du compagnon, celui qu'il portait toujours. A tâtons, elle avait fouillé dans un petit panier où elle rangeait son aiguille, son fil et des morceaux de tissu qu'elle utilisait pour repriser. Dans l'un d'eux, elle avait placé une médaille de la Vierge du Mont-Roland qu'on lui avait donnée il y avait plus de quinze ans. C'était la seule qu'elle possédât. Elle était allée se mettre devant la fenêtre. Avec sa main valide et ses dents, elle avait réussi à découdre la doublure du gilet pour y glisser la médaille roulée dans le tissu. Elle avait essayé de recoudre ensemble les deux cuirs, le gros et le mince, mais après un long moment, elle avait dû renoncer, le front en sueur, la main tremblant comme une feuille.

Le lendemain matin, alors que Bisontin s'habillait, elle s'était approchée et avait observé :

— Tiens, les deux cuirs de ton vêtement sont décousus. Faut demander à Léontine de te faire un point.

— Le cuir, c'est dur. Je le ferai.

— Non. La petite saura. Il suffit de passer dans les trous qui sont percés.

Et l'enfant, sans le savoir, avait cousu la médaille à l'intérieur du gilet.

Ce n'était pas grand-chose, mais tout de même, la Vierge du Mont-Roland serait une bonne gardienne pour le voyageur.

Ce matin, il allait partir. C'était fini.

Non. Ce ne pouvait pas être fini. Au moment de passer le seuil, il ne pourrait pas. Il se retournerait pour l'embrasser, il la regarderait, il lirait tant de détresse et d'amour dans ses yeux qu'il laisserait glisser de son épaule la courroie de son sac. Il poserait la longue canne enrubannée, il prendrait Marie dans ses bras et dirait :

— Je t'aime, Marie... Je ne peux pas partir.

Et ce serait la joie. La vraie. La grande fête. On pourrait saigner tous les lapins qui restaient, inviter les Piémontais, les verriers, les voituriers et leur crier que le bonheur était là, dans la grande clairière de la forêt de Chaux. A la Vieille-Loye où renaissait la vie !

On dresserait des tables sur le chantier de charpenterie, comme pour une noce. Des violoneux viendraient !

Le mot de Résurrection l'illumina soudain. Cette fois, c'était elle qui allait revivre. Eux tous. Ceux de la clairière... La forêt éclaterait dans le bonheur de l'été.

Le ciel était serein. Un joli bleu transparent. Une

eau limpide où de tout petits nuages blancs s'en allaient lentement vers le couchant, pareils aux feuilles d'argent que le vent vole à la saulaie pour les éparpiller sur l'étang de la Vouivre.

C'était un ciel de bonheur. Pas un temps de drame. On ne déchire pas, on ne broie pas un être sous un soleil pareil.

La veille, elle avait encore eu un long tête-à-tête avec Bisontin. Parce qu'elle s'était promis de ne pas céder à la colère, elle était parvenue à tout dire sans élever la voix. Tout. Son amour. Ses blessures. Son attente. Sa joie en l'apercevant, son déchirement ensuite. Elle avait longuement parlé de cette douleur qui lui tenaillait le ventre et les reins. Ce que la guérisseuse avait dit, Marie l'avait répété mot pour mot à Bisontin. Elle avait ajouté :

— Tu dois savoir que c'est ta faute... Il faut que tu le saches. Si tu n'étais pas parti, cette douleur ne serait pas venue. Si tu t'étais trouvé là, je n'aurais pas été obligée d'aller au bois toute seule. Mon bras ne serait pas mort. Regarde-le, mon bras. Je ne suis plus une femme... Bien sûr, tu es mieux contre une fille de vingt ans. Je comprends... Mais, moi, est-ce que tu t'es demandé une seule fois ce que sera ma vie sans toi ? Rien... L'attente de la mort. C'est tout... La délivrance.

Le compagnon avait parlé des enfants. Il savait tout. Il retournait tout dans sa tête. Il n'avait pas cessé d'aimer Marie, mais autrement...

Elle avait écouté en continuant de remâcher ce qui grognait en elle. Il ne pouvait rien lui apprendre. Ce qu'il pensait, elle s'en moquait. La seule chose qu'elle attendait, c'était un geste. De toute façon, il mentait. Il tentait de la consoler. De faire que le départ soit plus facile. C'était tout ce qu'il voulait. Reprendre son sac et sa canne de compagnon. Son fourbi de coureur de routes. De coq qui se rengorge d'avoir une poule dans chaque cité où il dort !

Elle avait bien le temps de voir, l'autre. La traînée. Elle avait beau avoir vingt ans, il s'arrangerait pour vieillir moins vite qu'elle. Un jour, il la laisserait pour une plus jeune !

Il allait partir.

A l'aube, Pierre avait attelé pour gagner le chantier. Il avait demandé à Bisontin :

— Veux-tu que je te rapproche de ta route ?

— Non. Merci. Je vais vers l'ouest, ce n'est pas ton chemin.

Avant de monter sur la voiture avec son oncle, Petit Jean avait embrassé Bisontin. Il avait dû lutter beaucoup, en homme, mais son chagrin avait été plus fort que lui.

— Bisontin... Tu vas pas partir... Faut pas... Faut pas... On a trop de mal sans toi.

— Un jour, tu viendras me rejoindre au Nouveau Monde.

Pierre s'était fait bourru pour crier :

— Allez, en voiture, on sera en retard.

Lorsque le compagnon avait regagné la maison, ses yeux étaient rouges et son grand nez coulait. Marie l'avait regardé durement pour dire :

— Qu'il te rejoigne au Nouveau Monde, je voudrais bien voir ! T'inquiète pas, s'il en a l'idée, je saurai bien lui faire passer... D'ailleurs, à force de me voir tant de malheur, ils finiront par te détester. Par te vouer à tous les maux de la terre et de l'enfer. Pour eux, tu seras Bisontin-Maudit et moi, Marie-Misère !

Ces mots-là lui avaient arraché le cœur. Elle ne les pensait pas. Elle les avait prononcés parce que les larmes de son petit l'avaient brûlée plus que les siennes.

Puis Claudia était partie avec Léontine à qui on eût aimé faire croire que Bisontin ne serait absent que quelques jours. Mais l'enfant en avait trop entendu. Elle avait pleuré aussi en embrassant le compagnon qui n'avait pu retenir ses sanglots.

Claudia s'était raidie. Accrochée à des mots qu'elle avait répétés au moins dix fois :

— Viens, Léontine, Julietta va nous attendre. Viens, j'ai préparé un panier, on va manger au bois avec elle.

La veille, Marie s'était entendue avec la Piémontaise pour qu'elle emmène Léontine et Claudia sur l'autre rive de la forêt, où poussaient des osiers sur lesquels elles couperaient de quoi tresser des vanottes.

C'était encore Marie qui avait dû arranger ça. Mentir et ruser pour lui. Toujours pour lui, toujours à cause de lui.

En se levant, Marie avait demandé à Claudia de l'aider à passer sa robe neuve. Du fond de son silence, sans doute Claudia savait-elle lire dans les cœurs, car elle avait dit :

— Si tu mettais tes souliers neufs !

Ayant aidé Marie à les enfiler, elle lui avait noué les lanières de cuir autour des chevilles.

Voilà. Et à présent, Marie était seule avec Bisontin qui achevait de graisser ses grosses chaussures avec une couenne de lard.

Marie le regardait, elle se sentait gênée dans ses souliers. Elle avait peine à marcher, redoutant de tomber à chaque pas. Le fichu que Claudia lui avait noué derrière la tête tenait mal. Il lui eût fallu ses deux mains pour le remettre en place.

Bisontin vit qu'elle essayait. Il dit :

— Tu veux que je t'aide ?

Elle fit oui de la tête et des yeux.

Ah, le frôlement de ses mains sur sa nuque ! Son souffle sur son cou ! Dans son oreille !

Elle voudrait qu'il la serre contre lui. Qu'il l'embrasse. Qu'il dise ce qu'elle souhaite tellement entendre.

Il demande :

— Ça va mieux ?

— Oui. Merci... Ça me coupait l'oreille... Tu vois, je peux plus rien faire seule. Je suis plus bonne à rien.

— Tu vas guérir. Tu le sais... Il faut le vouloir de toutes tes forces. C'est le seul moyen.

Elle s'est juré de ne pas faiblir, de ne rien tenter pour le retenir. Mais sa voix refuse de lui obéir. Elle s'entend demander :

— C'est pas fini, hein ?... C'est pas fini, nous deux ?

Le compagnon ne répond plus. Il bredouille :

— Mais non... Je vais loin... On sait pas... On sait jamais.

Elle s'est trompée. Une fois de plus elle a rêvé. Il ne se ravisera pas sur le seuil. Il partira.

Etre forte. Il le faut. Pas de larmes. Pas de cris. Après, elle aura tout le temps de pleurer. Tout le temps d'attendre. Tout le temps d'espérer.

Pas un seul instant il n'a été question de Dolois-Cœur-en-Joie. Pour se donner une contenance, pour ne pas parler d'autre chose, Marie demande :

— Et Dolois, il part aussi ?

— Bien sûr.

— Il est resté en Bretagne ?

— Non. Il est à Dole... Il m'attend. Il devait voir le notaire pour la maison de sa mère.

Le fer s'est retourné dans le cœur de Marie. Elle oublie tout ce qu'elle s'est promis et crie :

— Est-ce que cette fille est venue aussi ? Est-ce que tu as osé l'amener là ?

Il rit tristement.

— Mais non, Marie... A quoi tu penses... Un voyage comme ça !

— Tu vas bien l'emmener au Nouveau Monde !

— C'est pas pareil.

Stupide, mais Marie se sent légèrement soulagée. La Comté, c'est son pays. C'est leur terre à eux deux. Pas à l'autre. Elle n'a pas à y mettre les pieds. Ce serait briser même le passé. C'est bien assez de piétiner le présent et l'avenir.

— Tu ne l'amèneras jamais ici, hein !

— Bien sûr que non...

Sans se l'avouer, Marie eût été mortifiée que les gens d'ici voient son homme en compagnie d'une autre.

Le soleil est déjà haut. Il doit y avoir plus d'une heure que les autres sont partis. On entend rouler les premiers charrois. Bisontin va sans doute en guetter un qui prenne la direction de Dole. Dole où il retrouvera ce maudit Dolois. Son mauvais génie !

Marie est debout, légèrement appuyée contre la table, là où elle se tient durant les repas... Il hésite. Il s'avance jusqu'à la frôler. Elle voudrait se jeter contre son corps, mais elle résiste. Toute sa force est dans cet effort pour briser l'élan, pour museler son cœur.

C'est lui qui la prend dans ses bras en faisant attention à son épaule. Il murmure :

— Marie, je te demande pardon... Je peux pas

t'expliquer... C'est en moi... Une force. Je n'y peux rien... C'est un démon. Je n'arrive pas à lui écraser la gueule.

Va-t-il se mettre à pleurer ? Ses yeux brillent étrangement. Marie se sent prise d'une grande compassion. Peut-être est-ce vrai qu'il se bat... Qu'il souffre un peu lui aussi. Elle souffle :

— Mon pauvre Bisontin...

Il l'embrasse. Elle voudrait l'obliger à prendre sa bouche. Elle parvient à se dominer. Comme une sœur. Comme une mère. Est-ce qu'il ne la considère pas un peu comme sa mère ?

Il murmure encore :

— Marie... Pardon...

Et puis, d'un coup, il pivote. Il se baisse, attrape d'un geste brusque la courroie de son sac qu'il lance derrière son dos. Il cueille au passage son chapeau qu'il garde à la main gauche et sa canne de la droite. La porte est ouverte sur le soleil. Il sort.

Son pas n'hésite point. Il sonne sur la terre dure. Il écorche les pierres.

Marie attend de ne plus l'entendre pour bouger. Lentement, sur ses souliers qui lui broient les pieds, elle sort. Tout le grand soleil entre en elle, douloureusement.

Elle longe la maison. A l'angle, un souffle de vent frais qui l'attendait là comme un chien fidèle tourbillonne de joie en jouant avec la sciure du chantier.

Par-delà les planches, Marie voit danser la silhouette brune du compagnon. Sa cape bat comme les ailes d'un oiseau.

Il va. Il approche de la forêt. La forêt le prend dans sa gueule d'ombres et de lumières mêlées.

Marie ne pleure pas. C'est en elle que ruisselle une source amère et silencieuse.

45

Marie vient de rentrer.

Assise devant le feu, elle n'a pas remis de bois sur les braises qui palpitent. A quoi bon ! Elle est seule pour la journée, elle ne fera pas à manger.

Seule ! Seule !

Un glas sonne en elle.

Sur l'enclume du maréchal, la masse forge les heures. Le marteau émiette le temps.

Le bruit s'arrête.

Le vide !

Vide au fond de Marie. Vide autour de Marie. Vide sur la maison, dans la clairière.

Une heure, peut-être, elle est restée immobile, le regard soudé aux tisons qui noircissent. De temps en temps, par la porte grande ouverte, le vent léger entre et vient jouer derrière elle. Il chante. Il se faufile, se frotte, ronronne, avance son museau renifleur sur la pierre de l'âtre et fait voler un peu de cendres. Surprises, les braises ouvrent un gros œil rouge.

Plus rien. Le vent est reparti. Le temps se remet à couler, guilloché par l'infatigable forgeron.

Des fardiers passent. Leur roulement s'entend de

loin. Il fait penser au fleuve violet des gros orages qu'on voit couler là-bas, où s'endorment les jours. Il grandit. Les claquements des longes et les jurons des charretiers approchent avec lui. Ils sont les éclairs de cet orage. La maison tremble. Elle ne risque rien. Elle est solide. C'est Bisontin qui l'a construite. Bisontin-la-Vertu, le compagnon au grand cœur. Bisontin l'absent. Bisontin le disparu.

De temps en temps, une larme perle. Marie la laisse rouler, tiède sur sa joue, plus fraîche à mesure qu'elle suit le sillon d'une ride.

Marie a les pieds trop serrés dans ses chaussures neuves. Les belles chaussures du cordonnier de Morges. Les chaussures qui sentent fort la poix comme sentait l'échoppe du vieil homme. Marie la revoit, cette étroite cave ouverte sur la rue. Elle avait souvent admiré les souliers pendus au volet.

Elle allonge ses jambes et observe un moment ce cuir luisant. Le cadeau de Bisontin à quelques jours de leur départ, pour fêter le retour sur la terre comtoise.

Marie se lève. Réveille la douleur de son ventre et de ses reins. Un pied sur le banc, de sa main valide elle entreprend de détacher les lanières toutes raides. Ce n'est pas facile. Elle peine. Elle s'énerve. Enfin elle y parvient, mais son ventre lui fait vraiment mal. Elle doit attendre un moment avant de délacer l'autre. Ses doigts sont plus habiles. Ils ont déjà pris l'habitude de ce geste nouveau.

Un sourire triste passe sur ses lèvres. Ses doigts n'auront plus l'occasion de retrouver ce geste.

Marie fait bouger un moment ses orteils engourdis. Plaisir de retrouver la fraîcheur de la terre battue sous ses pieds nus, elle se sent beaucoup mieux ainsi.

Un long moment, elle regarde les souliers, se baisse, les empoigne et les porte vers l'armoire de noyer que Bisontin a montée dans l'angle, à gauche de la porte.

— Non. Pas là... Mais où donc ? Où donc ?

Sa voix est énorme dans le silence.

— Là-bas.

Marie contourne son lit, puis celui de Pierre et de Claudia aux rideaux clos. En face, sous la deuxième fenêtre dont on n'ouvre jamais le volet, il y a une grande huche où les hommes rangent des lames neuves pour les scies et des outils dont ils ne se servent pas souvent. Marie observe un instant le lourd couvercle. Le compagnon y a gravé trois lettres et des points : B : . L : . V... Ça veut dire Bisontin-la-Vertu. A côté, il y a gravé aussi une équerre et un compas.

Marie soulève l'abattant, pose les chaussures dans la huche et va pour refermer. Se ravisant soudain, elle revient vers le centre de la pièce et réfléchit. Son front luit de sueur. Ce qu'elle va faire ne s'accomplit pas sans difficulté.

Elle respire profondément et sort pour regagner l'angle de la maison, celui qui donne accès à l'aire du chantier de charpenterie. C'est l'endroit d'où l'on voit le mieux la fuite sinueuse du chemin qui tire sur le couchant. Le sable et les cailloux sont un ruisseau de lumière vive entre les broussailles. Un ru qui va se perdre sous les arbres. Il ne porte rien sur son eau de soleil. L'ombre est vivante à l'endroit où Bisontin a disparu. Le vert des frondaisons a encore toute l'acidité des premiers bourgeons. Il froisse de la dentelle sur le ciel et le vent.

Des merles sifflent. Le compagnon savait leur parler. Il les appelait. Il imitait leur cri et les oiseaux noirs lui répondaient. Petit Jean s'essaie parfois à ce jeu, mais tout le monde ne sait pas siffler merle, tout le monde ne connaît pas le langage des oiseaux. Bisontin expliquait en riant :

— Moi, ça m'est facile. J'ai voulu avaler un pivert quand j'étais petit. Il m'est resté en travers de la glotte. C'est pas moi qui siffle, c'est lui.

Le compagnon sait dire des choses qui déclenchent le rire.

Marie est rentrée. Le grand soleil faisait couler ses yeux. Elle attend que sa vue s'accoutume à la pénombre, puis, lentement, sans nervosité, avec des gestes mesurés, prenant grand soin de ne rien laisser tomber, elle décroche un à un les assemblages fixés au mur et les porte dans la huche. Elle les range avec soin pour que tout puisse tenir. Lorsque tout y est, elle porte aussi les coquilles offertes par Dolois. Puis elle va chercher la petite Vierge en prière sculptée par Bisontin. Elle la serre longtemps dans sa main tremblante avant de se décider à la poser entre les emboîtages où elle glisse et disparaît.

Le petit coffre que Bisontin lui a fabriqué est vide, mais il est là, et c'est encore trop. Marie le prend en l'appuyant contre sa hanche. Elle s'agenouille pour qu'il ne tombe pas de trop haut et le fait descendre sur sa cuisse jusque par terre. Quand elle avait ses deux mains, il ne pesait rien du tout, ce coffret où est gravé un M. Avec sa canne, elle le pousse le plus loin possible sous le lit.

A présent que tout est en place, elle referme le grand couvercle de la huche et va chercher à l'écurie un sac vide pour la recouvrir.

— C'est fini, dit-elle calmement. Fini.

De retour au centre de la pièce, Marie se trouve soudain devant un grand vide. Une immensité où rien ne remue, où rien ne résonne, où tout demeure figé.

— Qu'est-ce que je vais faire ? Mais qu'est-ce que je vais bien faire ? gémit-elle sourdement.

Dans ce vide qui l'entoure, quelque chose se dessine. Une construction. Une charpente dressée par Bisontin, et Pierre, et Petit Jean. Celle du fenil avec l'énorme poutre qui traverse l'écurie. Lancer une corde sur cette poutre... Mais comment l'attacher d'une seule main ? Comment dresser l'échelle ?

Marie imagine sa mort sans frémir. Ce qui l'effraie, c'est le retour des siens. Leur douleur devant son corps pendu. Non, elle n'a pas le droit.

Et lui, lui qui est parti, est-ce qu'il saurait seulement ? Est-ce que ça empoisonnerait sa vie avec l'autre ? Marie a-t-elle réellement envie d'empoisonner leur vie ?

Il faudrait que sa mort ait l'air d'un accident. La Loue n'est pas loin. Marie peut faire comme si elle allait retrouver les coupeuses d'osier pour les paniers. Depuis que son bras est raide, elle ne peut plus tresser, mais il lui arrive d'aller chercher des tiges avec Claudia.

Elle sort. Regarde à gauche, puis à droite. Hésite. Fait quelques pas en direction du chemin. Elle va prendre le sentier qui conduit à la Loue, mais voilà le forgeron qui s'en vient. Marie aimerait faire demi-tour. Regagner la maison, se cacher n'importe où. Entrer sous terre. Elle voudrait disparaître parce qu'elle se sent humiliée, honteuse d'avoir été abandonnée pour une autre. Elle voudrait crier :

— Non, ne me regarde pas. Je suis plus rien !

Elle ne bouge pas. Ne prononce pas une parole. Le forgeron appelle joyeusement :

— Marie !... Ho ! Marie !

— Quoi donc ?

— Je viens te chercher.

— Pourquoi ?

Le visage du Piémontais n'est qu'un grand rire.

— Je sais plus s'il faut casser les œufs pour faire une omelette !

Le rire de Marie fuse entre ses lèvres qu'il doit ouvrir de force.

— Imbécile ! Tu seras toujours le même !

Il montre le grand soleil tout blanc au plein mitan du ciel.

— Imbécile ou pas, à pareille heure, faut manger un bout.

Ses yeux crient :

— Je t'aime bien, Marie. Tu es la meilleure. Il faut rire. Tout le monde t'aime, tu sais.

Son regard chasse la tristesse.

— La grosse m'a laissé ce qu'il faut, dit-il. Viens me tenir compagnie, on va se donner un petit moment de répit. A force de cogner, j'ai la tête qui me sonne comme un clocher le jour de Pâques.

— Tu es gentil de penser à moi.

— Je suis pas gentil du tout. Je suis bavard. Tu sais bien, faut que je cause. Et tout seul, je m'ennuie. C'est pour ça que je viens te chercher.

Marie le suit en disant :

— Elles ont le beau temps pour couper. Elles vont en avoir fait un gros tas. Pierre ira les chercher demain. A Dole, ça peut faire un peu d'argent, des vanottes et des corbeilles.

— C'est un beau temps pour tout, Marie. Pour la charpente et pour le jardin.

Il se met à rire très fort pour ajouter :

— Il n'y a que pour la forge que c'est pas le temps rêvé. On se préférerait à griller au soleil plutôt qu'à rôtir devant le charbon.

Ils font dix pas en silence. Leur ombre est courte sur le chemin. Elle se bosselle le long des ornières. Marie hésite avant de dire d'une voix dure :

— C'est aussi un beau temps pour courir les routes.

Le forgeron s'arrête. Marie de même qui le regarde. Sa gueule toute jaspée de noir hésite. Il fronce son front étroit. Ses gros sourcils se cassent en deux, les pointes en bas. Presque comiques. Va-t-il se fâcher ? Non, il sourit. Sa langue brille. On dirait qu'il croque des éclats de soleil. Il dit :

— C'est vrai. Vaut mieux qu'il ait ce temps-là que la pluie. Comme je te connais, tu te ferais du souci.

Marie grogne :

— Du souci ? Y peut aller au diable ! Sous l'orage tout du long. Je m'en fous !

Le Piémontais lui pose sa grosse patte noire sur l'épaule. Il sourit. Il met dans son visage toute la bonté qu'il peut trouver en lui. Il fait simplement :

— Allons, Marie... Allons.

Il a raison. Déjà de savoir le compagnon sur la route, elle est inquiète. Il peut arriver tant de choses ! Et après la route, ce sera la mer ! Seigneur, s'il venait à mourir loin d'elle ! Sans elle ! Le saurait-elle seulement ?

Ils ont mangé une grosse omelette au lard. Un vrai plat de riches que le forgeron a préparé sur le foyer de sa forge pour n'avoir pas à ranimer le feu de l'âtre. Il a apporté la grande poêle noire qu'il a posée sur la table en disant :

— Ceux qui courent les chemins n'ont pas toujours leur écuelle garnie, c'est bien fait pour eux. Si leur pain est trop gris, c'est qu'ils n'ont pas su le trouver où il est bon.

Durant le repas, il n'a cessé de parler. Marie ne l'a pas écouté tout le temps. On ne saurait longtemps prêter attention au débit d'une fontaine. Cependant, lorsqu'il a dit :

— Nous sommes là pour t'aider, pour que tu ne sois jamais seule... Et toi, il faut que tu sois là pour ceux qui t'aiment.

Elle a montré son bras mort en disant :

— Pour leur donner du travail. Ne même plus pouvoir gagner mon pain !

Le Piémontais a fait non de la tête en souriant. Il a dit :

— Pas pour ça... Pour autre chose que tu es seule à pouvoir leur donner... Pour l'amour. L'amour, Marie. Bien plus précieux que le pain... Le pain, tout le monde peut apprendre à le pétrir... Pas l'amour... Et toi, tu sais.

Est-elle encore amour ? Encore capable de donner ?

Le forgeron dit aussi :

— Pense au petit qui va venir. Le petit de Claudia.

— Ça non plus, ça ne lui a pas donné envie de rester à ce grand...

Elle s'est interrompue. Elle n'a pas trouvé de nom méchant à lui donner. Elle a ajouté :

— Pas plus que le clocher à bâtir. J'ai eu beau lui expliquer ce qu'ils veulent faire, rien. Rien ne pouvait le retenir.

— Ne pense pas toujours à lui. Pense à ceux qui sont là. S'ils te voient triste, ils seront tristes aussi.

Marie est revenue chez elle. S'est retrouvée seule au milieu de son vide. Un vide à en avoir le vertige. Elle a murmuré une fois de plus :

— Mais qu'est-ce que je vais faire ? Qu'est-ce que je vais faire moi ?

Et sans rien pouvoir tenter pour s'en empêcher, elle s'est mise à pleurer.

Sans gros sanglots. Doucement.

En silence.

Le silence de son chagrin dans le silence de la maison.

Longtemps, très longtemps elle a pleuré. Jusqu'à n'avoir plus une larme.

Alors, elle est restée sans gestes, avec juste le filet un peu court de sa respiration. Puis elle est sortie. A regardé fumer la verrerie et la forge. Empoigné son bâton pour monter jusqu'au chêne couché.

Tout au long, le sentier se tortille devant elle entre des halliers luisants de vent et froufoutants d'oiseaux. La fumée folle de quelques vols de moucherons se cherche un feu. A côté de la source, Marie s'est assise sur la levée d'une vanne qui ne sert plus depuis l'incendie du moulin. La mousse a poussé. Une touffe d'ivraie s'accroche à la fente d'une traverse de chêne écuit.

Marie demeure ici longtemps. L'eau chante clair à quelques pouces de ses sabots. La source est une vieille amie. Une bête que rien n'a dérangée dans son jeu. Sous les joncs de la rive, vivent des friselis. Tout autour, la terre est spongieuse, imprégnée de l'existence d'un monde secret.

Marie a regardé le soleil décliner. A mesure qu'il

descend, il se colore. Les petits nuages qui continuent de naviguer sur l'immensité sont peu à peu chargés d'or fin et de cendres lumineuses.

Marie monte jusqu'au chêne couché. Elle s'assied. Regarde fumer la forge. L'enclume qui s'était arrêtée un moment tinte de nouveau. Avec le vent âpre du crépuscule, on dirait que son chant s'accorde à chercher des sonorités plus graves.

Derrière Marie, la forêt s'alourdit. Le soir y prépare un nid pour accueillir la nuit. De gros soupirs d'aise montent en soulevant le feuillage de lisière. Des appels d'oiseaux, plus brefs que les chants du matin, ces appels du crépuscule où percent toujours quelques nuances d'angoisse.

Du toit de la maison, s'élève une fumée blanche. Une main invisible tord son écheveau, le noue, le couche sur les ronciers où il s'effiloche et se perd. Léontine et Claudia sont de retour. La petite sort sur l'aire où sont les fagots. Marie imagine la pièce éclairée par le feu. La table avec les écuelles où bientôt fumera la soupe de fèves. Les hommes vont rentrer, inquiets. Ils vont se demander...

Il faut qu'ils vivent. Et il faudra que Marie partage leur vie en s'efforçant de la ternir le moins possible. Qu'elle donne son cœur. Qu'elle accepte de rire avec eux qui vont lui semer son blé et lui pétrir son pain.

Elle pourra au moins garder le bébé de Claudia, tirer sur la corde du berceau.

Un sourire monte à ses lèvres. Un bébé, quelle joie ce peut être lorsqu'il arrive en un foyer heureux ! Elle revoit Bisontin partant chercher la sage-femme de Morges pour la naissance du premier, celui qui n'a vécu que quelques jours. Qui donc ira chercher quelqu'un pour celui qui va naître ? Pierre ? Petit Jean ? Le forgeron ?

Bisontin ne participera plus jamais à leur vie. Il est parti pour un autre monde. Avec une autre femme.

Si elle veut cesser de souffrir, il faut absolument que Marie parvienne à le détester. Elle veut le haïr, dès à présent. Elle cherche en elle la force d'une malédiction. Ferme les yeux pour ne plus voir le trou d'ombre où il s'est englouti.

Marie cherche en elle des pensées mauvaises à lui dédier. Des mots blessants, qui soient les chardons épineux de sa rancœur. Sa gorge se noue. Monte enfin un murmure :

— Sainte Vierge, ayez-le en votre garde. Mère de Dieu, veillez sur lui. Qu'il m'aime encore ou qu'il m'ait oubliée, veillez sur lui. Protégez son corps et protégez son âme.

Elle s'efforce de sourire. Que la Vierge lui voie un visage sans laideur et sans haine. Pour se donner du courage, elle veut fredonner :

Je suis fille de Comté Franche
Dans ma clairière chante l'oiseau
L'oiseau fait s'incliner la branche...

Sa voix chevrote, se brise comme du verre.

Son sourire est descendu en elle, très loin, au fond de sa poitrine serrée d'où monte un sanglot.

Elle essaie de refouler ses larmes. Elle va y parvenir. Puis non. Elle pleure. Libère son chagrin le plus qu'elle peut, tant qu'elle est seule.

Une charrette roule. Marie reconnaît le grelot de Jacinthe.

— Pleure. Pleure. Pleure...

Une fois qu'elle sera en bas, avec les autres, elle n'aura plus le droit de pleurer.

Elle se lève. Les lueurs du crépuscule envahissent l'immensité qu'elle contemple à travers ses larmes.

Marie reprend sa canne. Elle marche. Elle va vers la maison où il faudra qu'elle trouve la force de sourire et le courage de vivre.

Praia da Luz, Juin 1979.
Villers-le-Lac, 17 février 1980.

TABLE DES MATIÈRES

ŒUVRES DE BERNARD CLAVEL

Chez Robert Laffont :

PIRATES DU RHONE
L'OUVRIER DE LA NUIT
QUI M'EMPORTE
L'ESPAGNOL
MALATAVERNE
LE VOYAGE DU PÈRE
L'HERCULE SUR LA PLACE
VICTOIRE AU MANS
L'ESPION AUX YEUX VERTS
LE TAMBOUR DU BIEF
LE MASSACRE DES INNOCENTS
LE SEIGNEUR DU FLEUVE
LE SILENCE DES ARMES
LETTRE A UN KÉPI BLANC
LE VOYAGE DE LA BOULE DE NEIGE

La grande patience :

I. LA MAISON DES AUTRES
II. CELUI QUI VOULAIT VOIR LA MER
III. LE CŒUR DES VIVANTS
IV. LES FRUITS DE L'HIVER
(*Prix Goncourt* 1968)

Les colonnes du ciel :

I. LA SAISON DES LOUPS
II. LA LUMIÈRE DU LAC
III. LA FEMME DE GUERRE

Chez d'autres éditeurs :

PAUL GAUGUIN
LÉONARD DE VINCI
CÉLÉBRATION DU BOIS
L'ARBRE QUI CHANTE
LA MAISON DU CANARD BLEU
LE CHIEN DES LAURENTIDES
BONLIEU OU LE SILENCE DES NYMPHES
LÉGENDES DES LACS ET DES RIVIÈRES
LÉGENDES DE LA MER
LÉGENDES DES MONTAGNES ET DES FORÊTS
TIENNOT
L'IROQUOISE
ÉCRIT SUR LA NEIGE
LA BOURRELLE
L'AMI PIERRE
FLEUR DE SEL
LE RHONE OU LES MÉTAMORPHOSES D'UN DIEU

ACHEVÉ D'IMPRIMER
SUR LES PRESSES DE
L'IMPRIMERIE HÉRISSEY
A ÉVREUX (EURE)
POUR LES ÉDITIONS
ROBERT LAFFONT

N° d'impression : 25614
N° d'édition : H 422
Dépôt légal : 2e trimestre 1980
Imprimé en France